kompaktwissen

Jeder Mensch kann denken. Dieses Jedermann-Denken soll in diesem Buch trainiert werden. Jeder Leser wird entdecken, daß er dabei zu ganz ansehnlichen Ergebnissen gelangen kann.

Denktraining ist nicht mit Gedächtnistraining zu verwechseln. Also ist Gedächtnistraining nicht Gegenstand dieses Buches.

Denken hat auch nichts mit schnellem Erfassen zu tun. Hier wird das einfache, normale Denken trainiert. Sicher ist schnelles Erfassen oder Erkennen eines Sachverhaltes im Grunde eine »feine Sache«, die sich jeder aneignen sollte. Aber ehe man »schnell« erfassen kann, muß sich jeder darum mühen, das »normale Denken« gründlich zu erlernen. Wenn er das beherrscht, wird er ganz von selbst schneller als früher erfassen können.

Das Denken, das in diesem Buch gelehrt wird und das der Leser trainieren soll, baut auf den einfachen Elementen der Wahrnehmung, der Vorstellung, der Eingebung, des Einfalls und des Denkwillens auf und bleibt weitgehend an Zeichen gebunden, nämlich an Zeichen aus der Lautsprache, an Zeichen aus der Schriftsprache, an Formeln, an Symbolen.

PAUL FELDMANN

Denk-training

Originalausgabe

Wilhelm Heyne Verlag
München

KOMPAKTWISSEN Nr. 22/136
im Wilhelm Heyne Verlag

Überarbeitete Neuauflage

Printed in Germany 1983
Zeichnungen: Peter Gericke
Umschlaggestaltung: Atelier Ingrid Schütz, München
Druck und Bindung: Pustet, Regensburg

ISBN 3-453-53149-3

INHALTSVERZEICHNIS

1.
Was du kannst, das sollst du wagen

(Ein Vorwort, das man lesen sollte)

Denken trainieren heißt nicht Intelligenz testen oder trainieren. Darum setze ich mich in diesem Buch, um es deutlich zu sagen, nicht mit der Frage auseinander, wie man Intelligenz trainiert. Ich will zeigen, wie man Denken trainieren kann. Denken ist eine geistige Fähigkeit. Und ich bin der Meinung, daß die geistigen Fähigkeiten des Menschen sehr viel mehr bedeuten als erfolgreich bestandene Intelligenz-Prüfungen[1]).

Nicht nur der intelligente Mensch kann denken: Jeder Mensch kann denken. Und dieses Jedermann-Denken soll trainiert werden. Sie werden sehen, daß Sie zu ganz ansehnlichen Ergebnissen kommen können, wenn Sie trainieren.

Denktraining ist auch nicht mit Gedächtnistraining zu verwechseln. Ich verachte ein gutes Gedächtnis nicht; ich pflege es sogar. Ich muß es pflegen und fähig halten. Aber Gedächtnistraining ist nicht Gegenstand dieses Buches. Sie trainieren hier das Denken.

Denken hat auch nichts mit schnellem Erfassen zu tun. Ich lehre kein schnelles Denken, sondern ein einfaches, ein normales Denken. Schnelles Erfassen oder Erkennen eines Sachverhaltes ist im Prinzip eine »feine Sache«, die sich jeder wünschen sollte. Aber ehe man »schnell« erfassen kann, sollte man sich darum bemühen, dieses vorhin erwähnte normale Denken gründlich zu trainieren. Dann - danach also - kann man sich der nächsten Stufe, dem schnellen Erfassen, zuwenden. Aber das kommt dann von selbst.

Denken ist eine (fast möchte man sagen: menschliche) Eigenart des Menschen. Denken ist ein rein geistiges Tun, das auf ein vorgegebenes oder auf ein selbstgewähltes Ziel gerichtet ist und dem Gesetz der Folgerichtigkeit (Logik) unterliegt.

Denken setzt bei »Menschen mit gesundem Verstand« fast automatisch dann ein, wenn sich auf dem Weg zum Ziel Hindernisse in den Weg stellen. Das Leben ist für den einzelnen eine ununterbrochene Folge von solchen Zielen, die durch Hindernisse begrenzt sind. Und immer wieder stößt der einzelne beim Zuschreiten auf ein Ziel auf Hindernisse, auf Unvollständigkeiten, die sich nur durch Denken überwinden oder lösen lassen. Denken ist nicht Selbstzweck, sondern im weitesten Sinne eine seelische Funktion und dann immer ein Mittel zum Zweck.

Denken stellt die Summe allen Überlegens, Begreifens, Meinens, Schlußfolgerns, Urteilens und Entscheidens dar. Denken ist eine kombinierte bewußte und unbewußte geistige Tätigkeit, die sich auf das Herstellen und Erfassen von Bedeutungsgehalten und Sinnbeziehungen richtet.

Das Denken, das ich hier meine und das Sie trainieren sollen, baut auf den Elementen der Wahrnehmung, der Vorstellung, der Eingebung, des Einfalls und des Denkwillens auf und bleibt weitgehend an Zeichen gebunden, nämlich an Lautsprache, an Schriftsprache, an Formeln, an Zeichen, an Symbole. Denken ist seinem Wesen nach unanschaulich und eine eigentümliche geistige Leistung des Menschen.
Der im Denkvorgang erzeugte oder gestiftete Sinnzusammenhang entsteht nicht durch zufälliges Zusammentreffen mehrerer Vorstellungen, sondern ist das Ergebnis einer auf neue Ganzheiten gerichteten Tätigkeit der »intelligenten Person«. – Obwohl weitgehend auch vom Wollen abhängig, so geschieht der Denkakt doch teilweise ohne willensmäßige Steuerung, nämlich bei Einfällen, beim Finden, beim Erfinden, bei Eingebungen.
Die Denkakte lassen sich unterteilen in:

a) Das gewohnheitsmäßige Denken

Sie müssen sich darüber klarwerden, daß das gewohnheitsmäßige Denken, das automatisierte Denken, das vom Alltag und von den praktischen Bedürfnissen des Berufs wesentlich bestimmt wird, nur in seltenen Fällen durch selbständige Urteile und selbstverantwortliche Stellungnahmen und Überlegungen gekennzeichnet ist. Es ist weitgehend in eingespurten Formulierungen und Sentenzen ausgedrückt; es ist von der Umwelt schon »vor-verbalisiert« (reproduktiv gewissermaßen); es wird insofern als »Soft-ware«, als »Denkware aus zweiter Hand« angeboten und willig aufgegriffen. Es birgt das Verderbnis in sich, daß es leicht angenommen wird, weil es sich so leicht anbietet, ohne im eigenständigen Denkakt auf seine Gültigkeit hin geprüft zu werden. Dieses gewohnheitsmäßige Denken äußert oft in unverbindlicher Form lediglich Meinungen, aber keine Urteile, keine Stellungnahmen, keine Überlegungen. – Diese Art des Denkens soll in diesem Buch über Denktraining nicht geübt werden.

b) Das intuitive Denken

Es gibt eine andere Art des Denkens, der wir uns im Rahmen dieses Buches ebenfalls nicht zuwenden können: das intuitive Denken. Intuition (lat. = innere Schau) ist ein Denken durch Eingebungen, durch unmittelbare Anschauung. Sie umfaßt unter anderem die Fähigkeit, verwickelte Vorgänge »mit einem seherischen Blick« sofort richtig zu erfassen. Sie ergibt sich oft aus betrachtendem (kontemplativem) Sichhingeben an einen Sachverhalt oder an ein Beobachtungsfeld und ist nicht lehrbar und nicht erlernbar. Diese Denkart ist Gegensatz des formulierenden Denkens. Dieses intuitive Denken öffnet sich uns nicht für eine Lehre. Darum kann es hier nicht trainiert werden.

c) Formulierendes Denken

Das formulierende Denken ist ein Denken in und durch Zeichen, entweder mit ideogrammatischen Symbolen oder durch sprachliche Formulierungen. Dieses Denken ist lehrbar und lernbar und infolgedessen eigentlicher »Trainierungsgegenstand« dieses Buches. Die Tabellen A und B, die auf den beiden nächsten Seiten folgen, sollen den Sachzusammenhang der hier zu trainierenden Denkformen übersichtlich veranschaulichen.

d) Zieldenken

Jedes Denken – hier als formulierendes Denken zu begreifen – ist ein »vorwärtsdringendes, zielgerichtetes Denken«. Ich bezeichne es als teleologisches Denken, ein Denken, das ins Zukünftige – ins unmittelbar Zukünftige und ins ferne Zukünftige – gerichtet ist, das der Lösung von Aufgaben dient, das im weiten Umfang lehrbar und lernbar ist, das zielorientiert und zweckorientiert ist und demnach für die praktischen Belange des Lebens und der Berufe von großer Bedeutung sein kann[2]). Es läßt sich einteilen in produktives und reproduktives Denken.
Auch hierzu zeigen die Tabellen A und B den notwendigen Sachzusammenhang der in diesem Buch zu trainierenden Denkformen.

A	**DENKEN**
INTUITIVES DENKEN	**FORMULIERENDES DENKEN**
A = Wissenschaftliches Denken	A = Wissenschaftliches Denken durch sprachliche Formulierungen und Symbole und Zeichen
B = Nichtwissenschaftliches Denken	B = Nichtwissenschaftliches Denken durch sprachliche Formulierungen und Symbole und Zeichen (ideogrammatische Symbole)
C = Nicht lehrbar und nicht lernbar	C = Lehrbar und lernbar
D = Kann gefördert werden durch Phantasie, Eindrücke, Gemüt, Willen	D = Kann gefördert werden durch Sinne, Gedächtnis, Phantasie, Willen, Gemüt (Motivation), vor allem durch Training

DAS FORMULIERENDE DENKEN	
mit ideogrammatischen Symbolen	mit sprachlichen Formulierungen
1) Zahlenschrift, z. B. arab. Ziffern — röm. Ziffern 0 1 — I 2 — II 3 — III 4 — IV  5 — V 6 — VI 7 — VII 8 — VIII 9 — IX 2) Buchstabenschrift in der Algebra $(a + b)^2 = a^2 + 2\,ab + b^2$; x; y; z; 3) mathematische Symbole 4) Formeln: $E = m \cdot c^2$; H_2O; 5) zeichnerische Symbole = z. B. Verkehrszeichen 6) techn. Zeichnungen; rechtwinklige Parallelprojektion Perspektivisches Zeichnen	**Sprechdenken** a = Wortschatz (passiv + aktiv) b = Sprachverständnis c = Sprechtechnik (richtige Aussprache) d = Sinn der Aussage e = Wortbedeutung und Selbstsprechen f = Artikulieren (stilles sprachl. Denken) g = Formulieren und Sprechen (Zieldenken) **Schreibdenken** a = Wortschatz (passiv + aktiv) b = Sprachverständnis c = Kenntnis der Rechtschreibung d = Sinn der Aussage e = Wortbedeutung und Selbstschreiben f = Artikulieren (stilles sprachl. Denken) g = Formulieren und Schreiben (Zieldenken)

B	FORMULIERENDES DENKEN

Jedes Denken (hier als formulierendes Denken zu verstehen) muß im Prinzip als ein »vorwärtsdringendes, zielgerichtetes Denken«, als ein Zieldenken, als ein teleologisches Denken verstanden werden, das »nur bei innerer Übernahme des Aufgabenzieles durch die Versuchsperson in Gang kommt und dessen wesentlichstes Merkmal im kognitiven Prozeß der Umstrukturierung gegeben ist, im Sichtbarwerden des bisher in der Ausgangssituation verborgenen Weges zur Lösung.
Dieses Denken ist zielorientiert. Es tritt in reinster Form ein, wenn Hindernisse auf dem Wege zur Zielerreichung auftreten. Dieses Denken führt automatisch zum Handeln[3]).

Dieses Denken ist sowohl als sprachliches Denken durch Sprechen oder Schreiben als auch als nichtsprachliches Denken mit ideogrammatischen Symbolen möglich.

PRODUKTIVES DENKEN	REPRODUKTIVES DENKEN
1 = divergierendes Denken 2 = dispositionelles Denken im Einteilen von Zeit und Mittel, im Unterteilen, im Organisieren 3 = Denken mit Symbolen 4 = analytisches und synthetisches Denken 5 = logisches Denken 6 = spekulatives Denken 7 = kritisch-aufbauendes (konstruktives) Denken 8 = strukturierendes Denken 9 = teleologisches Denken = a) Denken in Zielen, Ziele findend und setzend b) Denken in Entscheidungen, Urteilen c) Denken in Handlungen 10 = Plandenken: erdenken, vorausdenken, Aufgaben planen	1 = konvergierendes Denken*) 2 = denkerisches Nachvollziehen*) 3 = erfassendes Denken*) 4 = zerlegendes Denken zum Zwecke des Erfassens, Begreifens und Merkens*) 5 = logische Nachvollzüge*) 6 = kritisches Denken*) 7 = strukturierendes Denken 8 = Denken mit Symbolen (nachvollziehend)*) 9 = verstehendes Denken*) 10 = geistig in Besitz nehmen*) 11 = nachdenken 12 = überdenken 13 = Denken mit Denkmodellen 14 = Kombinierendes Denken

*) Was wir auf der Schule meist schon gelernt haben

f1) Das produktive Denken

ist das Denken, das völlig neue Ergebnisse in Wissenschaft, Kultur, Zivilisation, Technik, Verfahrenstechnik, Produktion bewirkt. Produktives Denken kann sowohl mit logischer Notwendigkeit fortschreitend (diskursiv) vorgehen: Erfahrungen, Zusammenhänge usw. planmäßig erspüren, ergänzen, zu Ende denken, es kann aber auch als Eingebung (intuitiv) entstehen: aus Einfällen, Ideen, und zwar ohne erkennbares Eingreifen des Wollens. - Wer durch Denken zu Erkenntnissen kommt, die zur Bewältigung neuer - auch wenn nur für ihn neuer - Problemlösungen führen, denkt in diesem wissenschaftlichen Sinne produktiv.

f2) Das reproduktive Denken

ist das Denken, das auf einen Schatz von bewährten Erkenntnissen zurückgreift und auf diesem aufbaut. Vor dem reproduktiven Denken hat ein produktives Denken in uns diesen Schatz von bewährten Erkenntnissen vorbereitet. Denn wichtig ist nicht, daß ein anderer (ein Lehrer zum Beispiel) uns einen Zusammenhang erschlossen hat; entscheidend wichtig war oder ist, daß das Individuum das Neue selbst begriffen hat, geistig in Besitz genommen hat, also produktiv gedacht hat.

f3) Beide Formen dieses Denkens

(produktiv und reproduktiv) sind durch selbständige Urteile und selbstverantwortliche Stellungnahmen gekennzeichnet. Sie sind ein Denken »aus erster Hand«.

f4) Denken und Sprache sowie Denken und Zeichen

sind wechselseitig sich bestimmende Momente eines Gesamtprozesses, den ich für den »Gebrauch« beim Studium dieses Buches als »Sprechdenken« und »Schreibdenken« benenne. - Alles Denken bleibt letztlich an Zeichen (an Sprachlaute, an geschriebene Sprachsymbole, an allgemeine Symbole, an Formeln, an Zeichnungen) gebunden.

Die hier genannten Zeichen sind »Objekte«, verselbständigte Begriffe oder Zeichen, die nicht für sich stehen, sondern stellvertretend für Gegenständliches oder Abstraktes. Man denke an die Verkehrszeichen; aber auch an Sätze und Wörter im sprachgebundenen Denken; an die Buchstaben, an Symbole, an Formeln und geometrische Figuren in der Mathematik; an Symbole in allen Wissenschaften; an Zeichnungen (rechtwinklige Parallelprojektion oder Perspektiven oder darstellende geometrische Zeichnungen) in der Technik. Sie sind »Objekte«, verselbständigte Begriffe, Buchstaben, Zeichen also, die stellvertretend für Gegenständliches oder Abstraktes wahrgenommen und vorgestellt werden, mit denen wir Menschen denken. Und dieses Denken sollen Sie im Denk-Training besser beherrschen lernen.

g) Zusammenfassung

Zusammenfassend kann man sagen:

- Die Schwierigkeit zu erkennen ist die erste Stufe des denkerischen Vorgehens und als Problem-Sensibilität zu benennen.

- Die zweite Stufe verlangt das Nachdenken darüber, wie man Schwierigkeiten beseitigen kann.

- Dann muß sich der Mensch in der dritten Stufe einen Plan zurechtlegen (denkerisch zurechtlegen), mit den Mittel-Methoden-Kombinationen die Schwierigkeiten zu überwinden bzw. die Aufgaben zu lösen.

- Als letztes Mittel und in der vierten Stufe ist dann der Einsatz der Mittel und Methoden oder der Mittel-Methoden Kombinationen zu sehen. Hier ist das Plandenken notwendig[4]).

Denken ist ein geistiges Tun. Was hier trainiert werden soll, ist ein Denken, das auf Ziele gerichtet ist. Es setzt immer dann ein, wenn sich auf dem Weg zum Ziel ein Hindernis in den Weg stellt oder wenn allgemeine oder besondere Schwierigkeiten auftreten, die die Zielerreichung behindern. Immer wieder geht es bei der Erledigung von Aufträgen darum, Unzulänglichkeiten zu beheben oder zu überwinden. Dem Menschen ist es möglich, dies durch

Denken zu erreichen. Denken ist also nicht ein Selbstzweck. Denken ist eine seelische Funktion. Eine Funktion von höchster Bedeutung für den einzelnen. Denn sein Denken orientiert ihn. Sein Denken veranlaßt ihn zu Handlungen. Ist sein Denken falsch, dann wird auch das Handeln falsch sein. Es ist also für jeden außerordentlich wichtig, sich im Denken zu trainieren. Jeder will ja die besten Denkergebnisse nach Möglichkeit erreichen.

Denkergebnisse sind mehr als Erfahrungen. Es kann jemand richtig handeln aufgrund richtiger und gründlicher Denkergebnisse, ohne in diesem Bereich des Handelns Erfahrungen zu besitzen. Und es kann jemand aufgrund von Erfahrungen falsch handeln, weil die Erfahrungen nicht durch Denkergebnisse aufs neue bestätigt oder geläutert wurden. Ein einfaches Beispiel mag das, was hier gesagt werden soll, erläutern: Ein Autofahrer hat im Fernsehen ergiebige Berichte über die Gefährlichkeit des »Aquaplaning« gesehen, gehört und verstanden. Er hat die Erkenntnisse von der Gefährlichkeit des stehenden Wasserfilmes auf den Straßen bei Regen oder Nässe gewonnen. Er braucht noch keine Erfahrungen damit gemacht zu haben. Er hat »Aquaplaning« in einem Denkakt verstanden, begriffen, sich produktiv denkerisch »einverleibt«. Er handelt danach. Er fährt bei Nässe - auch im Sommer - vorsichtig und mit geringerer Geschwindigkeit. Ein anderer, der sich nur auf seine »Erfahrungen« verläßt und die Erfahrung des Rutschens auf nasser Straße bisher noch nicht gemacht hat und auch die Fernsehsendung nicht gesehen haben mag, handelt nur nach seinen Erfahrungen und kann verunglücken. Der Mensch kann denken. Das gibt ihm Sicherheit. Auch in ausweglos erscheinenden Situationen.

Jedermann kann denken. Und für diesen Jedermann gilt, was Papst Urban IV. (von 1200 bis 1264) dem Theologen und Philosophen Thomas von Aquin (von 1225 bis 1274) einmal sagte: »Was du kannst, das sollst du wagen«.

Jeder kann denken. Jeder mit gesundem Geist. Und das, was er kann, das soll er auch wagen, gleichgültig, welche Vorbildung oder Schulbildung er haben möge, gleichgültig, welchen Beruf er ausübt. Das ganze Leben ist ein weites Feld für Denk-Übungen. Wie viele wissen das?

»Seit Jahren widmen Psychologen, die sich mit Kindern beschäftigen und mit Erwachsenen, soweit es um die Suche nach Erfindungsgabe und schöpferischen Fähigkeiten geht, ihre Aufmerksamkeit immer stärker dem divergierenden Denken und der Kreativität. Der IQ ist in erster Linie ein Maß für das konvergierende Denken, für die Fähigkeit, grob gesagt, richtige Antworten auf Fragen zu lernen oder abzuleiten, im Gegensatz zum divergierenden Denken, der Fähigkeit, zu entdecken und zu erfinden. Diese verschiedenen Fähigkeiten finden sich vielleicht einmal in auffallendem Maße bei ein und demselben begabten einzelnen, aber das ist nicht unbedingt der Fall. Viele Leute mit hohem IQ besitzen auch nicht einen Funken Originalität.«[1])

2.
Denktraining mit sprachlichen Mitteln

Ich diktiere diesen Text, und damit »spreche« ich zu Ihnen. Ich will Ihnen etwas erklären. Während ich das tue, spüre ich genau, wie es in mir denkt, meine Sätze so zu formulieren, daß meine Gedanken verstanden werden. Das heißt: während ich denke, spreche oder schreibe ich. Oder anders ausgedrückt: Während ich spreche, denke ich. Während ich schreibe, denke ich. Das hat etwas mit dem Verstand zu tun.

Anmerkung: Demnach ist die Lernfähigkeit auch für das Tier eine Art von zusätzlicher und erwerbbarer Intelligenz. Dabei bleibt das Tier an seine Umwelt gebunden. Über das körperlich Wahrnehmbare kommt das Tier nie hinaus. Die Einschränkung ist sogar noch enger. Sie grenzt auf die Dinge ein, die mit der Tierart selbst etwas zu tun haben. Alles, was für das Tier nicht interessant ist, was sein Leben nichts »angeht«, wird nicht wahrgenommen. Die Dressur nützt die Lernkraft eines Tieres aus. Die Dressur sorgt dafür, daß dieses Neue dem Tier interessant wird, etwa durch Belohnungen. Aber für den Verstand des Menschen ist von vornherein alles interessant. Er will alles begreifen, was die Sinne erkennen, und stößt darüber hinaus in den Raum dessen vor, was den Sinnen verborgen bleiben muß. Zur Welt des Verstandes gehört auch das Nichtkörperliche. Dorthin kann der Instinkt nie vorstoßen. Nur wer diese Möglichkeit des Geistigen anerkennt, versteht den grundlegenden Unterschied zwischen Verstand und Instinkt.

a) Ich denke, wenn ich spreche

Denken gehört zum Geist des Menschen. Ich wiederhole: Wenn ich spreche, denke ich. Wenn ich schreibe, denke ich. Ich denke, wenn ich spreche. Ich denke, wenn ich schreibe. Der Mensch ist ein handelndes Wesen. Sein Denken ist Handeln. »Der Mensch ist ein handelndes Wesen« bedeutet nicht: es handelt im Menschen;

es bedeutet: der Mensch steht selber über seinem Handeln, er plant, er beurteilt, er entschließt sich und kann später noch einmal nachprüfen und überdenken, was er getan hat.

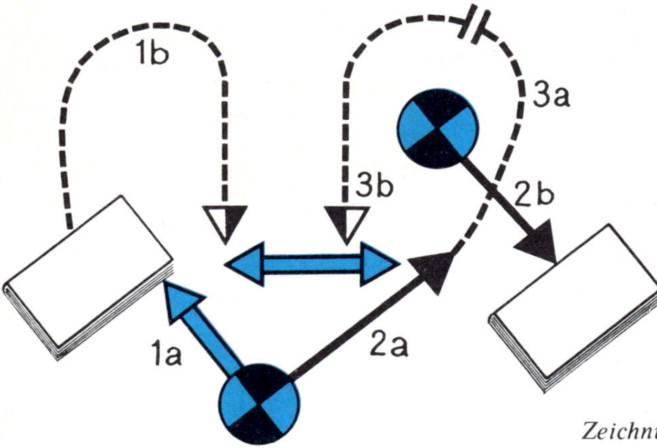

Zeichnung 1

Zeichnung 1 versucht zu erklären, was hier gemeint ist[4]): das Handeln des Menschen (des ICH), das Bewußtsein seines Handelns, das Urteil über sein Handeln und die Erfahrung der Übereinstimmung von Urteil und Wirklichkeit:

1 a) Ich lese dieses Buch,
 b) und ich erfahre zugleich im Begleit-Bewußtsein, daß ich das tue, daß ich lese.

2 a) Ich spreche diese Erfahrung an mir aus im Urteil
 b) »Ich lese dieses Buch«

3 a) Ich encodiere diese Übereinstimmung dieses Urteils mit der erfahrenen Wirklichkeit,
 b) mit meinem Buch-Lesen, die Wahrheit des Urteils.

Da sitzen Sie nun und lesen diese Zeilen. Sie wissen, was Sie tun, nämlich dieses Buch lesen. Mit Verstand lesen. Denkend lesen. Während Sie lesen, denken Sie mit. Ihr Denken setzt das, was Sie hier gedruckt finden, in Geist um. Sie fragen sich, wie lange Sie noch weiterlesen wollen, vielleicht an diesem Abend, vielleicht an einem Sonntagvormittag, wenn Sie dieses Buch in der Hand haben. Vielleicht wollen Sie dann weggehen, um einen Freund zu besuchen, um mit ihm über den Inhalt dieses Buches zu sprechen. Sie besuchen Ihren Freund, und Sie beide sprechen zusammen über das im Buch Gelesene. Sie erklären Ihrem Freund, was Sie gelesen haben. Ihr Freund versteht Sie. Er gibt Antworten. Sie verstehen seine Antworten. Der Freund versteht, was Sie ihm über den Inhalt dieses Buches gesagt haben.

Ihr Freund weiß, was Sie bewegt, wenn Sie dies oder jenes sagen oder wünschen oder tun. Manchmal verstehen Sie sich auch nicht. Oder nicht sofort. Das liegt dann womöglich an der Verständigung. Vielleicht ist ein nicht passendes oder mißzuverstehendes Wort benutzt worden, eines, das den Sinnzusammenhang (Kontext) verdeckt hat. Dann erklärt der eine dem anderen genauer, mit anderen Worten, was er gedacht und gemeint hat.

Zu dieser Erklärung gehören weitere Begriffe aus dem großen Worthaushalt, den wir Wortschatz nennen. Sie und Ihr Freund haben gemeinsame Begriffe, um sich verständigen zu können. Sie leben mit Ihrem Freund und mit vielen anderen Menschen – so mit Ihren Angehörigen, mit Ihrer Ehefrau, mit Ihren Kindern, mit Ihren Eltern und Geschwistern, mit Ihren Kollegen, mit Ihren Nachbarn, mit den vielen Menschen Ihrer Um- und Mitwelt – nicht nur in einer Lebens- und Schicksalsgemeinschaft, sondern auch in einer Begriffsgemeinschaft, in einer Sprachgemeinschaft. Die Begriffe, die Sie benutzen, sind allgemeingültig für den Lebenskreis dieser Sprachgemeinschaft.

Mit dem Begriff »Haus« sind alle Häuser gemeint, die es überhaupt gibt. Auch solche Häuser, die Sie überhaupt noch nicht kennen oder die Sie sich in ihrer Phantasie noch nicht vorstellen können. Diese allgemeingültigen Begriffe sind etwas »Abstraktes«. Abstrakt (das Gegenteil von konkret) bedeutet »abgezogen« von der Wirklichkeit, vom Gegenständlichen, reine Idee, reiner Gedanke. Sie verstehen sich mit Ihrem Freund auch dann, wenn Sie über »Abstraktes« reden, über reine Gedanken, über Dinge oder Verhältnisse, die nicht greifbar vor Ihnen stehen, die man nur denken kann, so über Glück, über Freiheit, über Sparsamkeit, über Stil, über Welt, über Religion, über Arbeit, über Leistung, über Liebe (nicht Sexus), über Auffassungen, über Ideen, über das Leben.

Oder aber, Sie treffen sich mit Ihrem Bekannten, um eine Reise zu vereinbaren. Oder das gleiche besprechen Sie mit Ihrer Frau.

Sie fassen einen Entschluß, in die Berge zu fahren oder eine Flußfahrt zu unternehmen. Sie könnten auch zu Hause bleiben und einen Sonntagnachmittag einem Buch widmen. Sie sind frei in Ihren Entschlüssen. Aber nachdem Sie übereingekommen sind, die Reise zu unternehmen, werden Sie auch unternehmen, was Sie vor Tagen sich vorgenommen haben.

Alles, was hier benannt wurde, sind Verrichtungen des Denkens. Alles trägt die Kennzeichen des Denkens an sich. Auch dann, wenn Sie nicht nur über Abstraktes reden. Auch dann, wenn Sie ganz Konkretes oder Banales sagen, etwa, daß Ihrer Frau die Suppe gut gelungen ist. Oder etwas Angenehmeres, wenn Sie Ihrer Frau sagen, daß ihr das Kleid, das sie trägt, gut steht. Sie sagen etwas Erfreuendes.

Während Sie sprechen, denken Sie. Das gleiche gilt vom Schreiben. Vergangenes wird hervorgeholt, es wird darüber nachgedacht; Gegenwärtiges wird behandelt, und Kommendes oder in der Zukunft Liegendes wird bedacht. Sie nehmen sich etwas vor. Und darüber können Sie mit einem anderen Menschen sprechen, ehe es überhaupt geschehen ist oder begonnen hat. Sie erinnern sich mit einem anderen Menschen an Gegebenheiten und Tatsachen Ihres früheren gemeinsamen Lebens. Sie denken es. Sie können darüber sprechen. Oder der eine sieht die Gründe des anderen ein. Sie planen gemeinsam oder einzeln Entschlüsse für die Zukunft. Sie führen diese Entschlüsse durch. - Alles das ist Denken.

Die gesprochene Sprache ist das Ursprüngliche. »Die gesprochene Sprache als fundamentales Kulturgut und als spezifisch menschliche Leistung hat mit allen für sie wesentlichen Wirkungen und Erträgen durch Jahrhunderttausende bestanden, bevor sich Schreiben und Lesen zusätzlich auszubilden vermochten.«[5]) Beim Kind, das normalerweise erst im Alter von sechs Jahren mit den zusätzlichen Fertigkeiten des Schreibens und Lesens in Berührung kommt, besteht auch zunächst die Alleinherrschaft der Lautsprache. Die Vorherrschaft der Lautsprache ist im Grunde während des ganzen Lebens auch beim erwachsenen Menschen vorhanden, auch beim Analphabeten und auch bei Angehörigen primitiver Völkerstämme, die noch zu keiner Schrift gelangt sind.

Später kommt die Beherrschung der Schriftsprache (Schreiben und Lesen) hinzu. Somit wird sich das Denktraining auch der Schriftsprache bemächtigen müssen, weil sie nicht auszuschließen ist und weil sie ein wesentlicher Bestandteil des sprachlichen Ausdrucksvermögens ist. Sprache ist also für uns Lautsprache und Schriftsprache. Denktraining kann man also einmal auf der Grundlage der Lautsprache bzw. der gesprochenen Sprache und zum anderen auf der Grundlage der Schriftsprache betreiben. Das Denktraining mit Hilfe der Sprache soll sich auch an diesen beiden Ausdrucksformen orientieren

Wenn der Mensch denkt, so sucht er Worte für seine Gedanken und spricht sie innerlich aus. Dieses Sprechen, dieses Denken in Worten, setzt voraus, daß der Mensch Begriffe hat. Wenn der Mensch zählt, dann hat er den Begriff »Zahl« und den Begriff »Einheit«. – Aber wenn ein Vogel z. B. eine Anzahl zusammenfaßt oder sich so verhält, als zähle er sie aus, dann hat er nicht die Begriffe »eins, zwei, drei, vier« usw. parat. Der Vogel bildet sich nämlich keine Begriffe; er kann es gar nicht. Begriffsbildung ist eine Leistung des menschlichen Verstandes und keine Leistung des Tieres. Beim Tier gibt es kein begriffliches Denken. Ein Tier hat Wahrnehmungen, die etwas bedeuten, was »zu seinem Leben« gehört und was ein bestimmtes Verhalten bei ihm auslöst. Das Tier muß in seiner natürlichen Lebenswelt etwas bevorzugen, etwas anderes vernachlässigen, etwas drittes bleibt ganz unbeachtet. Dazu ist nur Instinkt erforderlich, kein Denken. Um das Geschilderte zu »können«, muß ein Tier nicht denken können, so wie der Mensch denkt.

Anmerkung: Weil Tiere keine »Begriffe« haben, haben sie auch keine »inneren Worte«; obwohl manche von ihnen menschliche Worte nachsprechen können. Natürlich können Tiere Laute produzieren. Mit ihnen können sie auch andere Tiere oder Menschen »rufen«, ihre Stimmung ausdrücken. Man unterscheidet bei Tieren Laute der Freude und Laute, die anzeigen, daß das Tier Angst hat. Ebenso kennen die Tiere Signale, die sie zum Beispiel gebrauchen, wenn sie sich zur Paarung auffordern. Sprechen aber lernt das Tier nicht. Es gibt im Vergleich zu den Menschensprachen keine Tiersprachen.

Die Worte, die wir Menschen gebrauchen, sind nicht angeboren; sie sind gelernt; sie sind deswegen für ein und dasselbe »Ding« auf der Welt verschieden.

b) Die Funktion der Darstellung

Charlotte Bühler schreibt in ihrem Buch »Psychologie im Leben unserer Zeit« [6]), daß ihr Mann, Karl Bühler, sich in ausgedehnten Untersuchungen mit den Unterschieden der menschlichen und der tierischen »Sprachen« befaßt habe. In einem berühmt gewordenen Modell unterschied er die drei Grundfunktionen einer Sprache, nämlich

- die Grundfunktion der Kundgabe,
- die Grundfunktion der Auslösung und
- die Grundfunktion der Darstellung.

Damit zeigte Bühler auf, daß Tiere ihre sogenannte »Sprache«, ihre Signale, nur benutzen, um Bedürfnisse oder Gefühle zum Ausdruck zu bringen durch die Kundgabe oder aber, um an Artgenossen zu appellieren, durch die Auslösung. Lediglich der Mensch ist imstande, sich über Sachverhalte objektiv sprachlich auszudrücken, ohne subjektive Faktoren wie Gefühle und Bedürfnisse ins Spiel zu bringen; nur der Mensch hat eine Sprache und ist daher in der Lage, einen Sachverhalt sprachlich darzustellen, also die Grundfunktion der Darstellung zu erfüllen.

Die wichtigste Funktion der menschlichen Sprache ist die der Darstellung. Das bedeutet mit anderen Worten, daß sich der Mensch über objektive Sachverhalte objektiv auszudrücken vermag, daß er subjektive Faktoren (wie Gefühle und Bedürfnisse) nicht ins Spiel bringen muß. Dieses Vermögen ist letztlich im Zusammenhang mit dem Denken zu sehen.

Geht man von der Frage aus, ob Denken und Sprechen identisch sind, so muß man sagen, daß diese Frage nicht eindeutig beantwortet werden kann. Es gibt dazu drei Auffassungen, Zeichnung 2:

A) Die erste Auffassung sagt: Denken und Sprechen stellen zwei völlig voneinander getrennte Vorgänge dar, Zeichnung 2A.

B) Die zweite Auffassung legt fest, daß Denken und Sprechen völlig deckungsgleich seien, daß sie ein und dasselbe sind, daß da, wo gedacht wird, in Wirklichkeit innerlich gesprochen wird, und daß selbstverständlich auch da, wo gesprochen wird, Denkakte vorhanden sein müssen, Zeichnung 2B.

C) Die dritte Auffassung ist die - sie wird von Friedrich Kainz[7]) vertreten -, daß Denken und Sprechen zwar nicht völlig identische Vorgänge sind, daß sie sich jedoch zu einem Teil überlappen. Dabei gibt es eine Überlappungsmöglichkeit von Kreisflächen mit zwei verschiedenen Mittelpunkten, Zeichnung 2Ca, oder aber eine konzentrische Deckungsgleichheit, wobei der Radius des Denkkreises größer ist als der Radius des Sprechkreises, Zeichnung 2C.

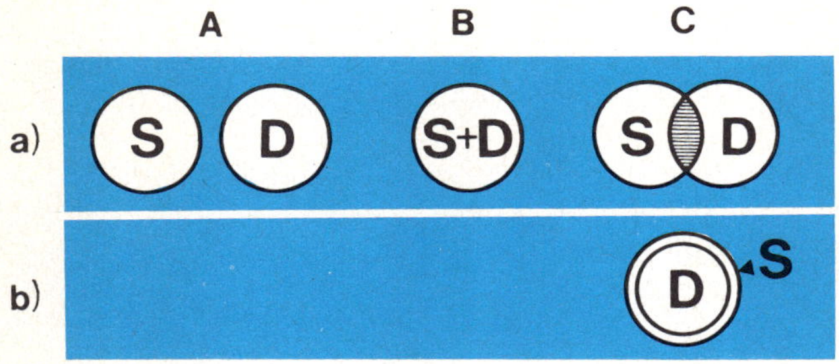

Zeichnung 2

c) Gelingendes Tun

Die natürliche Sprache - unsere Muttersprache - dient nicht sich selber, sondern der interpersonalen Erschließung der Welt. Die menschliche Sprache in der Grundfunktion der Darstellung ist dazu angetan, dem Menschen die Möglichkeit zu erschließen, seine Gedanken zu formulieren, sich selbst als »Welt« zu erschließen, die Welt der menschlichen Beziehungen als interpersonales Wirk- und Lebensfeld zu öffnen, Sachverhalte objektiv darzustellen und darüber hinaus auf andere einzuwirken, sie zu überzeugen, sie zu etwas zu veranlassen, was sich der Sprecher vorgenommen hat. Der Mensch erschließt sich seine Welt durch Sprache. Sprache ermöglicht gelingendes Tun.

Auf das gelingende Tun kommt es an. Das gelingende Tun ist Ziel und Sinn des Handelns. Ich schildere in diesem Buch die sprachtheoretischen Überlegungen nicht, um das Wissen des Lesers über Sprache anzureichern. Denn ich weiß zu gut, daß Wissen mit Können fast nichts zu tun hat. Es kann jemand viel, sehr viel wissen, ohne intelligent zu sein und ohne etwas zu können; er hat eben sein Gedächtnis geschult. Und es kann jemand sehr wenig wissen und dabei hochintelligent sein und sehr viel können. Was ich mit den sprachtheoretischen Übungen beweisen will, ist, daß Sprache und Denken einander bedingen. Denken ist Können. Sprache ist Können. Und darum stellen sich Denken und Sprache dem Betrachter im gelingenden Tun dar. Gelingendes Tun als Denken resultiert aus sprachlichem Darstellungsvermögen.

Sprache ist das wichtigste Instrument menschlicher Entfaltung und menschlicher Wirksamkeit. Ohne Sprachbeherrschung wäre des Menschen Tun stark eingeschränkt. Denn beim Menschen kommt es auf das gelingende Tun an. Und dieses gelingende Tun ist bei ihm von seinem Vermögen der Darstellung abhängig, von dem sprachlichen Vermögen, sich über Sachverhalte objektiv ausdrücken zu können, wozu Argumentation, Demonstration, Motivation und Stimulation gehören. Diese Fähigkeit der Darstellung im sprachlichen Sinne[8]) zu entfalten, zu erweitern, ist eines der wichtigsten Übungsziele des Denktrainings.[9])

d) Übungen zum Darstellungsvermögen

Die folgenden Übungen sind Übungen zur Entwicklung des sprachlichen Darstellungsvermögens. Dabei wollen Sie sich an folgende Bedingungen halten, Zeichnung 3: Es müssen jeweils insgesamt fünf Sätze gesprochen werden. Zur Gestaltung einer Übung werden außerdem jeweils ein Hauptwort, ein Tätigkeits-

Zeichnung 3

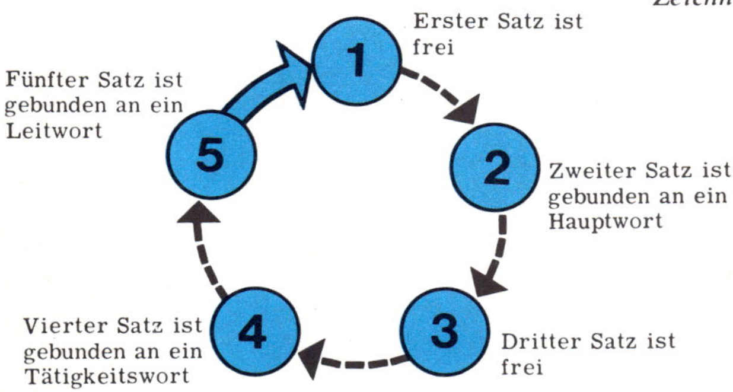

wort und ein Leitwort genannt. (Es wird Ihnen auffallen, daß die vorgegebenen Wörter - Hauptwort, Tätigkeitswort, Leitwort - ihren Bedeutungsgehalten nach weit auseinander liegen. Das ist beabsichtigt, um den Übungseffekt zu erreichen.) Der erste Satz ist immer völlig frei; der zweite Satz ist gebunden an ein vorgegebenes Hauptwort; der dritte Satz ist wieder frei und völlig ungebunden; der vierte Satz ist gebunden an ein Tätigkeitswort; und der fünfte Satz endlich ist gebunden an ein Leitwort und hat außerdem die Tendenz zu erfüllen, die gesamte Aussage aller fünf Sätze abzurunden und abzuschließen.

Beispiel: Hauptwort = Stuhlbein; Tätigkeitswort = differenzieren; Leitwort = Verständigung:

»Jeder Mensch kann sich in der von ihm gewünschten Weise entwickeln. Allerdings ist es ihm von der Gesellschaft verwehrt, Meinungsverschiedenheiten mit einem abgerissenen Stuhlbein zu lösen und der Gewalt zum Durchbruch zu verhelfen. Er muß sich bescheiden und dem demokratischen Leben einordnen. Er hat zu differenzieren zwischen seinem eigenen Lebenskreis und dem Lebenskreis der anderen Menschen. Um sich sinnvoll entwickeln zu können, ist er auf echte Verständigung mit anderen angewiesen.«

Die folgende Tabelle zeigt für solche Knüpfungsgewandtheits-Übungen die Übungen 1 bis 9. Bitte lösen Sie diese Übungen in Ruhe und schriftlich. Die Lösungen zu diesen neun Übungen finden Sie am Schluß dieses Buches angegeben. Es versteht sich aber von selbst, daß Sie die Lösungen erst lesen, wenn Sie Ihre Lösungen entwickelt haben.

ÜBUNGEN 1 BIS 9 eines Denktrainings

Lfd. Nr. d. Übungen	Hauptwort	Tätigkeitswort	Leitwort
1	Pflasterstein	verknüpfen	Resignation
2	Diagnose	veralbern	Motor
3	Genie	glühen	Psychodrama
4	Komplementär	festlegen	Gewissen
5	Demenz	aufwiegeln	Auslöser
6	Animosität	mähen	Ovation
7	Antrieb	fallen	Provokation
8	Intelligenz	spotten	Krebsschaden
9	Selektion	kastrieren	Teleologie

Ich gebe hier noch einmal die Bedingungen, unter denen diese ersten neun Übungen des Denktrainings veranstaltet werden sollen, bekannt:

a) Es müssen jeweils fünf Sätze gestaltet werden, die ein Ganzes bilden und von der Aussage her in sich abgerundet sein sollten.

b) Substantiv, Tätigkeitswort und Leitwort dürfen nicht in einem Satz enthalten sein.

c) Der erste Satz ist frei. Der zweite Satz ist gebunden an das Hauptwort. Der dritte Satz ist frei. Der vierte Satz ist gebunden an das Tätigkeitswort. Der fünfte Satz ist gebunden an das Leitwort. Dieser fünfte Satz mit dem Leitwort soll die Aussage des Ganzen und die fünf Sätze abrunden, Zeichnung 3.

d) Jede Lösung muß in der Gesamtheit als sinnvolle Aussage formuliert werden, das heißt: Es genügt nicht, fünf Sätze zusammenhanglos aneinanderzureihen. Jeder dieser fünf Sätze einer Lösung muß jeweils einen Sinn ergeben.

Ein Hinweis: Man löst diese neun Übungen leichter, wenn man den Sinngehalt des ersten (freien) Satzes aus der Nähe des Begriffes des Leitwortes wählt, Zeichnung 3.

Weitere Übungen, zu denen keine Lösungen gebracht werden, können Sie allein und ohne meine Hilfe versuchen. In der folgenden Tabelle sind für diese Übungen die Worte zusammengestellt. Lösungen werden hierzu nicht gegeben.

Lfd. Nr.	Hauptwort	Tätigkeitswort	Leitwort
a	Glassplitter	nachdenken	Autonomie
b	Füllhalter	bezweifeln	Reife
c	Symbol	aktualisieren	Durchsetzung
d	Karteikarte	analysieren	Wagemut
e	Teppichboden	bannen	Utopia
f	Idee	determinieren	Tourenplan
g	Psychologe	kommandieren	Gesundheit
h	Fähigkeit	belichten	Skrupel
i	Maße	einimpfen	Schmeichelei
j	Denkziel	ausrufen	Rummel
k	Terminologie	spüren	Rat
l	Plan	einlullen	Persönlichkeit
m	Struktur	artikulieren	Ordnung
n	Ziel	fingieren	Nachspiel
o	Originalität	sich kümmern	Macht
p	Winkel	hüten	Libido
q	Taschenlampe	loseisen	Können
r	Vorstellung	boxen	Individuation
s	Streben	richten	Herausforderung
t	Sättigung	brennen	Hausfassade
u	Knallfrosch	donnern	Hochschulbildg.

e) Der Gedanke entsteht im Wort

Die Entwicklung der menschlichen Sprache und des Sprechdenkens beim Menschen ist heute wissenschaftlich weitgehend bekannt. Noch ehe der reife Mensch in die Vorstellung hineinwachsen kann, daß Sprache als Mittel der Verständigung ein Kommunikationsmittel ersten Ranges ist und die Sach- und Kommunikations-Kompetenz des einzelnen ganz wesentlich steigert, muß sich das Kind über Lautäußerungen und über Zuweisungen von Bedeutungsgehalten zu diesen Lautbildungen Schritt um Schritt und ganz allmählich daran gewöhnen, Worte mit Sinngehalten zu begreifen und zu formen, Sätze zu bilden und mit den Formulierungen zu denken. Wer sein Denken über die Muttersprache trainieren (bilden) will, darf seinen Sprach- und Sprechzustand nicht als unfehlbar und als gegeben und unveränderlich begutachten; er hat sich zu einer intensiven Selbstarbeit zu entscheiden.

Der Mensch findet sich – beim Kinde beginnend und sprachlich heranreifend – in seiner Welt dadurch zurecht, daß er fort und fort Gegenstände erkennt, wiedererkennt und allmählich klarer und vielfältiger zu benennen vermag. Das vollzieht sich für jeden Menschen und dauernd in der unmittelbaren Umgebung des Menschen. Das Leben selbst in seinen vielfältigen Erscheinungen ist das sprachliche und damit gedankliche Lernfeld des Menschen. Die Beziehung zwischen Gedanke und Wort ist ein lebendiger Prozeß der Sprach- und Denkbildung, wobei der Gedanke im Wort geboren wird. Das ist die Erkenntnis, die wir dem Russen Wygotski verdanken.

Im Leben selbst und seinen vielen Erscheinungen lernt der einzelne Dinge und Ideen und Vorstellungen zu benennen. Und fortschreitend entdeckt er immer mehr Bekanntes: Mögen es nun Menschen sein, Straßen, Personen, Eigennamen, Häuser, Kinder, Hunde, Autos, Gärten, Möbel, Tiere, Werkzeuge, Pflanzen, Ideen, Vorstellungen und was noch alles genannt werden kann.

Die Sprache mit ihren Namen bzw. Benennungen ist es also, die dem Menschen seine Welt erschließen hilft, die ihm hilft, seine Welt bekannt und vertraut zu finden. Und durch das Benennen von Ängsten frei zu werden. Ehe der erwachsene Mensch in der Lage ist, in Erfüllung der dritten Grundfunktion der Sprache, nämlich der Darstellung, seine Gedanken in objektiver Weise zu äußern, wird er sich üben müssen, die Dinge und Vorgänge der

Welt und ihrer Erscheinungen richtig zu benennen. In dieser Übung sehe ich den Wert der Wortschatztests, die hier folgen sollen.

Ehe ich sie vorstellen darf, erlauben Sie mir bitte noch einige Erläuterungen: Wie sehr die Sprache ein spezifisches Lebenselement des Menschen ist, geht daraus hervor, daß eine mobile Sprachumwelt schon ein Kleinkind in eine Aktionswelt versetzt, in der es nicht allein sein kann. Das Kind bedarf der sprachlichen Umwelteinwirkung, um sprachliche Aktivität, sprachlichen Ausdruck zu finden und Denkanstöße zu empfangen. Bei sprachlicher Isolierung, bedingt zum Beispiel durch Spracharmut der Umwelt, können beim Kind Angst und Depressionszustände eintreten. Vereinsamung und seelische Verkümmerung oder gar Krankheit können die Folge sein. – Auch oder gerade beim Erwachsenen können diese negativen Wirkungen sprachlichen Defizits gegeben sein. Der Mensch z. B., der selber fühlt, wie schwer es ihm fällt, im Beruf erfolgreich zu sein, der durch Fleiß den gewünschten Erfolg nicht herbeizwingen kann, sollte über sein Sprach- und Sprechvermögen nachdenken. Hier könnten seine Schwierigkeiten beheimatet sein[8]).

Während das Tier über Kundgabe und Auslösung in einem gegebenen Verständigungskanal mit anderen Individuen der gleichen Art nicht hinausgelangt, entwickelt sich der Mensch aus dem Zustand der Sprachlosigkeit in der frühesten Kindheit allmählich zur beherrschenden Sprachgewalt und Sprachbegabung und mit dieser zur sich selbst und die Welt begreifenden Persönlichkeit. Dabei kommt es schon in früher Entwicklung nicht so sehr und ausschließlich auf die mit der Sprachaneignung verbundene Verständigungsfähigkeit mit anderen Menschen an als vielmehr auf das mit dem wachsenden Sprachvermögen und Sprechvermögen verbundene Verstehen und Denken der Zusammenhänge, das Benennen mit Prädikatoren, das Formulieren von Gedanken und das damit eng verbundene aktive Einflußnehmen auf die »Welt«.

Sprache ist für den reifen Menschen gespeicherte und in Sprechakten frei werdende Lebensenergie. Sprache ist Denkkapazität. Diese Denkkapazität gilt es auszubauen, gilt es zu trainieren. Die klaren Denkleistungen erfolgreicher Menschen – gleichgültig, aus welchen schichtspezifischen Bedingungen sie ihren Ausgang genommen haben – hängen ursächlich mit dem frei und selbst erworbenen Sprach- und Sprechvermögen zusammen, also mit dem Denkvermögen[8]). Es ist sicher, daß die Entfaltung der

Persönlichkeit nicht nur eine Sache der Vererbung und der Intelligenzentwicklung ist, sondern ganz offensichtlich auch eine Sache der Aneignung und der Beherrschung der Muttersprache und der darin liegenden Möglichkeiten, sich von emotioneller Grundsteuerung zu befreien und zu höchster sachlicher und nüchterner Denkleistung emporzusteigen. Es muß noch unbedingt dazu gesagt werden, daß das jedem möglich ist, jedem, der in irgendeiner Weise als Erwachsener beruflich tätig ist, jedem ohne Unterschied der Person und der Herkunft. Um es allgemeingültig zu sagen: Erkennbare Ziele der Sprachentfaltung sind das Selbständigwerden des Menschen und das mit dem Selbständigwerden zusammenhängende Denkenkönnen.

Das Benennen von Dingen, Gegenständen, Ideen, Zuständen, Sachverhalten, Situationen, Argumenten, Motivationen und menschlichen Eigenarten und menschlichen, körperlichen, geistigen und seelischen Gegebenheiten mit den richtigen Begriffen und das Kennenlernen der Bedeutungen der Wörter oder Begriffe bewirkt Denken, ist Denken, ist Denktraining.

Wie viele Bedeutungsgehalte von Wörtern Sie schon kennen, läßt sich an den drei folgenden Wortschatztests a, b und c der Übungen 10, 11 und 12 ermitteln. Ich habe dazu diese Wortschatztests vornehmlich mit Fremdwörtern ausgestattet, die in der Mehrzahl für den durchschnittlich gebildeten Menschen nicht neu sein dürften und heute fast alle im natürlichen Sprachgebrauch sind. Sie werden auch in diesem Buch benutzt.

Jeder Test umfaßt 63 Schlüsselfragen, zu denen durch Ankreuzen der fünf vorgestellten Großbuchstaben (A bis E) jeweils das Wort (bei einigen auch: mehrere Worte) zu finden ist, das ungefähr dasselbe oder das gleiche bedeutet wie das Schlüsselwort oder das am besten die Bedeutung des jeweiligen Schlüsselwortes angibt und erklärt. Es kommt also darauf an, die eigentlichen und meist tiefer verborgenen Bedeutungsgehalte der Wörter zu erschließen und zu verstehen. Die Bedeutungsgehalte der Worte sind ja Gedanken.

Sie führen diese Tests durch, indem Sie jeden Test in höchstens 17 Minuten erfüllen. Gelingt Ihnen das, dann können Sie mit sich und Ihrem Wortschatz und mit Ihrer Gedankenkapazität zufrieden sein. Die richtigen Antworten finden Sie am Schluß dieses Buches.

Wortschatz-Test a

1 ABSTRAKTION
- A Das Gute
- B Das Kluge
- C Das Verderbliche
- D Das Abgezogene
- E Das Verallgemeinerte

2 HYSTERIE
- A Verfahren
- B Falschheit
- C Mangelerscheinung
- D Fluchtstreben
- E Abwegigkeit seelischen Verhaltens

3 KONVERSATION
- A Aussprache
- B Kritik
- C Sprachlehre
- D Übungsregel
- E Lernakt

4 RESONANZ
- A Teil des Auges
- B Bewußtlosigkeit
- C Widerhall
- D Vorbehalt
- E rückläufige Erscheinung

5 MANIE
- A Besessenheit
- B Übereifer
- C Abgeklärtheit
- D Beruhigungsmittel
- E Konzentrationsfähigkeit

6 TENDENZ
- A Temperaturempfinden
- B Charakterentwicklung
- C erhöhter Blutdruck
- D Kälteeinfluß
- E Gerichtetheit des Strebens

7 TRIAL AND ERROR
- A Hand und Fuß
- B Mann und Maus
- C Versuch und Irrtum
- D Hund und Katze
- E Meer und Wind

8 EROTIK
- A Liebesgunst
- B Mitteilsamkeit
- C Schweigsamkeit
- D Zurückhaltung
- E Eindruck

9 HORMONE
- A Vitamine
- B Treppenstufen
- C Wirkstoffe
- D Erkältungskrankheit
- E Gefühlsausbruch

10 MIMIK
- A Gesichtsausdruck
- B Schauspieler
- C optische Einstellung
- D Verschleierung
- E Bündnisfähigkeit

11 KASTRATION
- A Keramikart
- B Sternbild
- C Flugbahn
- D Spannungszustand
- E Entfernung der Keimdrüsen

12 PROPHYLAXE
- A Verbindlichkeit
- B Organisationstalent
- C vorbeugende Maßnahme
- D optischer Bildwerfer
- E Halterung an Fahrzeugen

13 SOZIOLOGIE
- A Gesellschaftsbeschreibung
- B Wissenschaft von der Gesellschaft
- C Sachkompetenzen
- D Begriffslehre
- E politische Wissenschaft

14 FUNKTION
- A Tätigkeit
- B Durchsichtigkeit
- C mathem. Formel
- D Abhängigkeit
- E Maßeinheit

15 HAPTISCH
- A sinnhaft
- B rechnerisch
- C nachgebend
- D ausspannend
- E den Tastsinn betreffend

16 IMPRESSION
- A Sinneswahrnehmung
- B Gemütseindruck
- C Sorgerecht
- D Konstruktion
- E Annahme an Kindes Statt

17 CHOLERIKER
- A Strenge
- B Widernatürlichkeit
- C Der Aufbrausende
- D Der Friedfertige
- E Sammelbecken

18 SELEKTION
- A Selbsterziehung
- B Arbeitseinteilung
- C Auslese
- D Zeichenlehre
- E Vergleichende Sprachwissenschaft

19 KAUSALITÄT
- A Verfahrenstechnik
- B Ursächlichkeit
- C Abhängigkeit
- D Zinsendienst
- E Kontaktphase

20 PRIMITIVREAKTION
- A Durchbrechen der Primitivperson
- B Hinausverlegen der inneren Vorgänge i. d. Außenwelt
- C Flächenmaß
- D Befähigungsnachweis
- E mathem. Hochzahl

21 PARALYSE
- A Unterkunft
- B Gleichstellung
- C Gliederlähmung
- D Falschmeldung
- E Übersteigerung

22 ORGASMUS
- A Organverpflanzung
- B übernatürl. wirkende Kraft
- C Höhepunkt der Lustgewinnung
- D Knochenbildung
- E Organlehre

23 FRIGIDITÄT
- A Gefühlskälte
- B Nebensinn
- C Verdeckung
- D Verbannung
- E Mitteilsamkeit

24 ENDOGEN
- A absichtlich
- B gewollt
- C bestimmt
- D von innen entstanden
- E zufällig

25 KONFLIKT
A innerer Kampf
B äußere Erscheinung
C innerer Zustand
D Verelendung
E innerer Widerstreit

26 MUTATION
A Muskelkraft
B Mittelmeergebiet
C Getriebeteil
D spontane Erbänderung
E Bestandteil des Rückenmarks

27 FINALITÄT
A Vorsichtigkeit
B Hinwendung
C Zielgerichtetheit
D Vorstellung
E Umänderung

28 PROGNOSE
A Hausdurchsuchung
B Fehlerfeststellung
C Zustandserhellung
D Voraussage
E Durchblick

29 KOMPLEMENTÄR
A Richter
B Gerichtsvollzieher
C Bankinstitut
D Gesellschafter, der mit seinem ganzen Vermögen haftet
E Teilchenbewegung

30 REPRODUKTION
A Reservebildung
B Wiedervergegenwärtigung
C formale Logik
D Rückgriff
E Bewegungsablauf

31 MILIEU
A Sprechart
B Umgebung eines Lebewesens
C Minderjährigkeit
D Widersinnigkeit
E Verblendung

32 ASPEKT
A Überzeugung
B Gesichtspunkt
C Sehweise
D Entfremdung
E Verknüpfung

33 HOSPITALISMUS
A Ansammlung von Krankheitserregern
B Verdummung
C Hungergefühl
D Leichtsinnigkeit
E Armknochen

34 GRAPHOLOGIE
A Gewöhnung
B Gleichgewicht
C Lehre, aus der Handschrift den Charakter zu deuten
D Adelsbezeichnung
E Geschicklichkeit

35 DEPRESSION
A Freude
B Charme
C Bedrücktheit
D Gesinnung
E Verliebtheit

36 INSULIN
A Pflanzenart
B exotisches Inselvolk
C Hormon der Bauchspeicheldrüse

D Süßspeise
E Gruppentherapie

37 INFANTILISMUS
A kindlicher Zustand
B Vorherrschaft der Phantasie
C Abhängigkeit
D Ansteckung
E Irresein

38 BIORHYTHMUS
A Zirkel
B Raketenkraft
C Lebensablauf
D Keimzelle
E Atomkern

39 CHARAKTER
A Wunder
B Kreislauf
C Gepräge
D Friedlichkeit
E Energie

40 MODIFIKATION
A Veränderung
B Kürzung
C Abwandlung
D Zurverfügungstellung
E Rücksichtslosigkeit

41 MELANCHOLIE
A erbbiolog. Regeln
B Schwermut
C Todesahnung
D Menschenführung
E Arbeitssinn

42 PARAMETER
A Vergleichsmaß
B Wurzelkrankheit
C Ergiebigkeit
D Vermessenheit
E Zudringlichkeit

43 POTENZ
A sexuelle Fähigkeit des Mannes
B Lehre von den körperlichen Rückwirkungen auf seelische Einflüsse
C Anstoß
D Fäulnis
E Dickleibigkeit

44 KOMPLEX
A Blattpflanze
B Gesamtheit
C Aussicht
D Lebensgewohnheit
E Mehrsinnigkeit

45 DISPOSITION
A Verhinderung
B Einteilung
C Versicherung
D Mittelmäßigkeit
E Anordnung

46 TELEOLOGIE
A außersinnliches Wahrnehmen
B Hellsehen
C Ausdruckserleben
D Lehre vom Zieldenken
E Umgangssprache

47 INTELLEKT
A Fähigkeit des Denkens
B Utopie
C Klugheit
D Mißmut
E Ursprungssituation

48 ÖDIPUSKOMPLEX
A Zustand der Besinnung
B Zustand der Selbstverachtung
C sexuelle Bindung an gegengeschlechtlichen Elternteil

D negative Einstellung
E Verhaltensstörung

49 SENSATION
A Bestrebung
B Vermutung
C Lehre v. d. Sinnen
D Aufsehenerregendes Ereignis
E Kurzweil

50 PSYCHOSE
A Krankheit des Herzens
B Bedürfnisbefriedigung
C seelische Störung
D Zustandsänderung
E unbewußter Vorgang

51 RESIGNATION
A Verwandtschaft
B Krankheitsbild
C Entsagung, Verzicht
D Stimmungshintergrund
E Erinnerung

52 REFLEX
A Überschuß
B Anerkennung
C Verfestigung
D unmittelbare Antwort auf Reiz
E Hemmung

53 RETARDIERUNG
A Entwicklungsrichtung
B hormonale Steuerung
C Entwicklungshemmung
D Regelung
E Ausdruck

54 ADAPTION
A Verhängnis
B Kriechertum
C Wollust
D Anpassung
E Studium

55 PEDANTERIE
A Mitteilungssinn
B übertriebener Ordnungsdrang
C Art eines Stoffes
D nächtliche Angst
E Unterbrechung

56 SEKRETION
A Absonderung
B Verbitterung
C Einweihung
D Neigung
E Rundfunksendung

57 INTENSITÄT
A Stärke
B Teppichboden
C chem. Kurzzeichen
D Holzverkleidung
E Wandschrank

58 KRISE
A Polizeiaufgebot
B kriminelle Handlung
C Wendepunkt
D Kritzelstadium
E Schwierigkeit

59 KOORDINATION
A Vermeidung von Schwierigkeiten
B Zusammenordnen
C Ansprache
D Gruppenerlebnis
E Küchentechnik

60 KYBERNETIK
A Bewußtseinshelligkeit
B Kinderkrankheit
C ärztl. Behandlungsweise

D Steuerungs-technik
E Alters-medizin

61 DISSOZIA-TION
A Erkenntnis
B Verfrem-dung
C Ausein-anderfallen
D Mitteilung
E Durch-setzung

62 SOMATOLO-GIE
A Gesichtsfeld
B Geschlechts-verkehr mit Tieren
C Lehre vom mensch-lichen Körper
D Schlafkrank-heit
E Fähigkeit zu sozialer Bindung

63 DRESSUR
A Witz
B Wissenschaft
C Abrichtung
D Beeinflus-sung
E Vorrichtung

Wortschatz-Test b

ÜBUNG 11

1 PUBERTÄT
A Abschlie-ßung
B Verein-samung
C Lebenser-wartung
D Übergangs-zeit
E Geschlechts-reife

2 SIMULIEREN
A entsprechen
B sich ver-stellen
C zeichnen
D vorgeben
E ähnlich machen

3 ALLERGIE
A Modeschnitt
B Zuständig-keit
C Überemp-findlichkeit gegen bes. Stoffe
D Hautreiz
E Allgemein-vorstellung

4 MNEME
A Gedächtnis
B Mittelhirn
C Mittelwort
D Einsilbig-keit
E Einheit

5 GENIE
A Erstgeburt
B höchste Begabung
C griechi-scher Gott
D franz. Wein
E Ursache

6 SENSO-MOTORIK
A Nerven-system
B Hilfsmecha-nismus
C Gesamtheit der aufneh-menden und bewirkenden Vorgänge des Nerven-systems
D Sprach-übung
E Absicherung

7 IDENTIFIZIE-RUNG
A Gleich-setzung
B Polizeiauf-gebot
C Arbeitser-leichterung
D Wandver-kleidung
E einen Toten erkennen

8 DIAGNOSE
A Fertigkeit
B Überblick
C Gesinnung
D Entscheidung
E Erkennen

9 HOROSKOP
A optisches Gerät
B Deutung aus Sternenkonstellationen
C physikalische Einheit
D Temperamentsarmut
E Beklommenheit

10 AUSLÖSER
A seelische Entfaltung
B äußerer oder innerer Reiz
C Kulturförderung
D Gedächtnisinhalte
E Urteile

11 REAKTION
A Einblick
B Umsicht
C Voraussicht
D Rückwirkung
E Unmittelbarkeit

12 KOMMANDITIST
A General
B beschränkt haftender Teilhaber
C Satzzeichen
D Ansiedlung
E Gesellschaft

13 INSTINKT
A Wetterfühligkeit
B Gemessenheit
C ererbtes Zweckmäßigkeitshandeln
D Folgerichtigkeit
E Vervollkommnung

14 REMINISZENZ
A Urteilsfindung
B Stillstand
C therapeutische Hilfe
D Grundsatzerklärung
E Erinnerung

15 ENGRAMM
A mathem. Zeichen
B Willenskraft
C Eingezeichnetes
D Rahmenvorstellung
E Unbezwingbares

16 REZEPTIVITÄT
A Mittel zur Hemmungsbeseitigung
B Aufnahmebereitschaft
C Wiederkehr
D wechselseitige Abhängigkeit
E rhythmische Bewegung

17 HUMAN RELATIONS
A Verknüpfung
B Menschlichkeit
C Pflege der menschlichen Beziehungen
D arbeitender Mensch
E Ingenieur-Wissenschaft

18 MENTAL
A süchtig
B blitzartig
C geistig
D vorwärtsstrebend
E religiös

19 HYPOTHESE
A Blattpflanze
B Annahme
C Merkfähigkeit
D Erregung
E Abschluß

20 PSYCHODRAMA
A Darstellung von Konflik-

ten in der Gruppe
B abartige Begegnungen in der Gruppe
C Kommune
D Hausfriedensbruch
E Streit zwischen Eheleuten

21 DOMESTIKATION
A Häuslichkeit
B Hausplan
C Kanalisation
D Stimmung
E Gewöhnung an das Haus

22 MENSTRUATION
A Menschenkenntnis
B volkstümliches Sprechen
C Regelblutung d. Frau
D Denkmethode
E Merkfähigkeit

23 INDIVIDUUM
A Anordnung
B Einzelwesen
C Das Unteilbare
D Gegenstandsbetrachtung
E Verbrecher

24 ANIMOSITÄT
A Verelendung
B Zwangsvorstellung
C Brutalität
D Abneigung
E unbewußte Hemmung

25 MOSAIK
A Einlegearbeit
B Rekordernte
C Müdigkeit
D Frömmigkeit
E Musikpsychologie

26 INFLATION
A Bierausschank
B Wirtschaftlichkeitsberechnung
C Aufblähung des Geldumlaufes
D Aufmunterung
E Zerfall der Sitten

27 ELITE
A Gruppe
B Verwandtschaft
C Feindschaft
D Ausleseschicht
E Vereinsleben

28 KONATION
A Kenntnisnahme
B Initiativwille
C Aufbäumen
D Drang, Trieb
E Ausgleich

29 PSYCHOLOGIE
A Seelenheilkunde
B Seelenkunde
C Naturheilkunde
D Teilgebiet der Soziologie
E philosoph. Richtung

30 ISOLATION
A Absonderung
B Reizwirkung
C Irrenheilkunde
D Blutschande
E Selbstbefriedigung

31 DESTRUKTION
A Verbrüderung
B Sinnlichkeit
C Abartigkeit
D Zerstörung
E Vordergründigkeit

32 KONSTELLATION
A Stellung zueinander in einem System

B Berechnungsweise
C Versteuerung
D Verminderung
E Zuständigkeit

33 MIMIKRY
A Beurteilungsbogen
B biologische Schutzanpassung
C Auffassungsgabe
D Tierversuche
E Persönlichkeitslehre

34 SOZIOMETRIE
A Zeichentechnik
B Messen gesellschaftl. Verhältnisse
C Spannungsgeladenheit
D Spätentwicklung
E Muskelkraft

35 FRUSTRATION
A Glockenspiel
B Vereitelung
C Widerspruch
D Voraussage
E Enttäuschung

36 INDUKTION
A Körperhaltung
B Verhaltensweise
C Erkenntnistheorie
D Schließen von Einzelfällen auf das Allgemeine
Befriedigung

37 RETROAKTIVE SUGGESTION
A Gefühl des Hasses
B Aktivierung früher erlebter Inhalte
C Entladung
D Verkümmerung
E Eifersucht

38 THERAPIE
A Fehlsichtigkeit
B Heilweise
C Summe von Anschauungsbildern
D Wechsel in der Führung
E Konzentrat

39 HYPNOSE
A Annahme
B Verkümmerung
C Vermassung
D schlafender Zustand
E Spiegelglas

40 DEGENERATION
A Friedensrichter
B Gegensatz
C Entartungsvorgang
D Zellteilung
E Mehrfachbelastung

41 PERVERSION
A geistliches Lied
B Vulgärlatein
C sexuelle Abartigkeit
D Merkmalsentwicklung
E kindl. Entfaltung

42 IMITATION
A Vorstellung
B Ansprache
C Nachahmung
D Eingebung
E Vorsorge

43 KONTRASELEKTION
A Gegenauslese
B Angepaßtsein
C Sokratische Fragetechnik
D Gleichartigkeit
E Vermeidungstendenz

44 KONTAKT
A Suchdienst
B Fühlung
C Mißgunst
D Hochmut
E Verachtung

45 EXPEDIENT
A Forscher
B Versandleiter
C kaufm. Angestellter
D Musiker
E Dasein

46 KONFIGURATION
A Gestaltung
B Zusammenfügung
C Anstrengung
D Gebebereitschaft
E Publizistik

47 AKT
A Bild
B Motiv
C Fremdkörper
D Wesenseinheit
E Vorgang

48 PROVOKATION
A Abteilungsleiter
B Erklärung
C Verkündung
D Herausforderung
E Wetterkunde

49 INTELLIGENZ
A Vererbung
B Wunschdenken
C Einsichtsfähigkeit
D Yoga-Übung
E Blechnapf

50 PENETRANZ
A Wandelstern
B geistiger Diebstahl
C Durchdringlichkeit
D Blattfaser
E Holz einer Kiefer

51 ENKULTURATION
A Einengung
B Beschränkung
C Einpassung in die Kultur
D Müßiggang
E Zurückhaltung

52 INFORMATION
A Zugänglichkeit
B Bildungsgehalt
C Aufklärung
D Mitteilsamkeit
E Schülerzeitung

53 INHALATION
A Hemmung
B Veränderung
C Einatmen
D plötzliche Handlung
E innere Absonderung

54 AGILITÄT
A Verderblichkeit
B Prüderie
C Lebendigkeit
D Hörsinn
E Aufbau

55 DESINTEGRATION
A Bahnlinie
B Straßenführung
C Kulturabkommen
D Auseinanderfallen
E Sittenrichter

56 KONTRAKTION
A Kampf
B Zusammenziehen
C Sexualtrieb
D Röntgenapparat
E Vergitterung

57 TRANSFER
A Verhaltensvorschrift
B Anschauungsunterricht
C Verehrung
D Übertragung
E Maskierungstrieb

58 INTROVERTIERT
A nach innen gewendet
B brüderlich verbunden
C verallgemeinernd
D zusammenhaltend
E verderblich

59 INTERPRETATION
A Vorgehen
B Zurückhaltung
C Auslegung
D Gattung
E Haupttest

60 AUTOSUGGESTION
A Getriebeöl
B Bemerkung
C Weiblichkeit
D Selbstbeeinflussung
E Verführung

61 DEPERSONALISATION
A Einfluß
B Durchsetzung
C Minderwertigkeit
D Entpersönlichung
E Fruchbarkeit

62 BISEXUALITÄT
A Verklemmung
B Einseitigkeit
C Vielseitigkeit
D Zweigeschlechtlichkeit
E Blickfeld

63 STRUKTUR
A Entwicklungsstufen
B Vorbehalt
C Gefüge, Bauart
D Ordnung
E Irrtum

Wortschatz-Test c

ÜBUNG 12

1 GENOTYPUS
A die Gesamtheit der Erbanlagen
B Versicherungsart
C wirtschaftl. Entwicklung
D Folgeerscheinung
E modischer Tanz

2 ETHIK
A Sittenlehre
B Wissenschaftslehre
C Logik
D Mathematik
E Rechtswissenschaft

3 LETHARGIE
A völlige Interessen- und Teilnahmslosigkeit
B Abgespanntheit
C Unfähigkeit
D Sprachlosigkeit
E Zurückhaltung

4 NEURALGIE
A Nervenschmerzen
B Sozialisierungsverfahren
C eigensüchtige Bestrebung
D Abänderungsverfahren
E Preisgrenze

5 AGGRESSION
A Angriffslust
B Feindseligkeit
C Mittelmäßigkeit
D Besinnung
E Angstzustand

6 GENERALISIERUNG
A militär. Zeichen
B Wandmalerei
C Verallgemeinerung
D Hilfsstellung
E militärischer Rang

7 FIKTION
A Maßhaltigkeit
B Verständigung
C Vermögen
D Erdichtung, Erfindung
E Erschwernis

8 KLIMAKTERIUM
A krankhafte Anlage
B Zwillingsforschung
C Wechseljahre d. Frau
D Wettbörse
E Schlafgemach der Frau bei den Germanen

9 TABU
A Grundriß eines Hauses
B Unberührbares
C abgeschabte Schreibtafel
D Schnellschreiber
E Kurzfilm

10 MASTURBATION
A Zustandserklärung
B fehlende Bereitwilligkeit
C geschlechtliche Selbstbefriedigung
D Druckplatte
E ausgestorbene Elefantenart

11 SYMPTOM
A Lehre vom Handeln
B Eignungsuntersuchung
C Produktionskontrolle
D Lieferfähigkeit
E Anzeichen eines Zustandes

12 KOMBINATION
A Zustandsbeschreibung
B Verknüpfung von Einzeldaten
C Untersatz
D Verdichtung
E Verzerrung

13 KLEPTOMANIE
A Verhaltensforschung
B krankhafte Anlage zum Diebstahl
C Entwicklung
D Vorstellungsvermögen
E Klanggefüge

14 SYMBOL
A Schilderung
B Erlebniswelt
C Sinnbild
D Menschengattung
E Sonderstellung

15 AFFEKT
A heftige Gemütsbewegung
B klare Entscheidung
C Sinnestäuschung
D Mutwilligkeit
E Vorsicht

16 ANNALEN
A Anweisung
B Wohlgefälligkeit
C Kalender
D Einverleibung
E geschichtliche Jahrbücher

17 KONTRAST
A Spiegelbild
B Zusammenhang
C Gegensatz

D Umrißlinie
E Wahrnehmungsfähigkeit

18 FASZINATION
A Verketzerung
B Verzauberung
C Verdorbenheit
D Verallgemeinerung
E Bereitschaft

19 GENITAL
A bedeutungsvoll
B einseitig
C frühzeitig
D richtungsweisend
E zur Zeugung gehörend

20 DEMENZ
A Verworrenheit
B Bildung
C Kritikfähigkeit
D Intelligenz
E Durchsichtigkeit

21 STIMULATION
A Gefühlsüberhang
B Anregung
C Stirnlappen vorm Gehirn
D Vermutung
E Sprechtechnik

22 NARZISSMUS
A Baumwollaufbereitung
B natürliche Entwicklung
C erotische Hinwendung zum eigenen Körper
D Liebeserklärung
E leidender Mensch

23 INFEKTION
A Wechselwirkung
B Kinderkrankheit
C Sinnhaftigkeit
D Ansteckung
E lauernde Gefahr

24 DEKADENT
A bemüht
B aufrichtig
C entartet
D fehlerhaft
E mißmutig

25 EGOISMUS
A Einseitigkeit
B Verfall
C Ichhaftigkeit
D Bestimmung
E Sockelbetrag

26 TAKTIK
A Zuversicht
B Völkerkunde
C das kleine Gefecht
D Übersicht
E kluges Verhalten

27 KAPAZITÄT
A Selbstbewußtsein
B Urhirn
C Umwelt
D Zufriedenheit
E Fähigkeit

28 PATHOS
A Vaterliebe
B griech. Lehrer
C betonte Feierlichkeit
D Kirchengesang
E Rede

29 KORRELATION
A chem. Verfahren
B Umweltverschmutzung
C Gewässerreinigung
D Wechselbeziehung
E Herzlichkeit

30 DISKURSIV
A mäßig
B vielfältig
C wundergläubig
D wunderlich
E fortschreitend planmäßig

31 SYMPATHIE
- A Zuneigung
- B Nervensystem
- C Ansprechbarkeit
- D Darmträgheit
- E Gemeinschaftswille

32 INTERESSE
- A Brutschrank
- B innere Teilnahme
- C Besprechung
- D Eigenbereich
- E Polstergarnitur

33 PORNOGRAPHIE
- A Kunstgattung
- B offene Darstellung aller geschlechtlichen Beziehungen
- C Mehrfachsehen
- D unzüchtige Darstellungen
- E Oberflächenbetrachtung

34 ENERGIE
- A Beziehungsnähe
- B Absicht
- C Ziel
- D Kraft
- E Verständnis

35 MEDITATION
- A Verwilderung
- B körperl. Entartung
- C Mittel zur Einübung
- D sinnende Betrachtung
- E religiöse Versenkung

36 MANIPULATION
- A Handgreiflichkeit
- B Kunstgriff
- C Machenschaft
- D Hirnanhangdrüse
- E Mannbarkeit

37 TRADITION
- A Bewußtsein
- B Auslöser
- C Häufigkeit
- D Überlieferung
- E Generationswechsel

38 TRANSPARENZ
- A Bürotechnik
- B Durchsichtigkeit
- C Entrückung
- D Einschläferung
- E Selbstentspannung

39 EXERZITIEN
- A religiöse Sekte
- B sportl. Übungsstätte
- C militär. Absicht
- D religiöse Übungen
- E Morallehre

40 MASOCHISMUS
- A Klinikgerät
- B Ausfall von Sinneseindrücken
- C geschlechtl. Erregung beim Erdulden von Mißhandlungen
- D Testverfahren
- E Kopfhaut

41 TRAINING
- A Strebungen
- B Übertragbarkeit
- C planm. Funktionsübungen
- D Täuschung
- E Erregungszustand

42 LABILITÄT
- A Schwankung
- B Sportart
- C Lampenfieber
- D Bewußtseinstrübung
- E Unsicherheit

43 INSTITUTION
A Verwaltung
B Körperschaft
C Einrichtung
D Instrument
E Musikstück

44 MISANTHROPIE
A Bucheinband
B Haßliebe
C Furcht vor Schmutz
D Menschenhaß
E Gedächtniskunst

45 TALENT
A natürliche Anlage oder Fähigkeit
B Bewegungsabhängigkeit
C gesellschaftliche Repräsentanz
D Sinneswahrnehmung
E Aussichtslosigkeit

46 LATENT
A übersichtlich
B versteckt, verborgen
C gemeingefährlich
D sozialorientiert
E eigensüchtig

47 PERSONALISATION
A Menschlichkeit
B Entfaltung des menschlichen Wesens
C Überredungskunst
D Durchdringung
E geistiger Oberbau

48 FIXIEREN
A Festhalten
B Rückgang
C Festsetzen
D Krankheitsbild
E Bewährung

49 SYNTHESE
A Menschenkenntnis
B Zusammenfügen von Teilen
C Temperamentstypen
D Zusammenziehen
E Herzfunktion

50 REZEPTION
A Aufnahme, Übernahme
B gesunder Organismus
C Atemtechnik
D Beweisverfahren
E Überheblichkeit

51 DELIRIUM
A Zielklarheit
B Übergangserscheinung
C Verwirrtheit
D Denkansatz
E Verliebtheit

52 NEUROSE
A unmittelbare Therapie
B hormonale Regulierung
C Nervenerkrankung
D Schutz der Schiffahrt
E Führung eines Schiffes

53 KATEGORIE
A Grundaussage
B Wesensbereich
C Zigarettenmarke
D Klasse, Gattung
E Erlebnis

54 KONZENTRATION
A Sammlung
B Übelkeit
C Zuordnung
D körperliche Wärme
E Liebesgunst

55 LIBIDO
A Unverfänglichkeit
B Wahrhaftigkeit
C Entschluß
D Geschlechtstrieb
E Hochherzigkeit

56 EMOTION
A Verstandesbetontheit
B Sicherheitsstreben
C Gemütsbewegung
D Empfänglichkeit
E Sinnhaftigkeit

57 KONSTITUTION
A Blumenerde
B Farbenlehre
C Weisheit
D Beschaffenheit
E Lebensverachtung

58 EXISTENZ
A Wandbemalung
B Bilderfolge
C Dasein
D Mittelmäßigkeit
E Zornausbruch

59 KANALISIERUNG
A Methodenlehre
B Leitung der Antriebe
C Umweghandlung
D Ansprechbarkeit
E Abwässerregulierung

60 MARIHUANA
A Rauschmitel
B Himmelserscheinung
C Modedekor
D Pflanzenschutzmittel
E Überraschungsmoment

61 INTENTION
A Platzangst
B Gruppendynamik
C religiöse Ansprache
D Absicht, Richtung
E Bewegung

62 MONOTONIE
A Absichtserklärung
B Wahn
C Augenblick
D Eintönigkeit
E geometrischer Ort

63 DEKADENZ
A Entwicklung
B Entartung
C soziale Richtung
D sinnliches Raffinement
E Übelkeit

3.
Was ist Glück? – Denken ist der Wahrheit verpflichtet

Was ist Glück? Ich behaupte: ein Wort, sonst nichts. Können Sie sich Glück vorstellen? - Sie behaupten: ja? - Ich sage: nein! Sicherlich werden in Ihrem Hirn beim Lesen oder Hören des Wortes »Glück« bestimmte Vorstellungen geweckt, Vorstellungen von einem erfolgreichen Leben, von einem eigenen Haus, von einem eigenen Kraftwagen usw. So verschieden die Menschen sind, so verschieden sind auch ihre Vorstellungen vom Glück.

Genau besehen, die frohen Gesichter oder das eigene Haus oder der eigene Kraftwagen sind doch nicht das »Glück« selbst! Sie sind lediglich verschiedene, individuelle Ausdrucksformen des Glücks! Aber niemals »das Glück«. »Glück« selbst kann man sich nicht vorstellen. »Glück« ist ein Begriff, ein Wort. »Glück« ist ein Gedanke. Es wird der Begriff »Glück« von tausend und mehr Zungen an einem Tag gesprochen und von tausend und mehr Federn geschrieben, weil er tausendmal und mehr gedacht wird; weil man tausendmal und mehr »Glück« denken kann.

Einsicht: Sie können also »Glück« denken. Sie können auch »Qualität« denken oder »Erfolg« oder »Leistung«. Sie können »Daten« denken, »Ziffern«, mathematische oder geometrische »Begriffe«. Sie können die Begriffe »Persönlichkeit«, »Aufgabe«, »Alter«, »Jugend« denken: alles Begriffe, die unanschaulich sind, abstrakt, also nicht gegenständlich (nicht konkret). Begriffe können nur gedacht werden.

Haben Sie schon einmal darüber nachgedacht, welcher Unterschied eigentlich zwischen der »Eisenbahnlinie« und der »Luftlinie« besteht? Mit dem Ausdruck »Eisenbahnlinie« verknüpft man unwillkürlich die Vorstellung eines durch die Landschaft sich schlängelnden Schienenstranges, der einen Berg oder ein anderes Hindernis umgeht. Siehe Zeichnung 4.

Der Ausdruck »Luftlinie« erweckt dagegen in uns die Vorstellung von der kürzesten Verbindung zwischen zwei Orten. Das Flugzeug braucht die Hindernisse des Erdbodens oder der Landschaft nicht zu umfliegen und kann - wenn keine Wetterhindernisse dem entgegenstehen - von A aus geradewegs auf B zusteuern, Zeichnung 4. Das Flugzeug fliegt also den kürzesten Weg zwischen den beiden Orten A und B; es fliegt entlang einer »gedachten Luftlinie«.

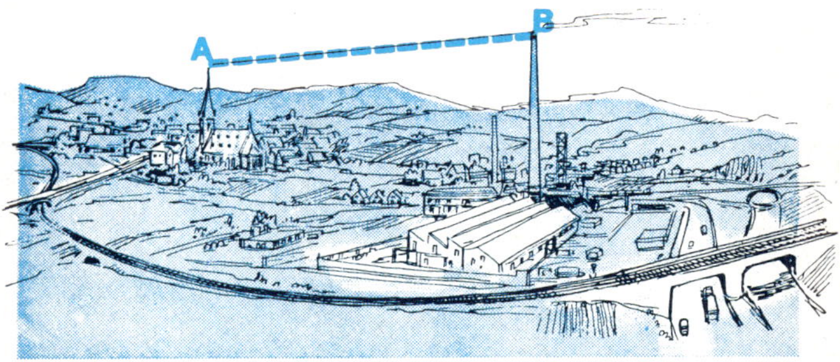

Zeichnung 4

In der Verkehrssprache ist es üblich, dann von einer »Luftlinie« zu sprechen, wenn man die kürzeste Entfernung zwischen zwei Orten meint. Man sagt: Die »Luftlinie« zwischen Köln und Frankfurt/Main beträgt 180 Kilometer. Mit der Bundesbahn wird man gegebenenfalls für diese Strecke einen längeren Weg rechnen müssen, weil sie nicht die gerade Strecke von Köln nach Frankfurt fahren kann, sondern viele kleinere Richtungsabweichungen berücksichtigen muß. Im Sprachgebrauch benutzt man allerdings in beiden Fällen das Wort »Linie«, obschon es sich offensichtlich bei der »Eisenbahnlinie« um eine andere »Linie« handelt als bei der »Luftlinie«.

Einsicht: Der Mathematiker muß sich klar ausdrücken. Er muß dies deshalb schon, damit ihn jeder andere Mathematiker, Wissenschaftler, Techniker (gegebenenfalls auch der Ausländer) sofort verstehen kann, ohne erst lange umdenken zu müssen. Der Mathematiker benennt deshalb auch das, was wir in der Verkehrssprache mit »Eisenbahnlinie« oder »Luftlinie« bezeichnen, eindeutiger.

Er sagt: Eine beliebige Verbindung zwischen zwei Orten (oder zwei Punkten) ist eine Linie. Unter Linie ist eine krumme Linie zu verstehen (Vergleich mit der »Eisenbahnlinie«). Siehe Zeichnung 5. Dagegen ist die kürzeste Verbindung zwischen zwei Punkten (wie sie der »Luftlinie« entsprechen würde) eine Gerade, Zeichnung 5. Die Gerade kann sich über die zwei Punkte, die sie auf kürzestem Wege verbindet, hinaus geradlinig fortsetzen; sie braucht nicht durch die beiden Punkte begrenzt zu sein.

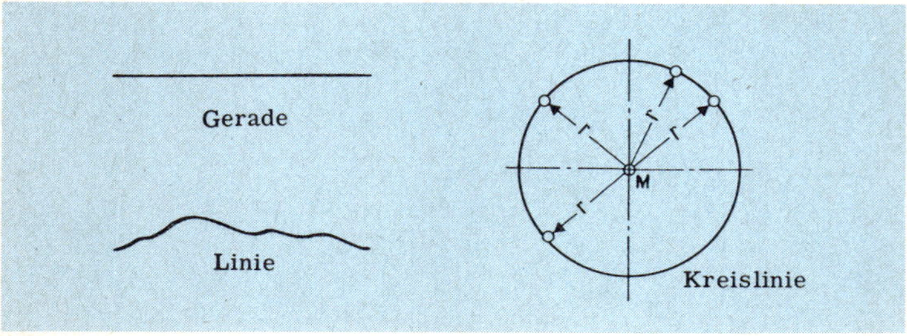

Zeichnung 5

Was wir in der Alltagssprache als »Eisenbahnlinie« bezeichnen, nämlich eine beliebige Verbindung zwischen zwei Orten oder zwei Punkten, ist für den Techniker eine Linie. Das, was wir in der Alltagssprache als »Luftlinie« bezeichnen, nämlich die kürzeste und damit gerade Verbindung zwischen zwei Orten oder zwei Punkten, ist für den Techniker eine besondere Art von Linie, nämlich eine Gerade.

Einsicht: Was will Ihnen die Lektion über Linie und Gerade sagen? – Nichts anderes als dies: Mathematische (bzw. geometrische) Begriffe sind in Wahrheit nur zu denken; sie sind nur als »gedachte Wirklichkeiten« wertvoll.

Bleiben Sie zunächst noch bei den Linien! Da wir jede beliebige Verbindung zwischen zwei Punkten als Linie bezeichnen, so gibt es naturgemäß eine unvorstellbar große Zahl von Verbindungsmöglichkeiten – und demnach von Linien – allein zwischen zwei Orten oder zwei Punkten. Alle diese Linien, die Sie sich denken können, sind ungleichmäßig gekrümmte Linien. Die ungleichmäßige Krümmung ist also das kennzeichnende Merkmal. Sie wollen in Zukunft ungleichmäßig gekrümmte Linien, von denen Sie eine in Zeichnung 5 (unten links) dargestellt finden, als »einfache Linie« benennen und sich als solche denken.

Neben der einfachen Linie gibt es auch eine Art von gleichmäßig gekrümmten Linien, die Sie Kreislinien nennen. Siehe Zeichnung 5. Der Mathematiker sagt dazu: Als Kreislinie bezeichnen wir jede in sich geschlossene, gleichmäßig gekrümmte Linie, bei der jeder Punkt dieser Linie von einem anderen Punkt, dem Mittelpunkt »M«, um den gleichen Abstand »r« entfernt ist. Strenggenommen, was wir hier ja tun, können wir eine Kreislinie im strengen mathematischen Sinne nur denken. Und die in Wirklichkeit sich uns darstellende Kreislinie ist – mathematisch gesehen – ein unendliches Vieleck. Die wirkliche Kreislinie ist nur zu denken.

Den Abstand des Mittelpunktes »M« von jedem beliebigen Punkt der Kreislinie nennen wir Halbmesser und bezeichnen ihn mit dem Buchstaben »r«. (»r« ist der erste Buchstabe des Wortes »Radius«, das aus dem Lateinischen kommt und »Halbmesser« bedeutet.) Es ist also jeder Punkt der Kreislinie von dem Mittelpunkt »M« um das Maß des Halbmessers »r« entfernt. (Sie sollen aber schon hier erkennen, daß aus bestimmten Gründen oft der Durchmesser »d« des Kreises angegeben wird, der doppelt so groß ist wie der Halbmesser, was schon in der Wortbildung zum Ausdruck kommt: $2r = d$. Siehe Zeichnung 6.

Einsicht: Wie Sie sehen, heißt denken: genau sein in den Ausdrücken und Formulierungen oder Benennungen. Wer denken will, darf sich Ungenauigkeiten nicht erlauben; er sollte sie auch nicht dulden. Fragt man sich, was denn nun ein Denktraining bewirken soll, so verstehen Sie jetzt, daß ein Denktraining unter anderem und zuerst zur Genauigkeit erzieht.

Wie schon vorhin festgelegt wurde, versteht der Mathematiker unter einer Geraden die kürzeste Verbindungslinie zwischen zwei Punkten. Bei dieser Begriffsbestimmung der Geraden ist über ihre Länge nichts ausgesagt worden. Das ist auch richtig so; denn die Gerade setzt sich über die beiden Punkte, die sie auf dem kürzesten

Zeichnung 6

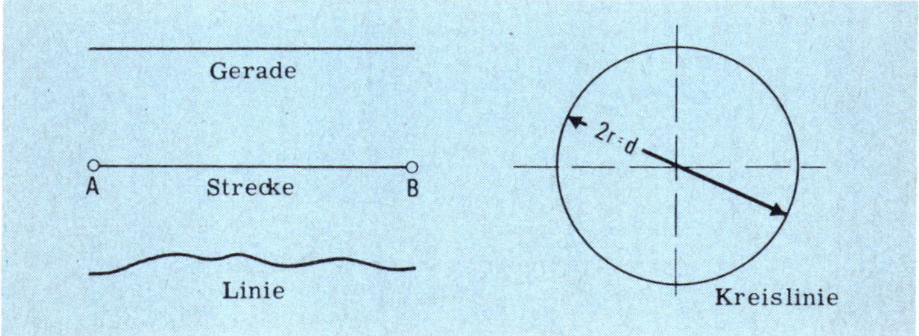

Wege miteinander verbindet, nach beiden Seiten hin unbegrenzt fort. Die Gerade ist nämlich genau wie die einfache Linie unendlich lang.

Es muß klarwerden, daß bei der Begriffsbestimmung »die Gerade ist die kürzeste Verbindung zwischen zwei Punkten« nichts über die Länge der Geraden ausgesagt wird, und zwar bewußt nichts ausgesagt wird, weil nämlich die Gerade unendlich lang sein kann und keineswegs durch die beiden Punkte, deren kürzeste Verbindung sie darstellt, begrenzt sein muß.

Wollen Sie jedoch das Geradenstück zwischen den beiden Punkten A und B benennen, so müssen Sie hierzu den Begriff »Strecke« gebrauchen, Zeichnung 6. Wenn man auf dem Sportplatz die für einen Wettkampf bestimmte »Hundertmeterbahn« abmißt, dann mißt man nach der in der Technik üblichen Begriffsvorstellung eine »Strecke«, nämlich ein begrenztes Längenstück einer Geraden, ab. Man spricht deshalb auch richtiger von einer »Hundertmeterstrecke«.

Der Mathematiker unterscheidet streng zwischen einer Geraden und einer Strecke. Den Begriff der Strecke legt er so fest: »Jedes begrenzte und demnach meßbare Längenstück einer Geraden ist eine Strecke.« – Prägen Sie sich ein, daß Gerade und Strecke eine Eigenschaft gemeinsam besitzen, nämlich geradlinig zu sein, d. h. die kürzeste Verbindung zwischen zwei Orten oder zwei Punkten darzustellen; während die Gerade unbegrenzt lang ist, ist die Strecke ein begrenztes Längenstück einer Geraden.

Einsicht: Aus diesen Überlegungen leiten wir etwas Wichtiges ab: Das Denken zeigt sich beim Menschen im wesentlichen darin, daß er nicht einfach irgend etwas sagt und der Umwelt überläßt, sich aus dem, was er sagte, einen Reim zu machen oder dessen Wahrheitsgehalt zu prüfen. Der denkende Mensch sagt etwas Wahres. Wahr ist z. B., daß ein begrenztes Stück einer Geraden eine Strecke ist. Spricht jetzt der Mensch – irgendeiner – von einer Strecke, dann muß das, was er meint und sagt, auch als Strecke gedacht und gemeint und wahr sein. Etwas sagen setzt Denken voraus. Und Denken ist der Wahrheit verpflichtet. Denn keiner von uns darf sagen: »Das ist eine Hundertmeterstrecke« und kann gleichzeitig meinen, daß die Länge oder die Genauigkeit der Länge unbedeutend und nur annähernd 100 Meter lang sei.

Bitte denken Sie darüber nach, und versuchen Sie zu begreifen, daß man Längen sowohl entlang einer Geraden als auch entlang einer gekrümmten Linie, also entlang einer einfachen Linie oder gar entlang einer Kreislinie, messen kann. Die Meßlängen jedoch, z. B. die Meßlänge »1 Meter« oder die Meßlänge »1 Kilometer«, sind Strecken, Zeichnung 6.

ÜBUNG 13:

Sie haben bis jetzt vier verschiedene Linienarten kennengelernt, nämlich: die einfache Linie, die Kreislinie, die Gerade und die Strecke. Versuchen Sie, ohne in diesem Abschnitt des Buches noch einmal nachzulesen, die Begriffe »die einfache Linie«, die »Kreislinie«, die »Gerade« und »die Strecke« sprachlich genau zu bestimmen. Die Lösung finden Sie am Schluß dieses Buches.

Die Parallele: Vielleicht hat der eine oder andere von Ihnen schon einmal zugeschaut, wenn Eisenbahnschienen gelegt werden. Die beiden Schienen müssen auf ihrer ganzen Länge den gleichen Abstand haben; hätten sie den nicht, dann würden die Eisenbahnwagen entgleisen müssen.

Der beim Bau der Eisenbahnlinie verantwortliche Bauführer mißt mit einem Meßstab, dem sogenannten Spurstab, der genau dem Radabstand der Eisenbahnwagen entspricht, auf der ganzen Länge der Eisenbahnlinie nach, ob die Schienen auch überall den gleichen Abstand haben. Heute macht er das natürlich nicht mehr von Hand, sondern mit einer Vorrichtung auf einem Wagen auf Schienen. Wie: das ist unerheblich. Wichtig ist, daß die Schienen parallel sind, daß also die Schienen an jeder Stelle den gleichen Abstand »a« voneinander haben. Siehe Zeichnung 7.

Zeichnung 7

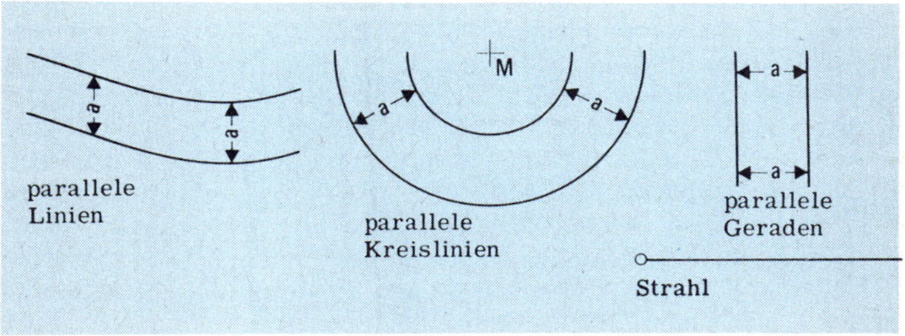

Wenn Sie sich vorstellen, die Schienen seien ganz dünn, so daß sie Linien glichen, dann könnten Sie sagen, daß jede beliebige Linie zu einer anderen Linie parallel verlaufen, d. h. mit ihr gleichlaufen kann. Siehe Zeichnung 7 (links oben). Hier wurden zwei einfache Linien gezeichnet, die parallel zueinander verlaufen, weil sie auf ihrem ganzen Verlauf überall den gleichen Abstand »a« voneinander haben. Es können aber auch zwei verschieden große Kreislinien, wenn sie einen Mittelpunkt »M« besitzen, als Parallele bezeichnet werden. Siehe Zeichnung 7 (links unten); denn die beiden Kreislinien haben unter der Voraussetzung desselben Mittelpunktes überall den gleichen Abstand »a« voneinander.

Jede Linie, die von einer anderen Linie auf der ganzen Länge überall den gleichen Abstand aufweist, ist parallel zur anderen. Man bezeichnet beide Linien als Parallele. Meist werden unter Parallelen nur Geraden oder Strecken verstanden.

Zu jeder beliebig verlaufenden Linie werden Sie Parallele ziehen können. Denken Sie dabei nur an die Tätigkeit des Bauführers beim Verlegen der Schienen. Sie müssen sich darüber klar sein, daß sich die Eigenschaft des Parallelseins (des Gleichlaufens) nicht nur auf die Geraden oder Strecken beschränkt, sondern auf alle Linien bezieht.

Einsicht: Denken ist eine Art strengen Unterscheidens und Bestimmens. Das Unterscheiden, das Festlegen und Bestimmen von Fakten oder Sachverhalten ist Denken. Das Unterscheiden, Bestimmen und Festlegen von Sachverhalten ist das folgerichtige, das planmäßig aufbauende Denken.

Um eine klare Begriffsbestimmung für eine Linie, für eine Gerade, für eine Strecke, für eine Kreislinie, für eine Parallele festlegen zu können, beginnt man zunächst mit der Erklärung eines Gebildes, über das wir noch nicht gesprochen haben, nämlich des Punktes.
Im Sinne des Mathematikers ist der Punkt ein unendlich kleines, nur in Gedanken existierendes Gebilde, das keine Ausdehnung hat. Wenn Sie mit der Spitze einer Nadel ein Loch in ein Blatt Papier stechen, dann entsteht ein Loch, durch das das Licht hindurchscheint, wenn Sie das Blatt Papier gegen ein Licht halten. Nehmen Sie dann noch ein Vergrößerungsglas, eine Lupe, zur Hand, werden Sie über die Ausdehnung des Loches erstaunt sein. In den Gedanken des Mathematikers ist aber der Punkt ein Gebilde ohne Ausdehnung. Man kann einen Punkt, so wie ihn der Mathematiker kennt, zeichnerisch überhaupt nicht darstellen.

Versuchen Sie die Erklärung durch ein anderes Experiment zu finden: Schneiden Sie mit einer Rasierklinge kreuzweise in ein Gummituch. Die Schnittstellen sehen Sie kaum, weil sie so fein sind. Die Kreuzung beider Schnitte ist dann angenähert ein Punkt. Dieser Punkt hat keine Ausdehnung mehr, weil Gummi an den Trennstellen dicht aneinandergefügt liegen wird. – Unendlich klein müssen wir uns einen Punkt im mathematischen Sinne denken, also ohne Ausdehnung, ohne flächenmäßige oder ohne körperliche Ausdehnung.

Einsicht: Sich ein Gebilde (eben den Punkt) ohne Ausdehnung vorzustellen ist nur im Denken möglich. Sie geraten hier schon in das denkerische Gebiet der Annahme oder Hypothese. Der Punkt – zumindest im mathematischen Sinne – ist hypothetisch, also angenommen und nur in dieser Art einer Annahme zu denken.

Sie werden sicherlich erstaunt fragen wollen: Wenn doch der Punkt unendlich klein ist und nur gedacht werden kann, so daß er in Wirklichkeit gar nicht existiert, warum geben wir uns dann mit ihm so intensiv ab, warum bemühen wir uns dann darum, ihn so genau zu erklären? – Nun, Sie befinden sich auf dem »Wege«, das Denken verstehen zu lernen. Der Mathematiker sagt: Der Punkt ist eine Größe, mit der ich rechnen kann. Einen Punkt, wie ich ihn denke, nämlich ohne jede Ausdehnung, gibt es in der körperlichen Welt der faßbaren Dinge nicht. Aber in der Welt der Begriffe, die ich in meinem Hirn aufbaue, in der Welt des Denkens, die für mich Wirklichkeit ist, denkerische Wirklichkeit, gibt es einen »Punkt«. Und mit diesem »Punkt« kann ich denken.

Will der Mathematiker einen Punkt festlegen, denn er will sich ja mit seiner Zeichnung verständlich machen, dann muß das Auge diesen Punkt auch deutlich sehen können. Der Mathematiker zieht mit scharf gespitztem Bleistift zwei sich kreuzende Geraden und erhält den »Punkt«. So wird jede Strecke von ihm begrenzt; so wird jeder Mittelpunkt für Kreise festgelegt.

Nachdem der Mathematiker den Begriff des Punktes festgelegt hat, beginnt er mit der Erklärung der Linie und sagt: Eine Linie muß man sich durch Bewegung eines Punktes entstanden denken. Und da sich der Punkt immer nur in einer Richtung bewegen kann, so kann die Linie, die durch Bewegung des Punktes entsteht, auch nur eine Ausdehnung haben, nämlich die Länge.

Wenn Sie mit einem Bleistift einen ganz dünnen Strich auf ein Blatt Papier zeichnen, dann stellt dieser Strich - mit dem Auge des Mathematikers betrachtet - keine Linie, sondern eine Fläche dar. Sie brauchen nur zwei recht verschieden harte Bleistifte zu verwenden, einen mittelharten und einen weichen Bleistift. Beide Linien werden dann recht verschieden »dick« oder breit ausfallen. Denn der mit dem weichen Bleistift gezogene Strich hat vielleicht eine Breite von einem halben Millimeter, also eine meßbare Breite. Aber im streng mathematischen Sinne darf dieser mit dem Bleistift gezogene Strich überhaupt keine Breite, sondern nur eine Länge haben. Dann erst stellt er in den Augen des Mathematikers eine Linie dar.

Sie hatten schon bei der Erklärung des Punktes gedanklich den »Schnitt ins Gummituch« mit vollzogen. Dabei kommen Sie der Erklärung des Begriffes »Linie« am nächsten. Machen Sie nur einmal den Versuch. Jeder Strich, den Sie mit einem Bleistift oder einer Feder ausziehen, hat eine Breite. Demnach gibt es überhaupt keinen Strich, der in Wahrheit, also gedacht, eine Linie ist. Eine Linie und damit auch eine Gerade, eine Strecke oder Kreislinie kann man strenggenommen gar nicht zeichnen! Denn die Linie, die Kreislinie, die Gerade, die Strecke sind nur Begriffe. Und Begriffe kann man nicht zeichnen, wie man sie auch nicht fühlen, schmecken, riechen oder gar sehen kann. Man kann sie nur denken.

Einsicht: Punkt, Linie, Gerade, Strecke, Parallele, Kreislinie usw. sind Begriffe, mit denen der Mensch denken kann.

Der Ingenieur muß sich aber, wenn er konstruieren will, zu helfen wissen; er muß ingenieurmäßig denken und die Gedanken auf dem Reißbrett darstellen. Er muß Mittel und Wege zur Verständigung finden. Er nimmt scharf zugespitzte Bleistifte und zieht Striche, die er eben als »Linien« bezeichnet; sonst käme er in der Technik mit den abstrakten »körperlosen« Begriffen nicht weiter. Der Ingenieur denkt bei Erfüllung einer Konstruktion sowohl als Mathematiker (denn das muß er von der Sache her sein) wie als Techniker, der Praktiker sein muß. Das Sinnbild »Strich« tritt an die Stelle des Begriffes »Linie«. Er zieht einen geraden Strich und sagt »gerade Linie« oder kurz »Gerade«, einen »Kreisstrich« und bezeichnet das Gebilde als »Kreislinie«. So ist aus den schwer vorstellbaren mathematischen Begriffen etwas geworden, was man »sehen« kann, womit man sich verständigen kann, wenn auch die Hilfsbegriffe nur denkerisch wichtig sind. Aber nicht nur der Mathematiker denkt, auch der Ingenieur, der Arzt, der Jurist, der

Volkswirt, der Handwerker, der Techniker, der Geschäftsmann, der Kaufmann, jeder Mensch.

Jetzt können Sie sich selbst ausdenken, wie sich der Mathematiker zwei Parallelen erklärt. Er sagt: Zwei Parallelen muß man sich entstanden denken durch Bewegung zweier Punkte in derselben Richtung.

In diesem Zusammenhang erwähnt der Mathematiker auch, daß er noch den Begriff einer anderen Linienart kennt, die bisher nicht besprochen wurde, nämlich den Strahl, Zeichnung 7. Ein Strahl ist eine Gerade, die einseitig begrenzt ist. Der Vergleich mit dem Sonnenstrahl zeigt klar, was Sie unter einem Strahl zu verstehen haben. Ein Strahl ist eine Gerade, die von einem Punkt ausgeht.

ÜBUNG 14:

1. Wieviel Linien gibt es?
2. Wieviel Parallelen gibt es?
3. Wieviel Ausdehnungen hat eine Linie?
4. Wie zeichnet man eine Linie?
5. Wodurch unterscheiden sich Gerade und Strecke?
6. Wieviel Ausdehnungen hat eine Kreislinie?
7. Wodurch unterscheiden sich Linie und Kreislinie?
8. Können nur Geraden oder Strecken parallel sein?
9. Was ist ein Strahl?

Die Antworten finden Sie am Schluß dieses Buches. Sie wollen bitte in Ihrem eigenen Interesse diese Lösungen erst dann nachlesen, wenn Sie die Antworten gefunden haben.

Eine Strecke halbieren

Was eine Strecke ist, wissen Sie nun. Sie sollen eine Strecke von bestimmter Länge - ihre beiden Endpunkte nennen wir kurz A und B - in zwei gleiche Stücke aufteilen, und zwar nur mit den Ihnen zur Verfügung stehenden Arbeitsmitteln: Zirkel, Dreieck und Bleistift.

Das Teilen einer Einheit - denn als solche können Sie die Ihnen gegebene Strecke betrachten - in zwei gleiche Teile nennt man auch halbieren. Demnach ist Ihnen die Aufgabe gestellt, eine Strecke A–B von bestimmter Länge zu halbieren. Sie können auch

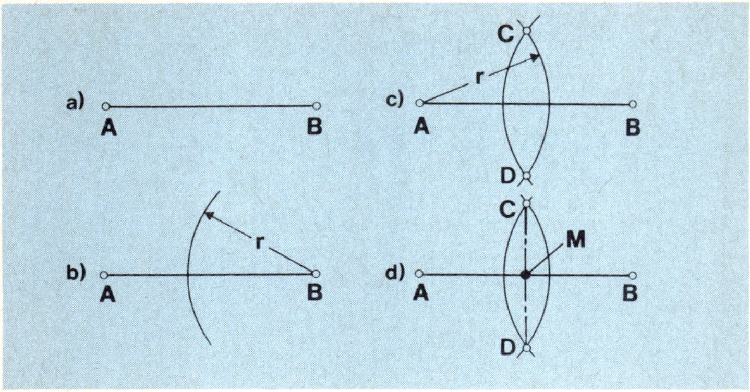

Zeichnung 8

sagen, Sie suchen auf der Strecke A–B den Punkt, der von den beiden Endpunkten A und B der Strecke gleich weit entfernt ist. Zeichnung 8. Es ist dies der Mittelpunkt »M« der Strecke, Zeichnung 8a zeigt die gegebene Strecke A–B. Wie lang sie ist, kümmert Sie nicht. Sie sollen die Strecke nur halbieren. Dazu setzen Sie die Zirkelspitze in einem Endpunkt der Strecke, z. B. im Punkt »B«, ein und schlagen mit einer beliebigen Zirkelöffnung »r« einen Kreisbogen, Zeichnung 8b. Mit der gleichen Zirkelöffnung »r« schlagen Sie dann auch um den Endpunkt »A« einen Kreisbogen mit dem Radius »r«, Zeichnung 8c. Beide Kreisbogen schneiden sich in den Punkten »C« und »D«, Zeichnung 8c. Wenn Sie jetzt die zwei Punkte »C« und »D« durch eine Gerade miteinander verbinden, teilt diese Gerade auf der Strecke A–B zwei gleiche Stücke ab, Zeichnung 8d. Die Gerade durch die beiden Punkte C–D schneidet die Strecke also im Mittelpunkt »M«. Damit ist die gestellte Aufgabe, eine Strecke zu halbieren, gelöst.

Zeichnung 9

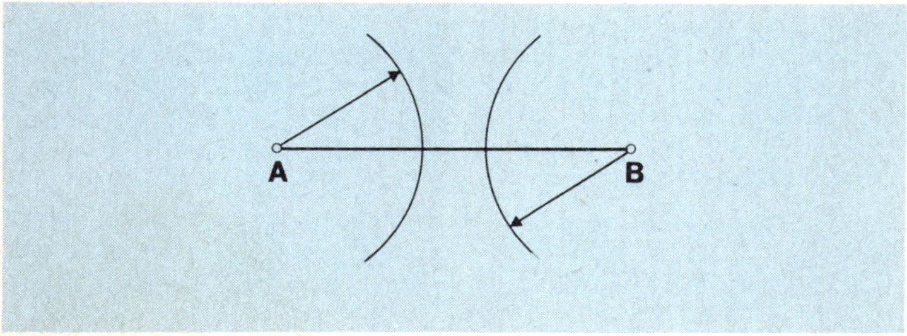

Sie haben hier eine Näherungsmethode kennengelernt. Denn man nimmt als Radius r (siehe Zeichnung 8) eine Strecke in den Zirkel, die größer als die ungefähre Hälfte der zu halbierenden Strecke ist. Ist der Zirkel-Radius »r« zu klein (Zeichnung 9), dann schneiden sich die Kreisbogen mit dem Radius nicht; es entstehen keine Schnittpunkte C und D; die Strecke ist nicht halbiert.

ÜBUNG 15:

So, und jetzt nehmen Sie Zirkel, Dreieck und Bleistift zur Hand und zeichnen diese erste geometrische Zeichenübung, eine Strecke zu halbieren, ab. Sie können die Strecke A–B beliebig groß wählen. Hier haben wir Ihnen in Zeichnung 10 eine Strecke A–B vorgegeben, die Sie hier im Buch mit Zirkel, Dreieck und Bleistift halbieren sollen. Die Lösung finden Sie am Schluß dieses Buches.

Zeichnung 10

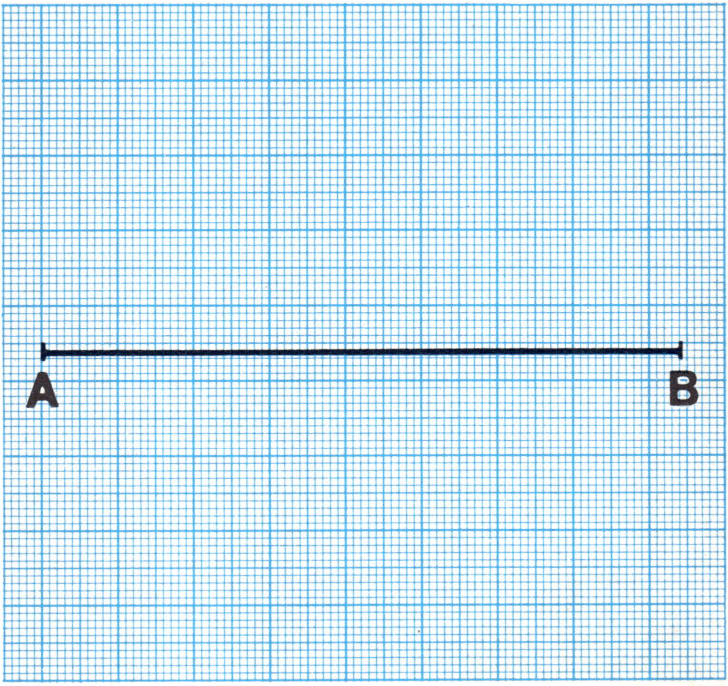

Eine Senkrechte errichten

Mit der Aufgabe, eine beliebige Strecke A–B zu halbieren, ist auch noch eine zweite Aufgabe gelöst worden. Betrachten Sie Zeichnung 11. Der Geraden C–D ist nicht nur eigentümlich, durch den Mittelpunkt »M« der Strecke A–B zu gehen, sie also zu halbieren; ihr ist auch eigentümlich, rechtwinklig oder senkrecht auf der Strecke A–B zu stehen. Es ist demnach nicht nur die Aufgabe gelöst worden, eine Strecke A–B zu halbieren, sondern auch im Mittelpunkt der Strecke »M« eine Senkrechte zu errichten.

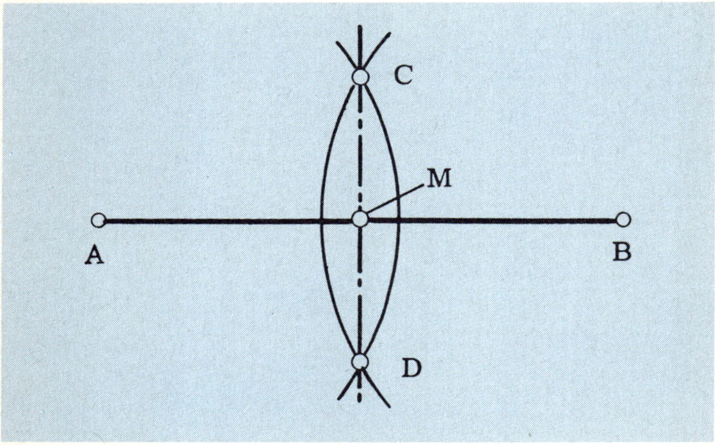

Zeichnung 11

Auf einer Geraden x–x soll im Punkte A eine Senkrechte errichtet werden

Zunächst prägen Sie sich den Unterschied zwischen der vorigen und dieser Aufgabe ein: Während Sie vorhin eine gegebene Strecke halbierten, also den Mittelpunkt »M« dieser Strecke suchten und im Mittelpunkt eine Senkrechte errichteten (siehe Zeichnungen 8 und 11), haben Sie jetzt die Aufgabe zu lösen, auf einer Geraden (unendlich lang) in einem angenommenen Punkt »A« eine Senkrechte zu errichten, Zeichnung 12.

Auf einer Geraden x–x, die genaugenommen keinen Anfang und kein Ende hat, also unendlich lang ist, ist der Punkt »A« angenommen. In diesem Punkt »A« soll eine Senkrechte errichtet werden, Zeichnung 12a.

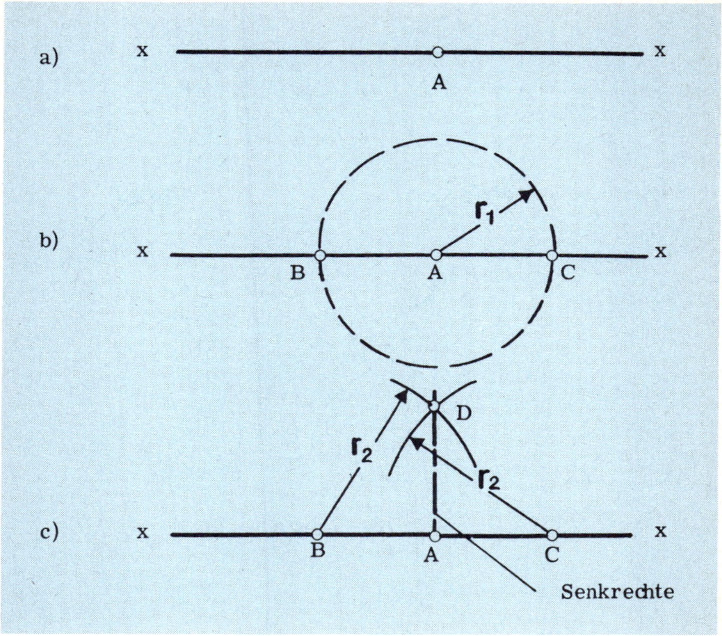

Zeichnung 12

Der Punkt »A« liegt irgendwo auf dieser Geraden x–x. So ohne weiteres können Sie mit den Ihnen zur Verfügung stehenden Arbeitsmitteln (Zirkel, Dreieck, Bleistift) im Punkte »A« keine Senkrechte errichten. Um diese Aufgabe mit den Mitteln Zirkel, Dreieck und Bleistift lösen zu können, müssen Sie sich eines Kniffes bedienen. Der Kniff besteht darin, daß Sie um den Punkt »A« mit einer beliebigen Zirkelöffnung »r 1« einen Kreisbogen schlagen. Dieser Kreisbogen muß die Gerade x–x in zwei Punkten »B« und »C« treffen, Zeichnung 12b. Damit haben Sie auf der Geraden x–x eine Strecke B–C abgesteckt. Von dieser in der Geraden x–x abgesteckten Strecke B–C stellt »A« den Mittelpunkt dar.

Im Punkte »A« können Sie jetzt in der bekannten Weise die Senkrechte errichten. Sie schlagen nämlich mit einer beliebigen Zirkelöffnung »r 2« um die Punkte »B« und »C« je einen Kreisbogen, Zeichnung 12c. Sie erhalten damit den Schnittpunkt »D«. Die Gerade, die Sie durch die Punkte »D« und »A« ziehen, ist die gesuchte Senkrechte auf der Geraden x–x.

ÜBUNG 16:

In Zeichnung 13 ist eine Gerade y–y gezeichnet. Sie sollen im Punkt B dieser Geraden eine Senkrechte errichten. Die Lösung finden Sie am Schluß des Buches.

Zeichnung 13

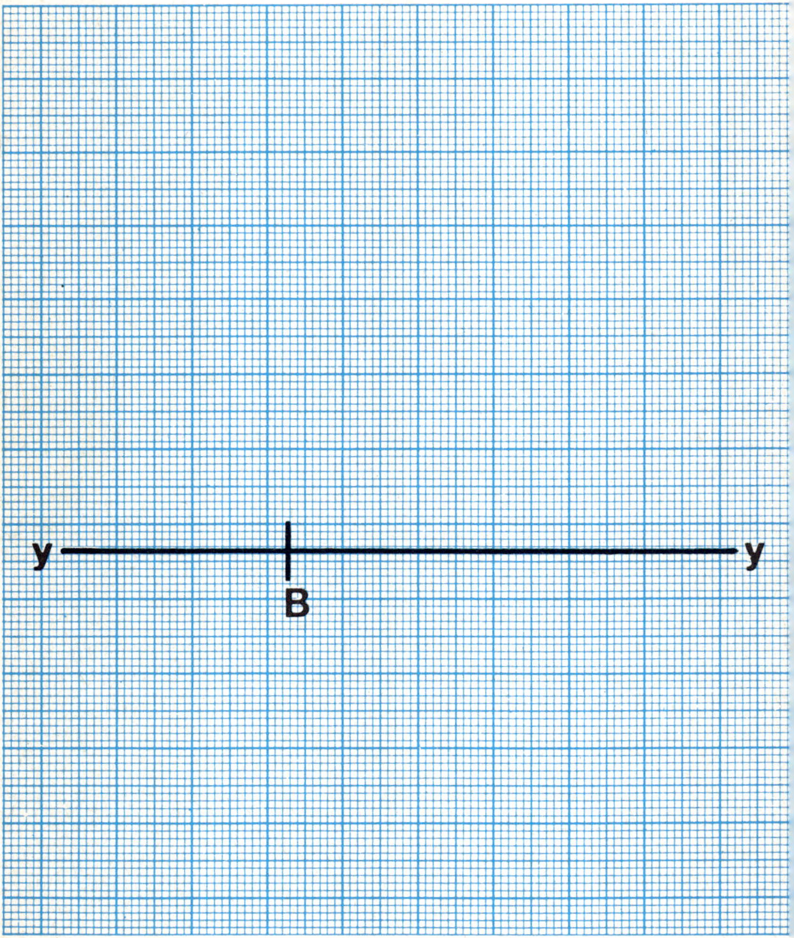

Worüber Sie sich besondere Klarheit verschaffen sollten, ist die Tatsache, daß Sie in beiden Aufgaben durch Errichtung der Senkrechten rechte Winkel gezeichnet haben, Zeichnung 14.

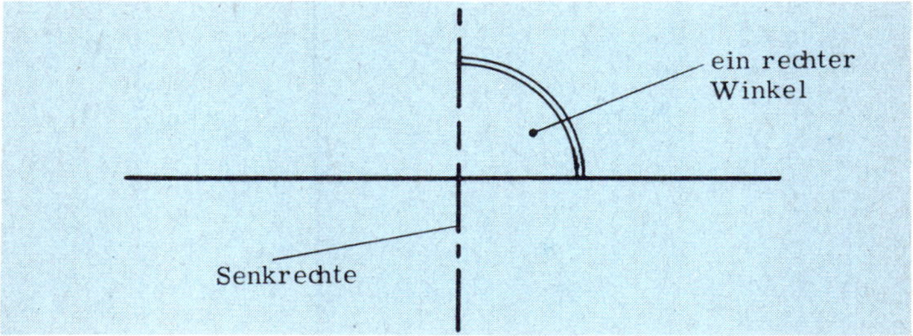

Zeichnung 14

Hier sei soviel vorweggenommen, daß eine Senkrechte auf einer Geraden oder Strecke immer einen rechten Winkel einschließt. Man spricht deshalb auch davon, daß eine auf einer Geraden oder Strecke errichtete Senkrechte rechtwinklig auf der Geraden oder Strecke steht. Ein rechter Winkel ist ein solcher von 90° (sprich: neunzig Winkelgrad).

Der Schiefe Turm von Pisa

Sicherlich haben Sie schon einmal etwas vom »Schiefen Turm« zu Pisa gehört. Er ist ein verhältnismäßig hoher Turm, der sich bedenklich nach einer Seite neigt. Stellen Sie sich vor, Sie stünden auf diesem Turm, und zwar auf der Seite der größten Neigung, und ließen einen Stein zur Erde fallen (Zeichnung 15). Der Stein soll an einer Schnur befestigt sein; das freie Ende der Schnur behalten Sie in der Hand. Die durch das Gewicht des Steines gespannte Schnur zeigt den Weg des fallenden Steines. An dem Verlauf der gespannten Schnur können Sie sehen, daß der Stein vom Fußpunkt des Turmes weiter entfernt aufgetroffen ist, als die Schnur oben mit dem ausgestreckten Arm gehalten wird. Schon vom Augenblick des Loslassens an hatte der Stein das Bestreben, auf dem kürzesten Wege zum Erdmittelpunkt zu gelangen.

Die harte Erdoberfläche unterbrach jäh des Steines »Reise zum Erdmittelpunkt«. Würden Sie aber die Richtung, die der Stein beim Fallen einschlug, in die Erde hinein verfolgen können, dann gelangten Sie zum Erdmittelpunkt, Zeichnung 16. Alle auf die Erdoberfläche fallenden Körper haben das Bestreben, auf kürzestem Wege dem Erdmittelpunkt zuzustreben.

Zeichnung 15

Die Richtung, in der ein fallender Körper sich bewegt, nennt man Lot. Da die Richtungen aller fallenden Körper sich im Erdmittelpunkt treffen, treffen sich auch alle Lote im Erdmittelpunkt. Der fallende Stein in Zeichnung 16 hat genau den Weg des Lotes beschrieben. Man sagt: Der Stein ist beim Fallen in der Richtung eines Lotes gefallen; oder: Der Stein ist lotrecht zur Erde gefallen.

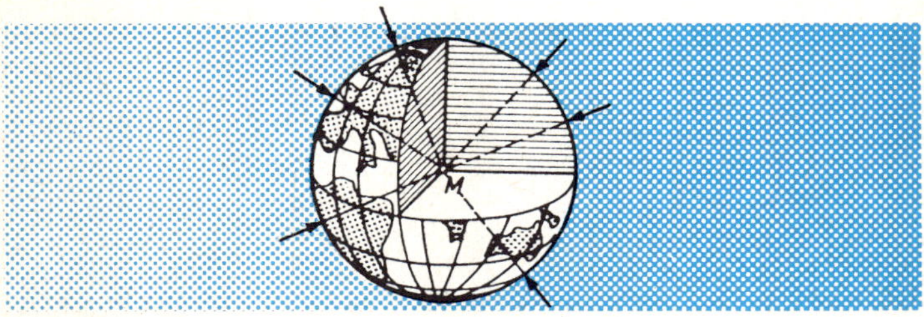

Zeichnung 16

Sie fällen ein Lot

Beim geometrischen Zeichnen werden die Ausdrücke »Lot« und »lotrecht« in einem besonderen Zusammenhang gebraucht. Wenn auf einer Geraden x–x eine Senkrechte, die durch einen außerhalb der Geraden liegenden Punkt »A« führen muß, errichtet werden soll, dann sagt man: Auf eine Gerade soll von einem außerhalb der Geraden liegenden Punkt aus das Lot gefällt werden. Sie fällen von einem Punkt »A« aus, der außerhalb einer Geraden liegt, auf diese Gerade ein Lot, Zeichnung 17a + b.

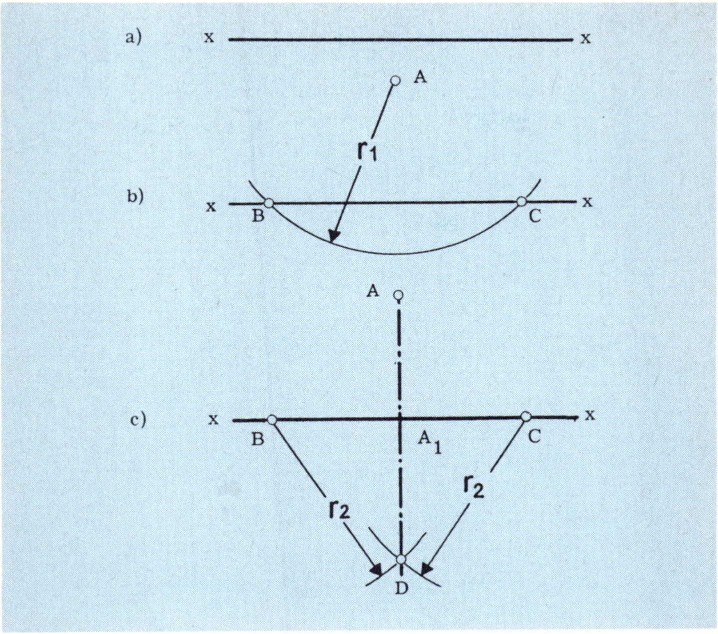

Zeichnung 17

Sie nehmen den Zirkel zur Hand und schlagen um den außerhalb der Geraden liegenden Punkt »A« mit einer Zirkelöffnung »r 1«, die größer sein muß als der Abstand des Punktes »A« von der Geraden x–x, aber sonst beliebig groß sein kann, einen Kreisbogen. Dieser schneidet auf der Geraden zwei Punkte »B« und »C«, Zeichnung 17b. Damit haben wir in der Geraden x–x eine Strecke B–C abgesteckt.

Jetzt besteht Ihre Aufgabe darin, auf dieser Strecke die Mittelsenkrechte zu errichten; denn der Punkt A liegt genau in der Mitte über der Strecke B–C; also muß die Mittelsenkrechte auf der Strecke B–C auch durch den Punkt »A« gehen. Mit derselben Zirkelöffnung »r 1« oder einer anderen »r 2« schlagen Sie um die Punkte »B« und »C« je einen Kreisbogen. Sie erhalten damit den Schnittpunkt »D«, Zeichnung 17c. Die Verbindung der Punkte »A« und »D« stellt nun das Lot dar, das vom Punkte »A« aus auf die Gerade x–x gefällt werden sollte. Der Schnittpunkt »A 1« auf der Geraden x–x ist der Fußpunkt der Senkrechten A 1–A.

ÜBUNG 17:

In Zeichnung 18 finden Sie eine Gerade y–y, auf die Sie vom Punkt B aus ein Lot fällen sollen. Die Lösung finden Sie am Schluß des Buches.

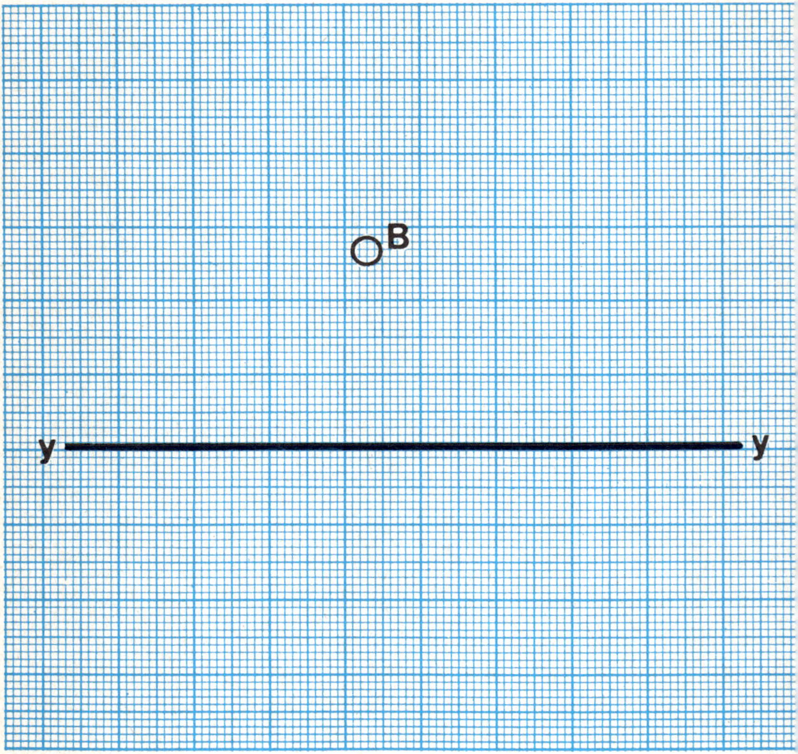

Zeichnung 18

ÜBUNG 18:

Ein Liniengebilde nach Zeichnung 19 zeigt drei aneinanderliegende Strecken A–B, B–C und C–D. Vom Punkt F aus, der außerhalb der drei Strecken liegt, soll auf jede der drei Strecken je ein Lot gefällt werden. Die Lösung zu dieser Übung finden Sie an anderer Stelle dieses Buches. Ziehen Sie die Lösung erst zum Vergleich heran, wenn Sie Ihre Lösung gezeichnet haben.

Zeichnung 19

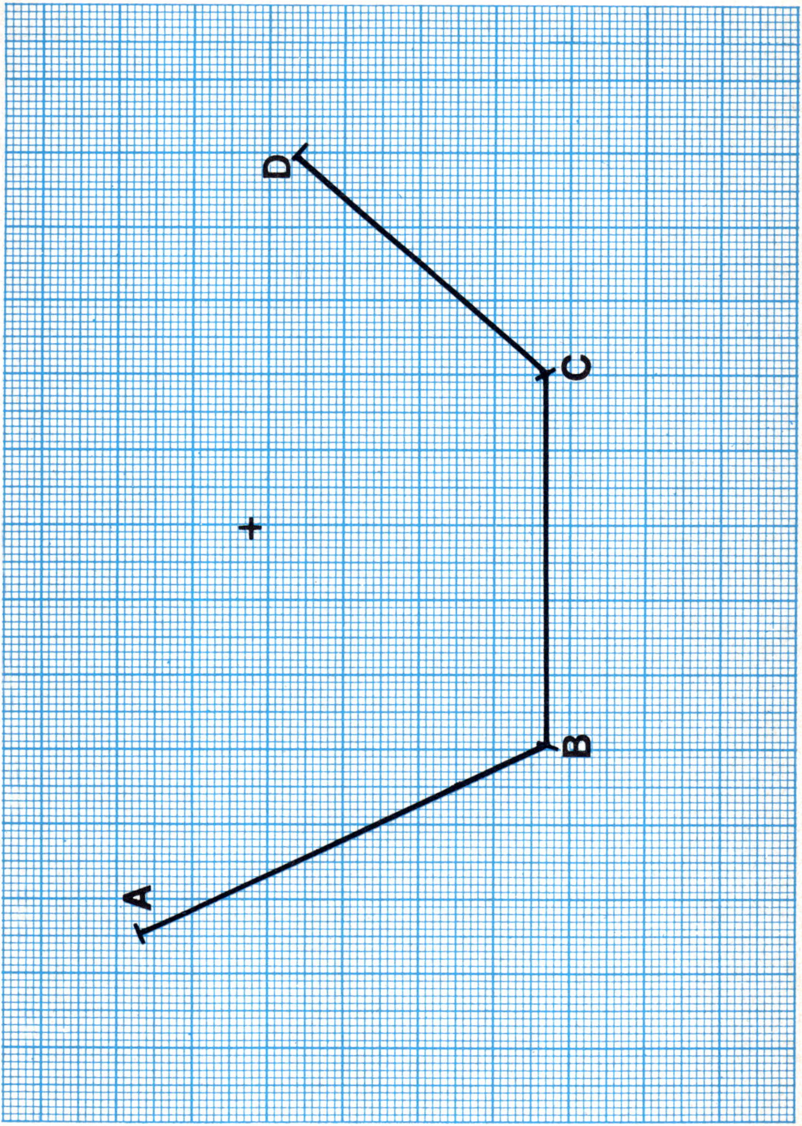

4. Anschauungsgebundenes Denken

a) Das Denken in Flächen

Vor Ihnen auf Ihrem Arbeitstisch liegt ein Blatt Schreibpapier. Was stellt dieses Blatt Papier dar? Sie werden kurz überlegen und antworten, daß das Blatt Papier eine Fläche darstelle. – Stimmt das nun? Bleiben Sie vorerst einmal bei dem Blatt Papier. Sie sagten, es stelle eine Fläche dar. Streng mathematisch betrachtet, stimmt jedoch diese Behauptung nicht. Denn das Blatt Papier ist ein Körper und füllt als solcher mit seinen drei Ausdehnungen »Länge«, »Breite« und »Dicke« (oder »Höhe«) einen Raum aus. Dieser Raum wird von einem Stoff, dem Papierstoff, ausgefüllt. Ein Blatt Papier ist, auch wenn es hauchdünn wäre, immer noch ein Körper, weil es aus einem Stoff besteht. Stoff aber kann nicht körperlos sein!

Zeichnung 20

Nehmen Sie an, Sie würden von einem Stück Käse dünne und dünnste Scheiben abschneiden, Zeichnung 20. Jede dieser sehr dünnen Scheiben bestünde aus Käse, also aus einem Stoff. Jede Scheibe stellte also einen Körper dar. Jedenfalls können Sie bei strenger Denkweise auch die dünnste Scheibe beim besten Willen nicht als Fläche bezeichnen. Sie müssen sie als Körper ansehen.

Wie können Sie sich aber eine Fläche vorstellen? Sie haben schon einmal im Kino einen Film gesehen. Das auf die große Leinwand geworfene Leuchtbild, Zeichnung 21, können Sie sich als Fläche vorstellen. Weil es nur zwei Ausdehnungen hat, nämlich eine Länge und eine Höhe (aber keine Dicke).

Zeichnung 21

Als Fläche kann man sich ein geometrisches Gebilde mit zwei Ausdehnungen (der Mathematiker sagt: ein zweidimensionales Gebilde) vorstellen, nämlich als Gebilde mit einer Länge und einer Breite. Die Fläche, die wir uns mit Hilfe von Zeichnung 18 vorstellen, stellt eine ebene Fläche dar. Eine ebene Fläche muß man sich so entstanden denken, daß sich eine Gerade oder Strecke

Zeichnung 22

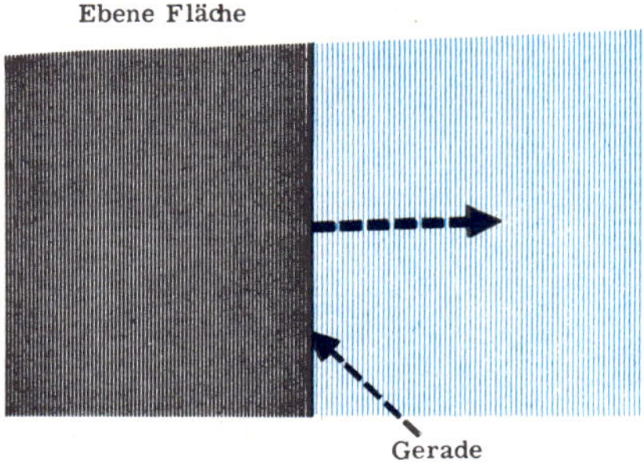

parallel zur Ausgangslage bzw. Ausgangsstellung bewegt und dabei eine ebene Fläche beschreibt, Zeichnung 22. Da eine Gerade oder Strecke unendlich viele Lagen oder Stellungen einnehmen kann, so gibt es auch unendlich viele ebene Flächen, von denen in Zeichnung 23 einige dargestellt sind.

Zeichnung 23

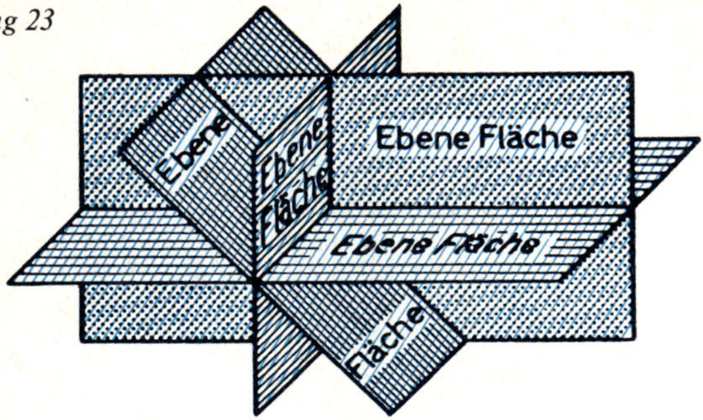

In den meisten Fällen, in denen man von einer Fläche spricht, ist eine ebene Fläche gemeint. Sie haben aber zwischen ebenen und gekrümmten Flächen zu unterscheiden. Wie eine ebene Fläche entsteht, wissen Sie jetzt. Bei den gekrümmten Flächen unterscheidet man zwischen den einseitig gekrümmten Flächen und den allseitig gekrümmten Flächen. Eine einseitig gekrümmte Fläche muß man sich durch Bewegen einer einfachen Linie (krummen Linie) parallel zu ihrer Ausgangsstellung bzw. Ausgangslage entstanden denken, Zeichnung 24. Eine allseitig gekrümmte Fläche ist dann gegeben, wenn man sich vorstellt, ein Stück einer Orangenschale, Zeichnung 25, sei hauchdünn und habe überhaupt keine Dicke. Als allseitig gekrümmte Fläche haben wir uns also die Oberfläche eines kugelförmigen Körpers vorzustellen.

Zeichnung 24

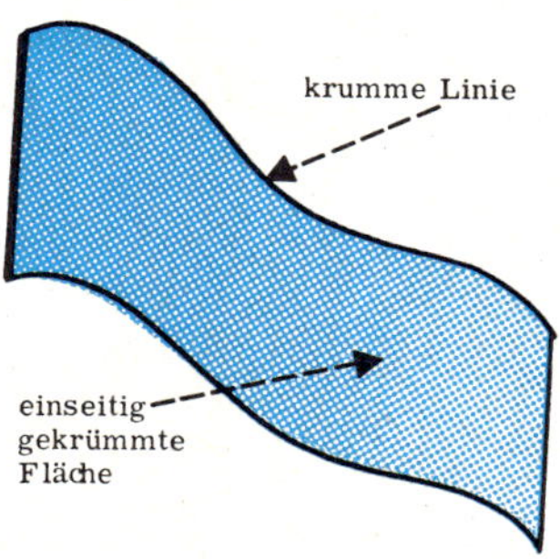

Eine »Fläche« (ebene oder gekrümmte Fläche) ist genauso wie die »Linie« ein Begriff, ein gedachtes Gebilde, und »lebt« nur in unserer Vorstellung. Aber gerade die Vorstellung von dem gedachten Gebilde »Fläche« ist für Sie beim Zeichnen außerordentlich wichtig. Mit dem Begriff »Fläche« kann man denken.

Zeichnung 25

Genausowenig, wie man - mathematisch streng gedacht - eine »Linie« zeichnen kann, ist eine »Fläche« zu zeichnen. Beim Zeichnen haben Sie aber immer wieder »Flächen« darzustellen. War das Sinnbild einer »Linie« ein Strich, so ist das zeichnerische Sinnbild für eine »Fläche« der »in sich geschlossene Strich«. Sie zeichnen also nicht die »Fläche« selbst, weil das nicht möglich ist. Sie stellen beim Zeichnen die Begrenzungslinie der Fläche durch einen in sich geschlossenen, d. h. zum Ausgangspunkt wieder zurückkehrenden, Strich dar; dann haben Sie eine »Fläche« gezeichnet.

Je nach der Art des »in sich geschlossenen Striches« unterscheidet man verschiedene Formen von Flächen, Zeichnung 26. Wird die Begrenzungslinie einer Fläche als unregelmäßiger Strich gezeichnet, dann nennt man die Fläche unregelmäßig, Zeichnung 26a. Stellt ein regelmäßig in sich geschlossener Strich die Begrenzungslinie einer Fläche dar, dann spricht man von einer regelmäßigen Fläche; Zeichnung 26b zeigt dafür das Beispiel einer Kreisfläche. Zeichnung 26c zeigt das Beispiel einer Quadratfläche, kurz eines Quadrates, als regelmäßige Fläche.

Zeichnung 26

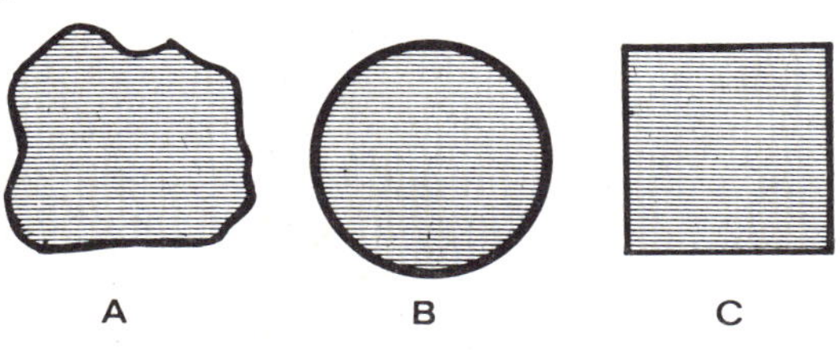

ÜBUNG 19:

Im Endpunkt A einer Strecke A–B soll eine Senkrechte errichtet werden, Zeichnung 27. Und zwar soll die Lösung geometrisch, d. h. mit Zirkel und Dreieck, gefunden werden. Die Lösung hierzu finden Sie am Ende des Buches. Hier finden Sie lediglich die Beschreibung der geometrischen Lösung. Die Ausführung selbst vollziehen Sie hier an Hand der Zeichnung 27. Also: Sie verlängern die Strecke A–B über A hinaus und schlagen um A mit einem beliebigen Zirkelausschlag »r1« einen Kreis, der auf der Strecke und ihrer Verlängerung die Punkte C und D festlegt. Um die Punkte C und D schlagen Sie dann mit einer beliebigen Zirkelöffnung »r2« je einen Kreisbogen, die sich im Punkte E treffen. Wenn Sie den Punkt E mit dem Endpunkt A der Strecke A–B verbinden, erhalten wir die gesuchte Senkrechte. Wie gesagt, die Lösung finden Sie am Ende dieses Buches.

Zeichnung 27

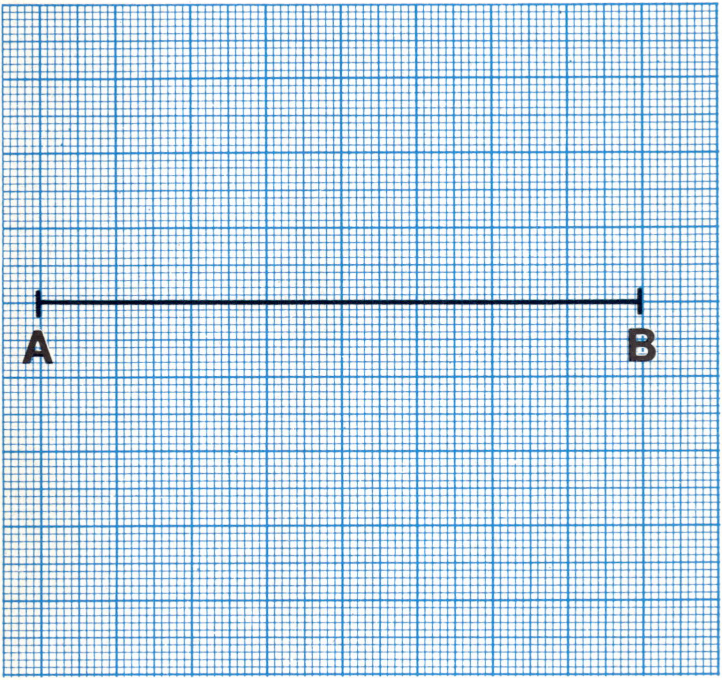

ÜBUNG 20:

Die gleiche Aufgabe nach Übung 19 kann auch noch auf einem anderen Weg gelöst werden. Benutzen Sie hierzu die Zeichnung 28. Um den Endpunkt A der Strecke A–B schlagen Sie mit einer beliebigen Zirkelöffnung »r 1« einen kurzen Kreisbogen, der auf der Strecke den Punkt C festlegt. Mit derselben Zirkelöffnung »r 1« schlagen Sie um die beiden Punkte A und C je einen Viertelkreisbogen; beide schneiden sich im Punkte D.
Den Punkt C verbinden Sie mit dem neuen Punkt D und ziehen die Gerade noch über D nach oben hinaus. Dann schlagen Sie um den Punkt D mit der Zirkelöffnung »r 1« einen Halbkreisbogen, der die nach oben verlängerte Gerade C–D im Punkte E trifft. Diesen neuen Punkt E verbinden Sie mit dem Punkt A der Strecke A–B und erhalten damit die gesuchte Senkrechte E–A im Punkte A. Die geometrisch gezeichnete Lösung finden Sie am Ende dieses Buches.

Zeichnung 28

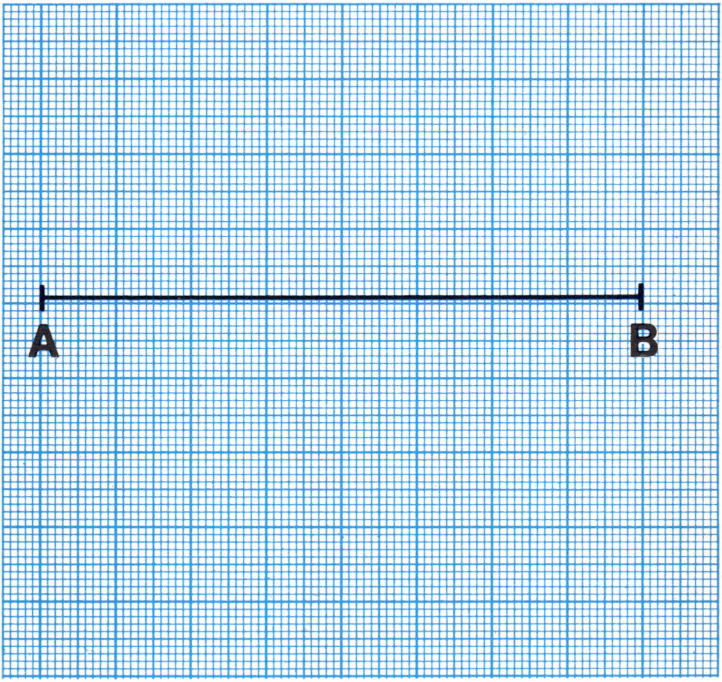

Wieso - so werden Sie fragen - stellen diese geometrischen Übungen ein Denk-Training dar? - Die Antwort ist einfach: Wenn Sie z. B. die beiden letzten Übungen nur nach dem Text lösen wollen, müssen Sie konzentriert denken. Vielleicht merken Sie es. Das gilt auch für die Übungen, die Sie ohne Textvorgabe (dies ist ja nur eine Erleichterung - oder eine Erschwernis?) zeichnen sollen.

Sie sollen noch erfahren, wie man zu einer gegebenen Geraden in einem bestimmten Abstand eine Parallele genau zeichnen, d. h. konstruieren kann. - Zu der Geraden x–x soll durch einen gegebenen Punkt A eine Parallele gezeichnet werden, Zeichnung 29.

Zeichnung 29

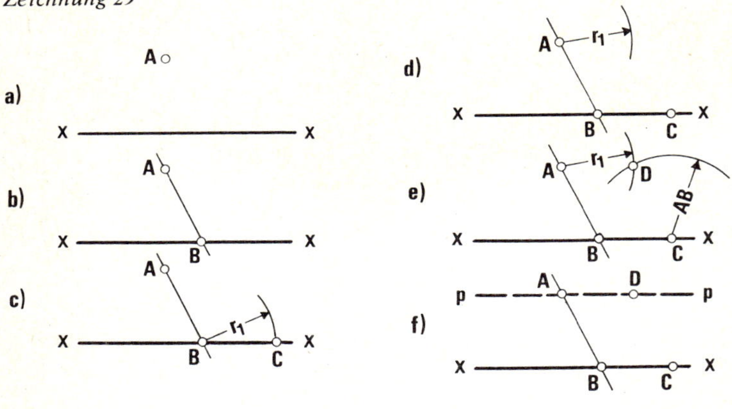

Zeichnung 29a zeigt die Gerade x–x und den angenommenen Punkt A, durch den die Parallele zur Geraden x–x gezeichnet werden soll. Zunächst ziehen Sie durch den Punkt A eine beliebig geneigte Gerade; sie muß nur die gegebene Gerade x–x schneiden. Den Schnittpunkt bezeichnen Sie mit B, Zeichnung 29b. Um diesen Punkt B schlagen Sie mit einer Zirkelöffnung »r 1« einen kurzen Kreisbogen, der die Gerade x–x im Punkt C schneidet, Zeichnung 29c. Mit derselben Zirkelöffnung wird um den Punkt A nach rechts ein kurzer Kreisbogen geschlagen, Zeichnung 29d. Dann nehmen Sie die Strecke A–B in den Zirkel und schlagen mit dieser Zirkelöffnung um den Punkt C nach oben einen Kreisbogen, der uns den neuen Punkt D gibt, Zeichnung 29e. Die durch die beiden Punkte A und D gezogene Gerade p–p stellt dann die gesuchte Parallele zur Geraden x–x dar, Zeichnung 29f.

b) Einfacher Lösen – ist auch Denken

Die Lösung, die mit der Übung 20 als geometrische Konstruktion von Parallelen erklärt wurde, ist die mathematisch exakte Lösung. Sie ist aber umständlich und zeitraubend. Der Ingenieur oder der Mathematiker beschreitet oft zum Zeichnen von Parallelen einen anderen Weg. Er zeichnet die Parallelen mit einem rechtwinkligen Dreieck und mit einem Lineal. (Statt des Lineals kann er genausogut ein zweites Dreieck verwenden.)

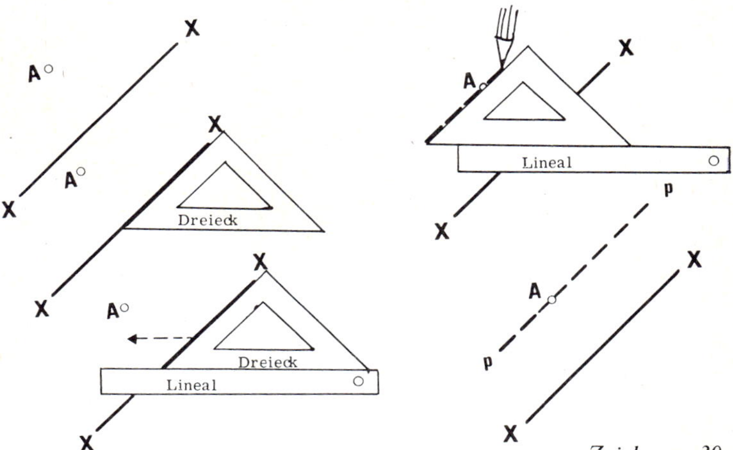

Zeichnung 30

Betrachten Sie die Zeichnung 30. Sie zeigt zunächst einmal oben die Gerade x–x und den Punkt A, durch den die Parallele gezogen werden soll. An die Gerade c–c legt der Zeichner das Dreieck mit einer schmalen Seite genau an. An eine der freien Seiten des Dreiecks, meist an die längste Dreiecksseite (der Mathematiker nennt diese Dreiecksseite auch Hypotenuse; sie ist im rechtwinkligen Dreieck die dem rechten Winkel gegenüberliegende Seite), legt der Zeichner dann ein Lineal genau an. Mit der linken Hand drückt er nach genauer Anlage das Lineal fest auf die Unterlage, also fest auf das Zeichenbrett, während er jetzt mit der rechten Hand das Dreieck – am festen Lineal vorübergleitend – nach links oben in Richtung des gestrichelt gezeichneten Pfeiles schiebt. Und zwar schiebt er so lange, bis die vorher an der Geraden x–x anliegende Dreiecksseite den Punkt A berührt. An der Dreiecksseite in neuer Lage vorbei zieht er dann mit einem Bleistift oder mit der gefüllten Ziehfeder die Gerade p–p, die unsere gesuchte Parallele zur Geraden x–x darstellt. - Sie sehen, daß dieser Weg, eine Parallele zu zeichnen, einfacher ist als die exakte Konstruktion. Jeder Zeichner wird daher seine Parallelen meist mit Dreieck und Lineal oder mit zwei Dreiecken zeichnen. Bei zwei Dreiecken übernimmt das zweite Dreieck die Aufgaben des Lineals in Zeichnung 30.

ÜBUNG 21:

Übungsaufgabe: Im Endpunkt A einer 7,0 cm langen Strecke A–B, Zeichnung 31, soll mit Hilfe von Zirkel und Lineal eine Senkrechte errichtet werden. Durch einen auf der Senkrechten angenommenen Punkt F, der 1,5 cm vom Punkt A entfernt ist, soll dann - ebenfalls nur mit dem Zirkel und Lineal - eine Parallele zur Strecke A–B gezeichnet werden. Die Lösung dieser Übungsaufgabe finden Sie am Ende dieses Buches.

Zeichnung 31

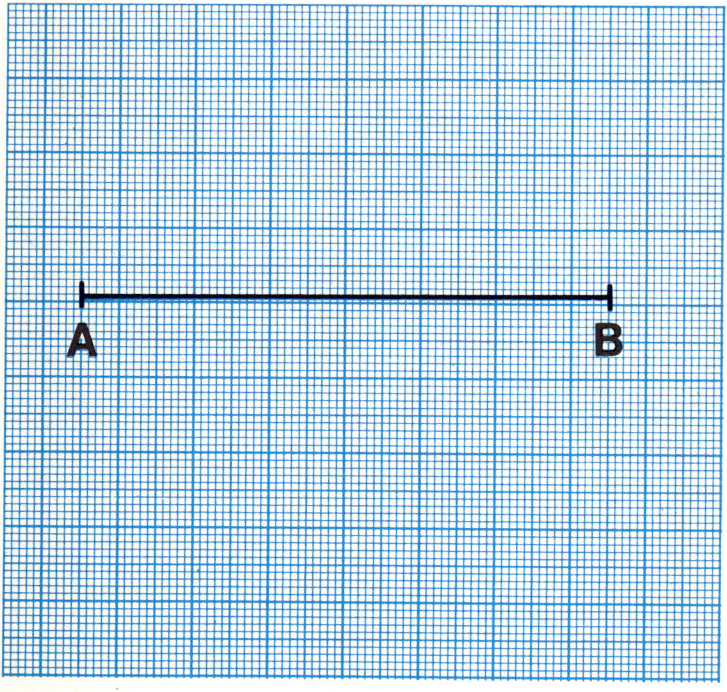

c) Das Denken in Ansichten

Stellen Sie sich vor, Sie stünden auf der Schwelle eines Schienenstranges und blickten in Richtung der Schienen. Sie sehen dann die Schienen im Horizont in einem Punkt zusammenlaufen, Zeichnung 32. Daß die Schienen in Wirklichkeit nicht zusammenlaufen, versteht sich von selbst. Aber Ihrem Auge erscheint es so, als ob sich die Schienen im Horizont in einem Punkt treffen. Die gleiche Erscheinung nehmen Sie wahr, wenn Sie eine Straße hinaufblicken. Es erscheint Ihnen so, als ob alle von Ihrem Auge sich entfernenden Kanten der Straße und der Häuser im Horizont in einem Punkt zusammenlaufen, Zeichnung 33. Diese Erscheinung können Sie bei jedem Körper, den Sie betrachten, beobachten, Zeichnung 34.

Zeichnung 32

Zeichnung 33

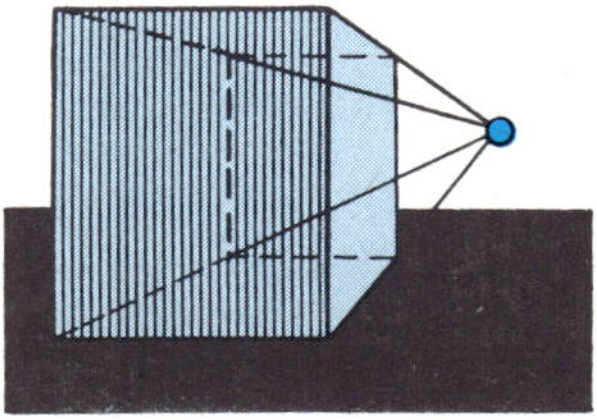

Zeichnung 34

Wenn Sie einen Körper betrachten, so erscheint es Ihnen, als ob alle Kanten des Körpers, die sich von Ihrem Auge entfernen, in ihrer Verlängerung zu einem Punkt hinlaufen. Diese Erscheinung nennt man Perspektive, Zeichnung 34.

Anmerkung: Unter »Perspektive« haben wir im mathematischen Sinne den geometrischen Anblick eines Gegenstandes oder einer Gruppe von Gegenständen von einem bestimmten Standpunkt aus zu verstehen. Im Zusammenhang hiermit steht der Begriff der perspektivischen Verkürzung, der die scheinbare Verkürzung eines Gegenstandes, zunehmend mit der Entfernung, kennzeichnet.

Wenn ein Zeichner ein Bild von Körpern zeichnen will, das beim Betrachten sofort die Vorstellung von der räumlichen Ausdehnung dieser Körper oder Gegenstände erwecken soll, so zeichnet er perspektivisch.

Die Perspektive ermöglicht es, von körperhaften Gebilden, also von allen Gegenständen und Dingen, flächenhafte Bilder zu zeichnen, die die Vorstellung von der räumlichen Ausdehnung der Körper erwecken. Die perspektivische Zeichnung ist die anschaulichste Form der zeichnerischen Darstellung. Zeichnung 34.

Trotzdem ist diese Art der Zeichnung, nämlich perspektivisch zu zeichnen, für die Technik nicht die bedeutsamste Darstellungsform. Sie hat nämlich einen Nachteil: Die Ausdehnungen der Körperkanten, die sich von unserem Auge entfernen (siehe Zeichnung 34), müssen, damit die zu erweckende Vorstellung der wirklichen Form des Körpers entspricht, verkürzt gezeichnet werden. Und zwar hängt die Stärke der Verkürzung davon ab, wie der Beschauer oder Zeichner den darzustellenden Gegenstand anschaut, d. h. von welchem Standpunkt aus der Zeichner den Körper oder Gegenstand betrachtet.

Weil also die Ausdehnungen der sich von unseren Augen entfernenden Körperkanten verkürzt gezeichnet werden müssen, um eine formgerechte Vorstellung von dem Körper zu erwecken, kann die perspektivische Zeichnung nur formgetreu, nicht aber maßgetreu sein.

Aus der perspektivischen Zeichnung kann man also sehr gut entnehmen, wie der dargestellte Gegenstand aussieht, welche Form er hat; man kann aber nicht mehr ohne weiteres aus der perspektivischen Zeichnung entnehmen, ob der Körper z. B. 1,05 Meter oder nur 0,9 Meter tief ist.

Die perspektivische Zeichnung ist, um es noch einmal hervorzuheben, formgetreu, aber nicht maßgetreu.

Wenn Sie sich von einem Tischler einen Stuhl anfertigen lassen wollen und bestimmte Wünsche bezüglich der Form und der Abmessungen des Stuhles haben sollten, dann können Sie von dem anzufertigenden Stuhl eine perspektivische Skizze nach Zeichnung 35 zeichnen und diese dem Tischler vorlegen. Aus dieser Skizze könnte der Tischler entnehmen, wie Sie sich die Form und Art des Stuhles vorstellen. Aber nach dieser Skizze könnte der Tischler den Stuhl nicht ohne weiteres herstellen. Denn über die Abmessungen des Stuhles hätten Sie keine Angaben gemacht, da die perspektivische Zeichnung nicht maßgetreu ist.

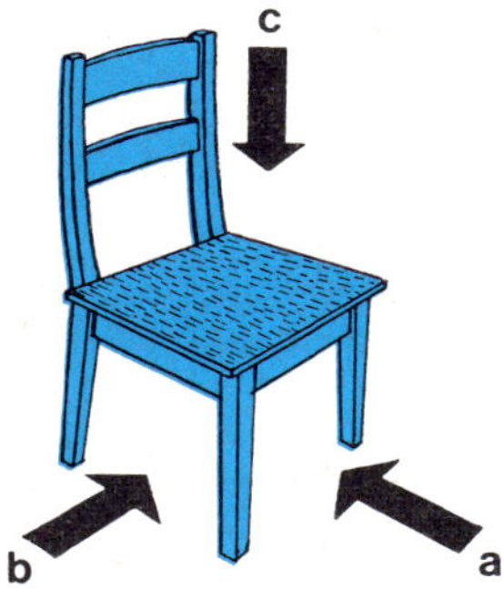

Zeichnung 35

Der Tischler würde nach der perspektivischen Skizze eine andere Zeichnung anfertigen, bei der verschiedene Seiten bzw. Ansichten, die der Stuhl einem Beschauer zeigt, form- und maßgetreu aufgezeichnet und mit Maßangaben versehen sind. Diese Zeichnung nennt der Tischler »Werkzeichnung«.

Eine Werkzeichnung – man bezeichnet sie so, weil nach ihr in der Werkstatt ein Werkstück oder Bauteil hergestellt wird – erweckt nicht wie die perspektivische Zeichnung sofort eine Vorstellung von der räumlichen Ausdehnung des dargestellten Gegenstandes. Dafür aber ist sie form- und maßgetreu. Eine Werkzeichnung muß über Form und Abmessungen des dargestellten Gegenstandes alles aussagen, damit nach ihr das Werkstück oder das Bauteil form- und maßgerecht hergestellt werden kann.

Da die Werkzeichnung oder technische Zeichnung an Maße gebunden ist, d. h. maßgetreu sein muß, bezeichnet man sie im Gegensatz zu der perspektivischen Zeichnung als gebundene Zeichnung. Kehren wir noch einmal zu dem Beispiel mit dem

Stuhl zurück. Die Werkzeichnung enthält von dem dargestellten Gegenstand, in unserem Falle von dem Stuhl, nur flächenhafte Bilder, man sagt: Ansichten.

Bei der Anfertigung der Werkzeichnung bzw. der technischen Zeichnung gehen wir von folgender Überlegung aus: Von einem räumlichen Gebilde (Stuhl) mit seinen drei Ausdehnungen soll ein flächenhaftes Abbild entworfen werden. (Würden wir den in Zeichnung 35 gezeigten Stuhl aus weichem Ton nachformen, dann hätten wir ein räumliches Abbild von ihm geschaffen.) Ein flächenhaftes Abbild kann aber, da eine Ebene bzw. eine Fläche nur zwei Ausdehnungen hat, auch nur zwei Ausdehnungen besitzen, nämlich Länge und Höhe oder Länge und Breite.

Somit läßt sich von einem Körper auch nur das zeichnerisch darstellen, was an ihm zwei Ausdehnungen hat, nämlich die vom Körper sichtbaren Flächen. Da uns der Körper, je nachdem, wie wir ihn anschauen, verschiedene Flächen zeigen kann, so gibt es demnach in der Werkzeichnung auch verschiedene Ansichten, Zeichnung 33. Die Ansicht in Richtung des Pfeiles a der Zeichnung 35 ist in Zeichnung 36 die Vorderansicht; die Ansicht in Richtung des Pfeiles b in Zeichnung 35 ist in Zeichnung 36 die Seitenansicht von links, und die Ansicht in Richtung des Pfeiles c der Zeichnung 35 ist in Zeichnung 36 die Draufsicht.

Zeichnung 36

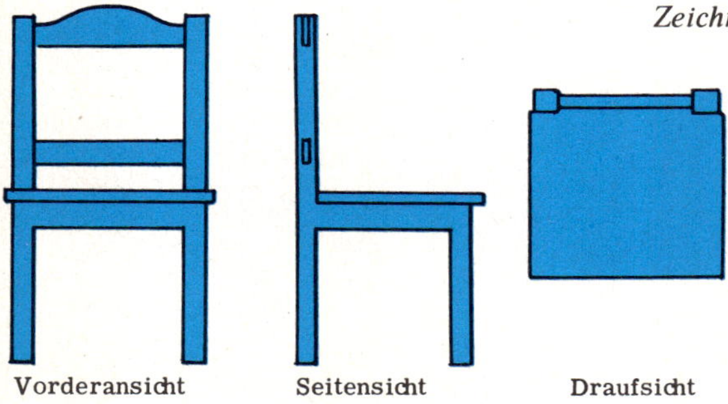

Die Stellung der Ansichten ist nicht willkürlich gewählt, sondern nach bestimmten Regeln festgelegt. Aus einem alten Schuhkarton schneiden Sie sich eine Ecke nach Zeichnung 37 heraus. Diese Kartonecke benutzen Sie als »Raumecke« für einen Versuch, die Entstehung einer technischen Zeichnung bzw. einer Werkzeichnung zu erklären. Sie sollen die Entstehung einer technischen Zeichnung an einem ganz einfachen Körper verstehen lernen. Es empfiehlt sich, für die Darstellung einen einfachen Körper zu wählen; zum Beispiel den Körper einer Streichholzschachtel.

Zeichnung 37

Die Streichholzschachtel, von der Sie eine technische Zeichnung oder Werkzeichnung anfertigen sollen, halten Sie so in die Raumecke hinein, wie Zeichnung 38 zeigt, daß also die Begrenzungsflächen der Schachtel parallel zu den Ebenen der Raumecke liegen. Mit einem Scheinwerfer, der parallele Lichtstrahlen aussendet, strahlen wir die in der Raumecke hängende Schachtel in Richtung des Pfeiles a an, Zeichnung 38.

Zeichnung 38

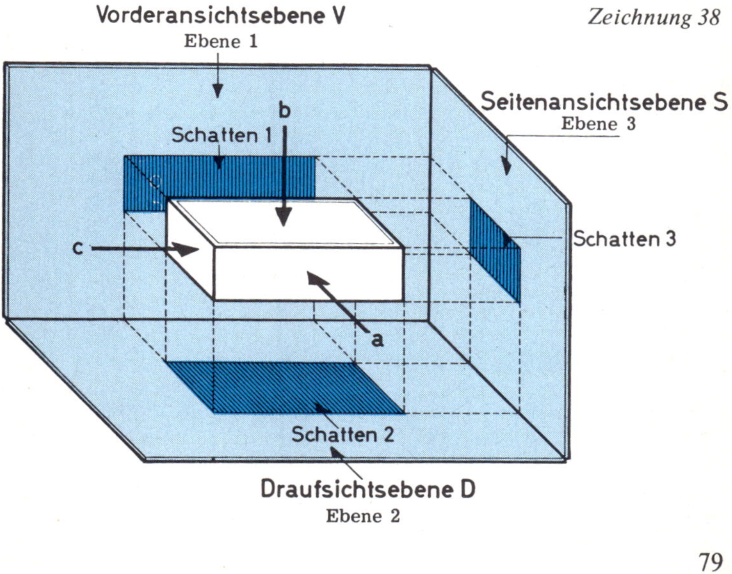

Anmerkung: Ehe Sie fortfahren, die Entstehung der technischen Zeichnung von Ihrer Zündholzschachtel zu erklären, müssen Sie noch zu einer Frage Stellung nehmen, die Sie sich inzwischen gestellt haben. Sie werden sich – und das mit Recht – schon gefragt haben, warum zu dem Versuch mit der Raumecke unbedingt ein Scheinwerfer gebraucht wird. Eine Kerze wird doch – so haben Sie sich im stillen gedacht – dieselben Dienste leisten. Dem ist aber nicht so: Die Kerze erfüllt nicht denselben Zweck. Während nämlich die Kerze ein strahlenförmiges Licht aussendet (siehe Zeichnung 39a), kann der Scheinwerfer parallele Lichtstrahlen aussenden (siehe Zeichnung 39b). Damit ist gewährleistet, daß das Schattenbild auf der Projektionswand genau so groß ist und dieselbe Ausdehnung und Form hat wie das Original, das zwischen dem Schirm und dem Scheinwerfer liegt, Zeichnung 39b.

Zeichnung 39 a, b

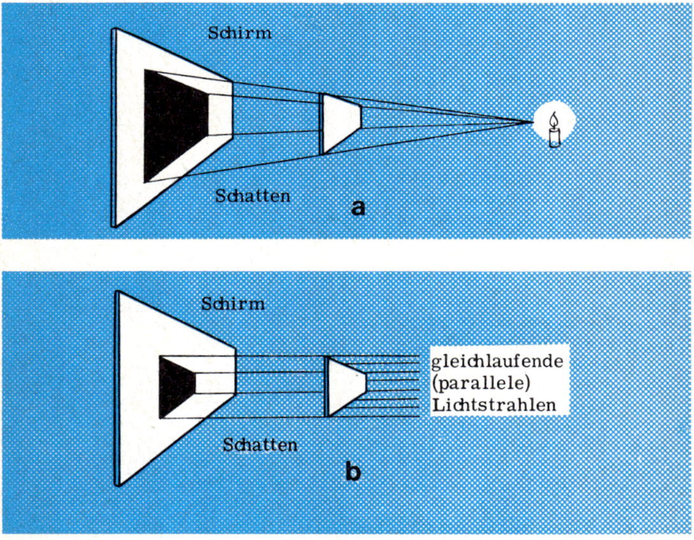

Auf der Ebene 1 der Raumecke, Zeichnung 38, erscheint dann eine Schattenfläche 1, die in Form und Abmessungen genau der bestrahlten Vorderfläche der Schachtel entspricht. Mit einem weichen Bleistift umfahren wir die so erhaltene Schattenfläche 1 und erhalten auf dem Karton, der die Ebene 1 (Vorderansichtsebene V)

in der Raumecke darstellt, die sichtbaren Umrißlinien der Vorderfläche der Streichholzschachtel. Diese Vorderfläche des Körpers nennen wir Vorderansicht.

Dann ändern Sie die Beleuchtungsrichtung und strahlen die Schachtel in Richtung des Pfeiles b an, Zeichnung 38. (Die Streichholzschachtel muß in derselben Lage bzw. Stellung bleiben wie vorher!) Auch die Ebene 2 (Draufsichtsebene D) unserer Raumecke fällt ein Schatten 2, der in Form und Abmessungen der oberen Ansichtsfläche der Schachtel entspricht, Zeichnung 38 und Zeichnung 40. Auch diesen Schatten umreißen wir mit einem weichen Bleistift, so daß wir auf der Draufsichtsebene D die sichtbaren Umrißlinien der oberen Ansichtsfläche erhalten. Diese nennen wir - da wir mit dem Scheinwerfer von oben draufsehen - Draufsicht.

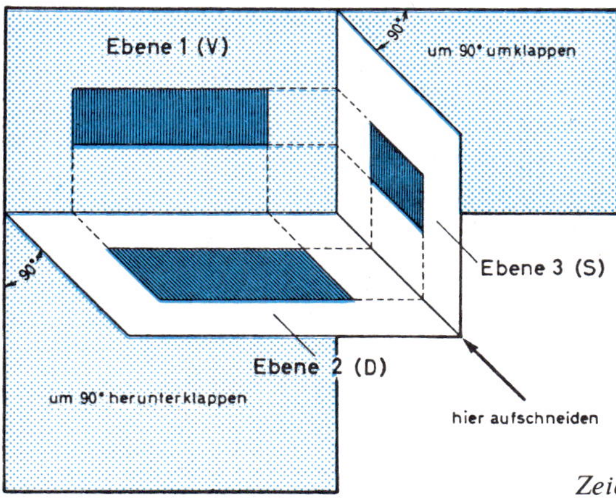

Zeichnung 40

Zum Schluß bestrahlen wir die Schachtel in Richtung des Pfeiles c. Auf der Ebene 3 (Seitenansichtsebene S) der Raumecke entsteht dann die Schattenfläche 3, die in Form und Größe der linken Seitenfläche der Streichholzschachtel entspricht, Zeichnung 38 und Zeichnung 40. Diese nennen wir Seitenansicht von links.

Wenn wir jetzt die Streichholzschachtel wegnehmen, dann bleiben auf den Ebenen V, D und S unserer Raumecke die Vorderansicht, die Draufsicht und die Seitenansicht von links, Zeichnung 38 und Zeichnung 40.

Schneiden wir mit einer Schere die Raumecke zwischen der Draufsichtsebene und der Seitenansichtsebene auf und klappen die Seitenansichtsebene um 90 Grad bis in die Ebene der Vorderansicht und die Draufsichtsebene um 90 Grad hinunter in die Ebene der Vorderansicht, dann erhalten wir die für eine technische Zeichnung bzw. für eine Werkzeichnung kennzeichnende Anordnung der Ansichten, Zeichnung 40.

Zeichnung 41

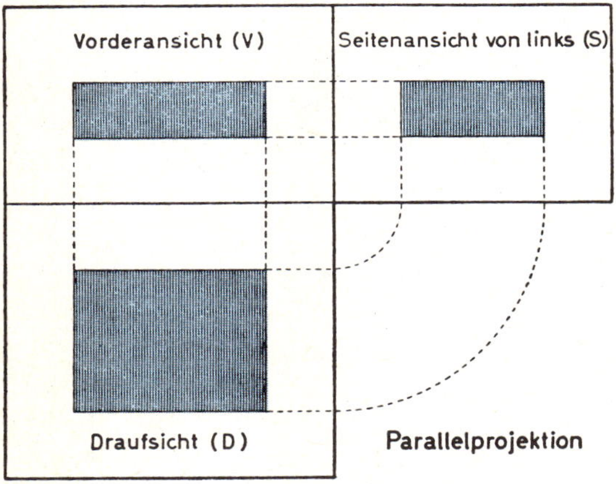

Zeichnung 42

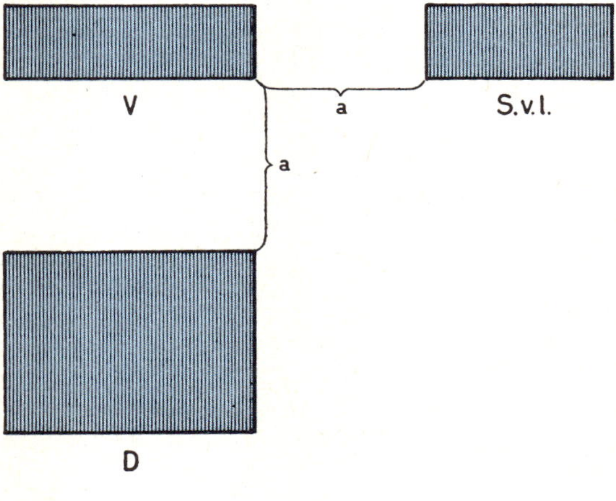

Die Zeichnungen 41 und 42 zeigen nun, wie die drei Ansichten (Vorderansicht, Draufsicht und Seitenansicht von links - rechts neben der Vorderansicht stehend -) in einer Werkzeichnung einander zugeordnet sind. Es gibt nun nicht nur drei, sondern fünf Ansichten innerhalb der rechtwinkligen Parallelprojektion, Zeichnungen 43 und 44. - Alle Ansichten liegen in einer Ebene.

Zeichnung 43

Zeichnung 44

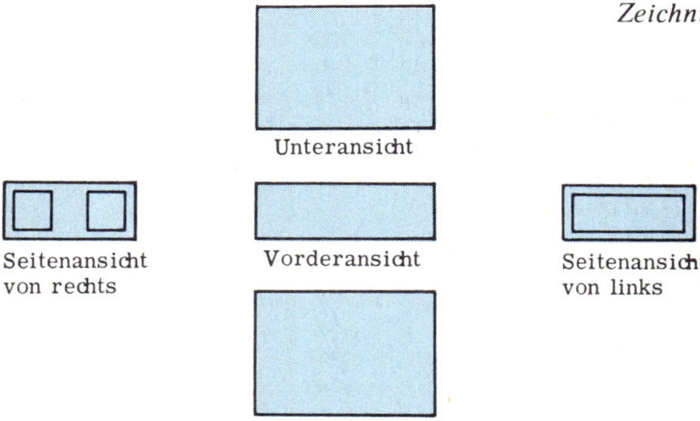

Die Stellung der Ansichten zueinander bzw. untereinander darf niemals willkürlich verändert werden! Denn durch die Projektion der Körperflächen auf die Ebenen unserer Raumecke und durch das Umklappen der Ebenen D und S in die Ebene V (siehe Zeichnungen 38, 40, 41, 42 und 43) ist die Stellung der Ansichten ein für allemal festgelegt. Diese Art der Anordnung der Ansichten in einer technischen Zeichnung gilt für fast alle Länder mit metrischem Maßsystem. (In den amerikanischen technischen Zeichnungen finden wir eine andere Anordnung, auf die hier nur hingewiesen werden soll.)

Man spricht von einer rechtwinkligen Parallelprojektion, wenn man sich die Umrisse einer oder mehrerer Körperflächen durch parallele Lichtstrahlen auf rechtwinklig zu den Lichtstrahlen stehende Ebenen geworfen denkt. Da wir uns die Ansichten der technischen Zeichnung auf diese Art entstanden denken, kann man auch oft für die technische Zeichnung die Benennung »rechtwinklige Parallelprojektion« hören.

Um mit Hilfe der technischen Zeichnung oder Werkzeichnung über einen Körper das Wesentliche bezüglich seiner Form und seiner Abmessungen aussagen zu können, kommen Sie in der Regel mit den drei Ansichten, Vorderansicht, Draufsicht und Seitenansicht von links, aus. (Es genügen noch weniger Ansichten als drei, um einen einfachen Körper zeichnerisch eindeutig zu bestimmen. Das ist bei Schnittdarstellungen oder kurz bei »Schnitten« der Fall.) Aber nicht immer genügen die drei Ansichten. Wenn der darzustellende Körper auf seiner linken Seite anders aussieht als auf seiner rechten Seite, Zeichnungen 43 und 44, bzw. auf seiner Unterseite eine Aussparung aufweist, die man in der Draufsicht nicht sehen kann, so kommt man mit den drei bekannten Ansichten nicht aus. Dann sind noch zwei weitere Ansichten erforderlich, nämlich die Seitenansicht von rechts, die links neben der Vorderansicht und auf gleicher Höhe mit ihr stehen muß, und die Unteransicht, die über der Vorderansicht eingezeichnet wird, Zeichnung 44.

Hier gruppieren sich um die Vorderansicht nach der Anordnung in Zeichnung 44 vier Ansichten, nämlich: unter der Vorderansicht die Unteransicht, rechts neben der Vorderansicht steht dann die Seitenansicht von links, die Ansicht von rechts steht links neben der Vorderansicht.

Diese Stellung der Ansichten zueinander ist ein für allemal festgelegt und darf nicht willkürlich verändert werden. Die Hauptsache für Sie ist, sich die einzelnen Ansichten und die Zuordnung dieser Ansichten zueinander denken zu können.

ÜBUNG 22:

Zeichnung 45 zeigt in parallelperspektivischer Darstellung acht Klötzchen bzw. Körper (mit genauen Maßangaben ergänzt). Ihre Aufgabe besteht darin, von jedem Klötzchen bzw. Körper mindestens drei Ansichten zu zeichnen. Die Maßangaben, die Sie an den parallelperspektivischen Darstellungen finden, sind Millimeterangaben. - Die Erleichterung, die wir Ihnen bei diesen Übungen geben können, besteht darin, daß Sie Ihre Zeichnungen bzw. Ansichten auf dem Untergrund des Millimeterpapiers in dieses Buch einzeichnen.

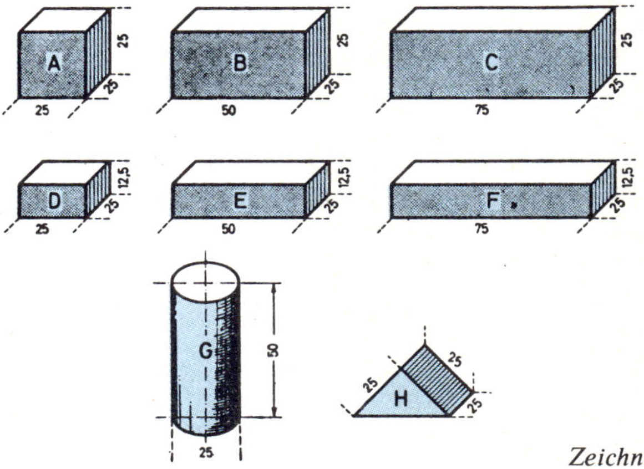

Zeichnung 45

Für diese und folgende Übungen benötigen Sie vorerst nur einen Bleistift und gegebenenfalls einen Zirkel. Ferner sollten Sie vorerst diese speziellen Übungen im technischen Zeichnen freihändig, also ohne Benutzung eines Lineals, ausführen. Freihandzeichnen heißt aber nicht unsauber, unordentlich und ungenau zeichnen. Eine aus freier Hand gezeichnete Werkzeichnung kann und darf so sauber und exakt gezeichnet sein wie eine mit einem Lineal ausgeführte Zeichnung.

Daß Sie hier gebeten werden, sich bei den Übungen auch im Freihandzeichnen zu trainieren, hat seinen guten Grund: Es fördert die Ausbildung denkerischer Qualitäten ungemein, wenn Sie einen

Gedanken oder eine Vorstellung mit ein paar Strichen aus der freien Hand skizzieren können. Geometrische Zeichenübungen müssen natürlich nach wie vor mit dem Lineal bzw. mit dem Dreieck und mit dem Zirkel gezeichnet werden.

Anmerkung: Die folgenden acht Seiten, auf denen Sie jeweils drei Ansichten (Vorderansicht, Draufsicht und Seitenansicht von links, rechts neben der Vorderansicht stehend) der Klötzchen nach Zeichnung 45 mit freier Hand zeichnen sollen, sind für diese zeichnerischen Darstellungen mit einem farbig aufgedruckten Untergrund in Millimeter-Einteilung versehen.
Es handelt sich um die Ansichten der Körper auf den Zeichnungen 46, 47, 48, 49, 50, 51, 52 und 53, auf denen Sie der Reihe nach die Körper oder Klötzchen A bis H (Zeichnung 45) jeweils in ihren drei Ansichten darstellen. Übrigens brauchten Sie bei zwei Klötzchen bzw. Körpern nur jeweils zwei Ansichten zu zeichnen. Es ist aber kein Fehler, wenn Sie auch hier drei Ansichten zeichnen. – Die Lösungen finden Sie am Schluß des Buches.

Zeichnung 46

Zeichnung 47

C

Zeichnung 49

E

Zeichnung 51

Zeichnung 52

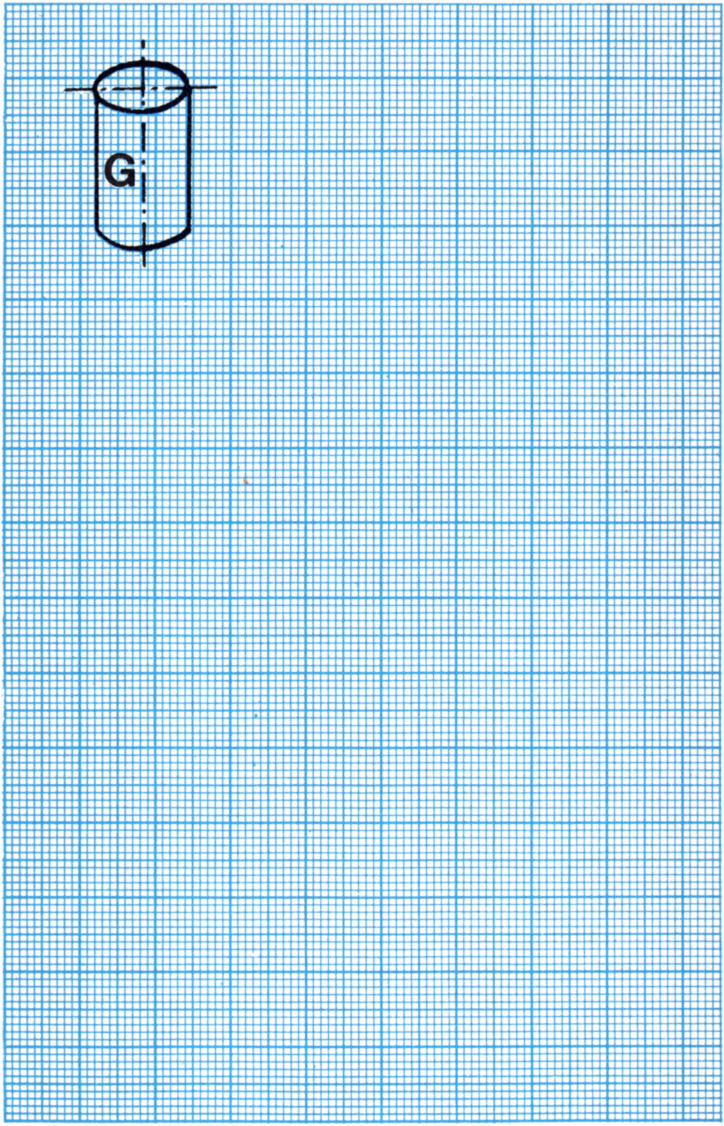

Zeichnung 53

d) Denktraining mit schwierigeren Ansichten

Wenn Sie von einem Körper eine technische Zeichnung anfertigen, dann zeichnen Sie in den Ansichten die Umrißlinien der Flächen, die Ihnen der Körper in einer bestimmten »Ansicht« zeigt. Diese Umrißlinien der Flächen sind des Körpers Körperkanten. Diese Erkenntnis müssen Sie sich immer wieder vor Augen führen. Wenn dies klar und deutlich in Ihr Bewußtsein getreten ist, werden Sie jeden noch so verwickelten Körper in einer technischen Zeichnung richtig denken, also auch darstellen, können. Das Entwickeln der Ansichten eines Körpers in einer technischen Zeichnung ist ein Denktraining.

Sie erkennen im Vollzug dieses Denktrainings, daß ein »Ganzes« nicht von einer »Ansicht« her denkerisch bestimmbar ist; im Normalfall benötigt man mehrere Ansichten von verschiedenen Standorten oder Standpunkten aus, um ein Ganzes bestimmen zu können. Jeder Standpunkt ermöglicht eine bestimmte Ansicht (bzw. Betrachtungsweise und damit Denkform). Je mehr Ansichten man sich erarbeitet, um so mehr Wirklichkeit oder Seinseigenheiten »fängt« man vom Ganzen denkerisch ein. Das vor allem wollen diese Trainings-Übungen mit den Ansichten bewirken. Im übrigen schärft gerade das Training an den Ansichten die Beobachtungsfähigkeit, eine Komponente des Denkvermögens. Die folgenden Übungen sollen Ihnen dazu dienen, Ihr Denktraining zu vervollständigen.

ÜBUNG 23:

Von dem Körper nach Zeichnung 54 sollen Sie die drei Ansichten in Richtung der Pfeile a, b und c in einer Werkzeichnung oder technischen Zeichnung darstellen. Sie sollen sich dabei darüber klarwerden, wie die einzelnen Ansichten dieses Körpers aussehen bzw. aus welchen Flächen die einzelnen Ansichten bestehen. – Zeichnen Sie die drei Ansichten (maximal drei) einigermaßen maßstabsgetreu in Zeichnung 55 ein. Die Lösungen zu dieser Übungsaufgabe finden Sie am Schluß dieses Buches.

Bei dem Körper nach Zeichnung 54 ist die Entscheidung schwierig, welche von den Ansichten die Hauptansicht ist. Es kann sowohl die Ansicht in Richtung des Pfeiles a als auch die Ansicht in Richtung des Pfeiles b über die hauptsächlichsten Formen und Abmessungen des Körpers Aufschluß geben. Entscheiden Sie sich für die Ansicht in Richtung des Pfeiles a, die Sie als Vorder- bzw. Hauptansicht ansehen wollen.

Wenn Sie richtig gezeichnet haben, dann besteht die Vorderansicht aus den Flächen 1, 2, 3, 4 und 5; die Seitenansicht von links, hier als Ansicht in Richtung des Pfeiles b gezeichnet, besteht dann aus den Flächen 6, 7, 8 und 9; die Draufsicht, hier als Ansicht in Richtung des Pfeiles c gezeichnet, besteht dann aus den Flächen 4, 5, 10, 11, 12 und 13.

Zeichnung 54

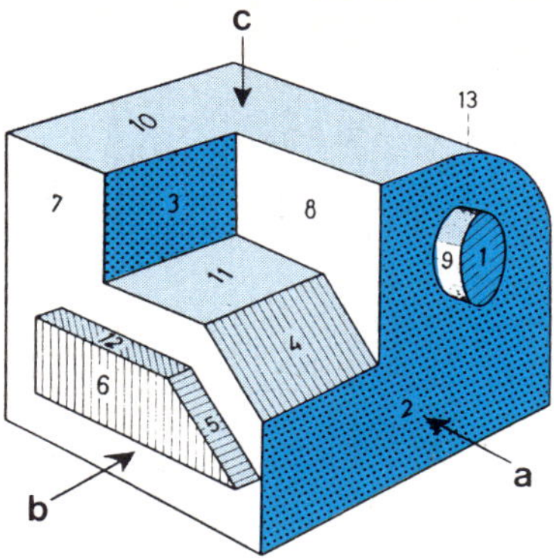

Zeichnung 55

ÜBUNG 24:

Zeichnung 56 zeigt in parallelperspektivischer Darstellung einen Körper, von dem Sie vier Ansichten (Vorderansicht in Richtung des Pfeiles a, Draufsicht in Richtung des Pfeiles b, Seitenansicht von links in Richtung des Pfeiles c und die Unteransicht in Richtung des Pfeiles d auf dem Millimeterpapier der Zeichnung 57 eintragen sollen.

Die Lösung hierzu finden Sie am Schluß dieses Buches. Beachten Sie bitte noch (als Denkhilfe gewissermaßen), daß bei Zeichnung 56 die Ansicht in Richtung des Pfeiles a aus drei Flächen besteht, nämlich aus 1, 2 und 3, wobei »3« in der Breitenausdehnung verkürzt erscheinen muß. Die Ansicht in Richtung des Pfeiles b besteht aus den Flächen 4 und 5. Die Ansichten in Richtung des Pfeiles c kann man an der parallelperspektivischen Darstellung nach Zeichnung 56 nicht sehen; man kann sie sich aber erdenken: Es sind die Flächen 7 und 8. Auch die Ansicht in Richtung des Pfeiles d ist nicht zu sehen, aber man kann sie denken; sie besteht aus den Flächen 9, 10, 11 und 12. – Sie können die Richtigkeit der eigenen Auffassung von den vier Ansichten des Körpers nach Zeichnung 56 am Schluß des Buches prüfend nachlesen. Sie tragen Ihre Vorstellung in Zeichnung 57 ein.

Beim technischen Zeichnen lassen sich von räumlichen Gebilden (Körpern) mit ihren drei Ausdehnungen flächenhafte Abbilder entwickeln. (Würden Sie einen Körper aus Ton nachbilden, dann hätten Sie ein räumliches Abbild von ihm geschaffen.) Flächenhafte Abbilder können jeweils nur zwei Ausdehnungen haben, können also nur zweidimensional sein, nämlich nur Länge und Höhe aufweisen.

Somit läßt sich von einem Körper(von einem dreidimensionalen Gebilde) nur das zeichnerisch darstellen, was zweidimensional an ihm ist, was also zwei Ausdehnungen an ihm hat. Und das sind die Flächen des Körpers. Da Ihnen der Körper, je nachdem, von welcher Seite aus Sie ihn betrachten, verschiedene Flächen zeigen kann, so müssen Sie auch verschiedene Flächen aufzeichnen, um den Körper in all seinen Ausdehnungen genau darstellen zu können.

Zeichnung 56

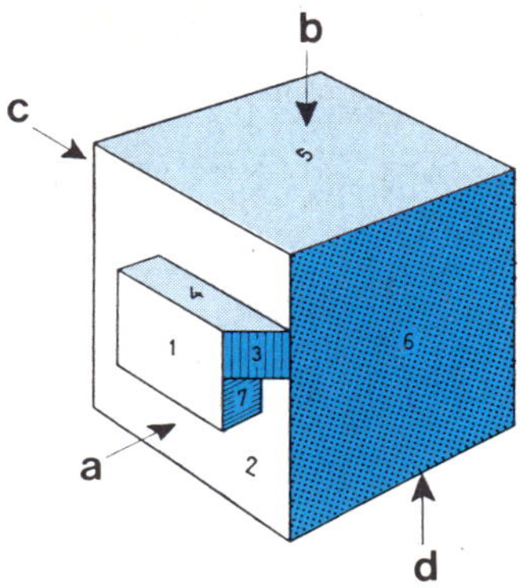

Zeichnung 57

ÜBUNG 25:

Vom Klötzchen H nach Zeichnung 58 soll eine Werkzeichnung mit Vorderansicht, Draufsicht und Seitenansicht von links angefertigt werden. Als Vorderansicht wählen wir die Ansicht in Richtung des Pfeiles a, Zeichnung 58. Dann ergibt sich als Draufsicht die Ansicht in Richtung des Pfeiles b und als Seitenansicht von links die Ansicht in Richtung des Pfeiles c. Bei dieser Aufgabe ist in der Unteransicht keine versteckte Aussparung vorgesehen. Zeichnen Sie die drei Ansichten in Zeichnung 59 ein.

Ehe Sie mit dem Zeichnen anfangen, überlegen Sie sich zunächst noch, aus wieviel Flächen jede der drei Ansichten des Körpers nach Zeichnung 58 besteht. Sie werden finden, daß Vorderansicht und Seitenansicht von links jeweils nur aus einer Fläche bestehen. Dagegen besteht die Draufsicht aus den zwei Flächen 1 und 2. Dort, wo die beiden Flächen 1 und 2 zusammenstoßen, entsteht eine Körperkante, die in der Draufsicht als Strich erscheinen muß.

Die Vorderansicht besteht aus einer Dreiecksfläche, die Seitenansicht von links aus einer Rechtecksfläche, und zwar aus der Fläche 1. Die Draufsicht setzt sich aus den beiden Flächen 1 und 2 zusammen. In der Draufsicht muß dort, wo die beiden Flächen 1 und 2 zusammenstoßen, ein Strich erscheinen. Die Werkzeichnung des Klötzchens H finden Sie am Schluß dieses Buches.

Zeichnung 58

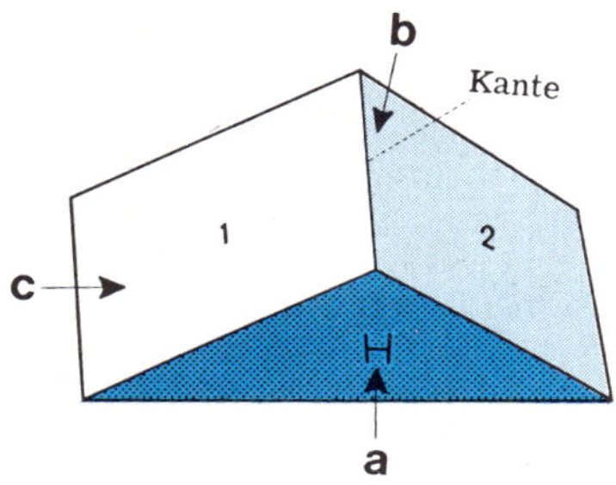

Zeichnung 59

ÜBUNG 26:

Der Körper nach Zeichnung 60 ist in drei Ansichten zu zeichnen. Tragen Sie die von Ihnen gefundenen Ansichten in Zeichnung 61 ein. Ehe Sie mit der Zeichnung beginnen können, sollten Sie sich auch hier darüber klarwerden, welche Ansicht des Körpers Sie als Vorderansicht bzw. Hauptansicht wählen wollen. Die anderen Ansichten ergeben sich dann zwangsläufig.

Anmerkung: Sie wissen, daß eine Regel gilt: Als Vorderansicht bzw. als Hauptansicht ist immer die Ansicht eines Körpers zu wählen, die über die hauptsächlichsten und über die meisten Formen und Abmessungen des Körpers Aufschluß gibt. Ferner ist der Körper immer in der Gebrauchslage zu zeichnen. Sie werden finden, daß die Ansicht in Richtung des Pfeiles a des Körpers nach Zeichnung 60 die meisten und hauptsächlichsten Formen und Abmessungen des Körpers erkennen läßt. Deshalb wählen wir die Ansicht in Richtung des Pfeiles a als Vorderansicht bzw. Hauptansicht.

Da es sich bei dem in Zeichnung 60 perspektivisch dargestellten Körper um einen erdachten bzw. erfundenen Körper handelt, ist die Entscheidung über die Gebrauchslage dieses Körpers nicht so ohne weiteres zu treffen. Deshalb nehmen Sie einfach an, der Körper würde so gebraucht werden, wie ihn Zeichnung 60 zeigt. Dann liegt damit auch die Gebrauchslage des Körpers fest.

Zeichnung 60

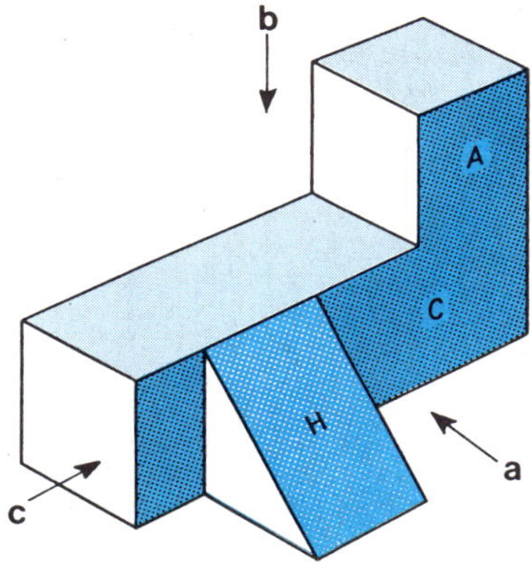

Zeichnung 61

ÜBUNG 27:

Und jetzt bitte ich Sie, die Zeichnung 62 nur kurz zu betrachten und dann abzudecken. Sie sollen dann über die abgedeckte Zeichnung nachdenken, wie viele Flächen der Körper hat. Die Lösung finden Sie am Ende dieses Buches.

Zeichnung 62

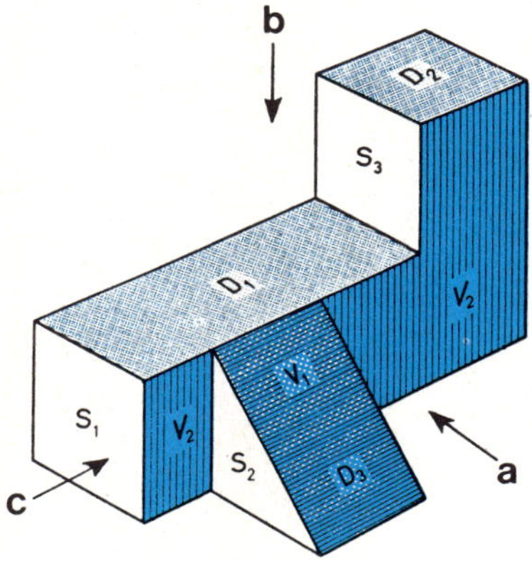

ÜBUNG 28:

Der Körper nach Zeichnung 63a ist aus einigen Klötzchen der Zeichnung 45 zusammengesetzt. Aus welchen Klötzchen besteht er? Und wie sehen die drei Ansichten dieses Körpers aus? – Tragen Sie die drei Ansichten in die Zeichnung 63b ein.

Zeichnung 63a

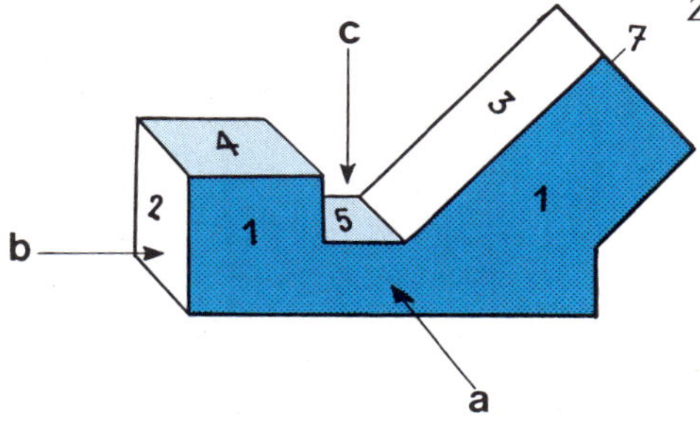

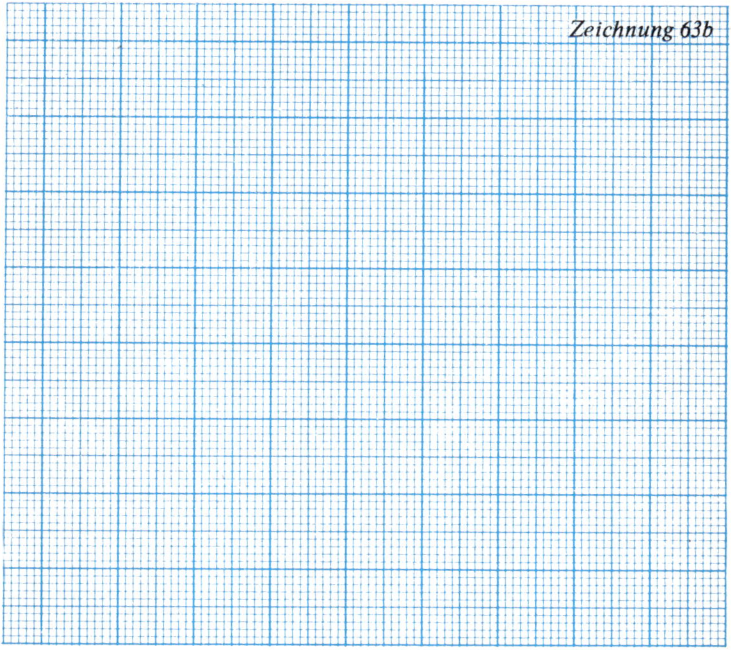

Zeichnung 63b

ÜBUNG 29:

Aus welchen Klötzchen der Zeichnung 45 bestehen die beiden Ausführungen I und II der Zeichnung 64? Die Lösung finden Sie am Schluß dieses Buches.

Zeichnung 64

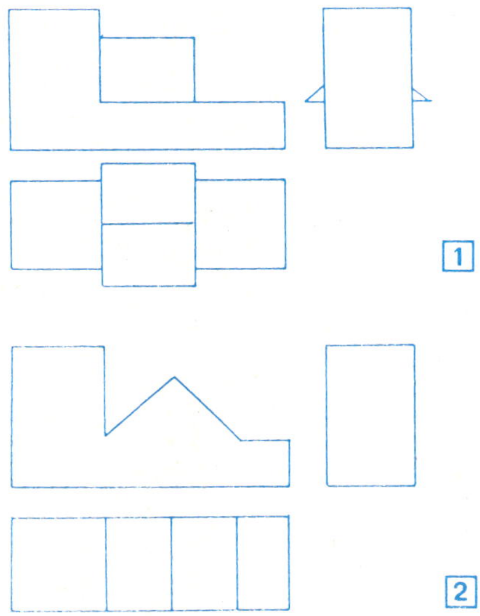

ÜBUNG 30:

Zeichnung 65 zeigt in den acht Teilaufgaben a, b, c, d, e, f, g und h interessante Übungen zum Ergänzungszeichnen. Die Lösungen hierzu finden Sie am Schluß dieses Buches.

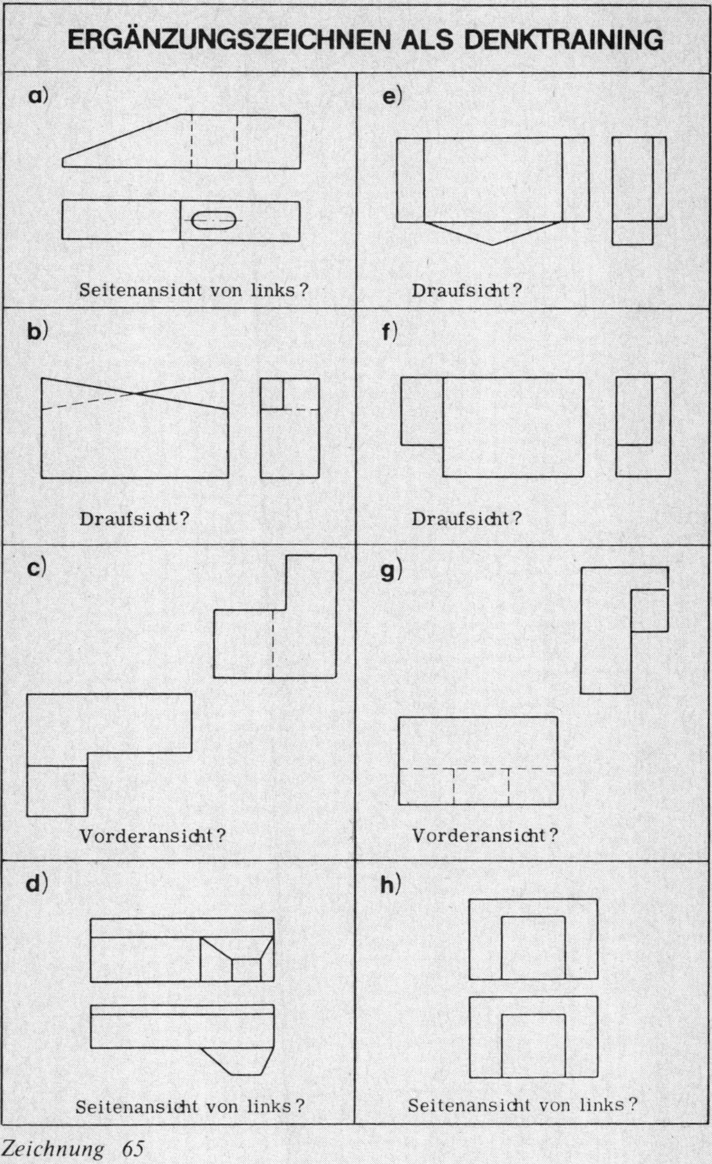

Zeichnung 65

5. Das Denken in Ordnungen und Einteilungen

Das Leben, das uns gegeben ist und das wir zu bewältigen haben, ist zunächst das große Ungeordnete. Die Griechen nannten es das Chaos. Chaos war das im Zustande der Formlosigkeit befindliche All. (Viele religiöse und philosophische Entstehungslehren verstanden oder verstehen unter Chaos den Zustand vor der Weltentstehung.)

Des Menschen Schicksal und Bestimmung ist es, das Ungeordnete in sich und um sich zu ordnen. Dies gilt für alle Berufe, für arm und reich gleichermaßen. In dem Maße, in dem es dem Menschen gelingt, das Chaos in sich und um sich zu ordnen, in diesem Maße entfaltet er sich. Alles menschliche Schaffen, Arbeiten, Gestalten, Formen, Schöpfen ist nichts anderes als ein Ordnen. Das Tun des Buchhalters beweist die Gültigkeit dieser Erklärung genauso wie das Schaffen des Künstlers oder das Forschen des Gelehrten; das Lehren des Lehrers beweist es genauso wie das Bemühen des Handelsvertreters, zu verkaufen und damit Nutzen zu bieten. Ordnen ist Denken. Infolgedessen entfaltet sich der Mensch auch durch Denken. Ordnen ist Einteilen, und Einteilen ist Denken. Also ist Ordnen ein Denktraining.

»Ihr könnt auf weisere Art leben, wenn ihr lernt, sie auszudenken und auszuarbeiten. Ihr seid euch eurer Macht noch nicht bewußt«, sagte schon Platon.

Wenn hier vom Ordnen als einem Denktraining geschrieben wird, so ist dabei nicht nur an den »geordneten« oder »zu ordnenden« Aktenschrank gedacht – obschon auch er dazugehört –, sondern an die Ordnung der Gedanken. Vor Jahrtausenden belehrte ein chinesischer Weiser sein Volk: »Willst du das Land in Ordnung bringen, so mußt du zunächst die Provinzen in Ordnung bringen. Willst du die Provinzen in Ordnung bringen, mußt du zunächst die Städte in Ordnung bringen. Willst du die Städte in Ordnung bringen, so mußt du deine eigene Familie in Ordnung bringen. Und wenn du deine Familie in Ordnung bringen willst, so mußt du zunächst dich selbst in Ordnung bringen.« Also muß man seine Gedanken in Ordnung bringen.

a) Die Konkurrenz denkend »verarbeiten«

Je schwieriger die Situation ist, in die Sie hineingeraten können, um so notwendiger ist es, über die gegnerische Seite orientiert zu sein. Haben Sie z. B. als Verkäufer nicht oft mit Preisschwierigkeiten zu kämpfen, weil die Konkurrenz angeblich billiger ist? Bedrückt Sie nicht oft die Tatsache, bei einem Kunden, den Sie schon lange aufsuchen, nicht zum Zuge zu kommen, weil die Konkurrenz dort immer am längeren Hebelarm zu sitzen scheint? Rennen Sie mit Ihren Angeboten nicht oft offene Türen ein, weil die Konkurrenz dieselbe Qualität oder gar eine angeblich noch bessere zu liefern imstande ist? Zumindest nach Meinung des Kunden? Und dann noch zu günstigeren Preisen?

Sie wundern oder ärgern sich über diese Situation, machen alles und jeden im stillen verantwortlich für diese »Ungerechtigkeiten«: das Wetter, den Kunden, den Chef. Wo liegt nun wirklich die Ursache? Verkäufer sollten es sich merken. Verhandlungsführer oder Verhandler jeglicher Prägung und Voraussetzung. Jeder sollte es sich merken, der mit einem anderen oder mit mehreren anderen hart verhandeln muß: Wer mehr über den anderen gedacht hat, der ist »verantwortlich« zu machen dafür, daß Sie das Ziel nicht erreichen, daß Sie den Auftrag nicht erhalten, daß Sie nicht zum Zuge kommen. Er wird erfolgreich. Nicht Sie. Soll es immer so sein?

Denken Sie doch immer daran: Ehe man verkaufen kann, muß man sein Verkaufsgespräch verkaufen können. Das aber heißt: Man muß seine Vorteile, die man im Objekt, in der Idee zu bieten hat, auch genau kennen und anbieten. Das aber gelingt nur, wenn man über die Konkurrenz genauestens unterrichtet ist, wenn man genügend über die Konkurrenz gedacht hat. Nicht nur unterrichtet in dem Sinne, daß man weiß, daß die Konkurrenz da ist und dies oder jenes verkauft, sondern im wahrsten Sinne des Wortes »aufgeklärt« ist über alle Vorzüge der Konkurrenzartikel, über die Praktiken der Verkäufer, über deren Argumentation, über das, was die anderen vorhaben, was die Konkurrenz erstrebt.

Dieses Wissen schenkt Ihnen keiner. Sie müssen es sich in mühevoller Kleinarbeit selbst erarbeiten, das will heißen: erdenken. Das geht nicht von heute auf morgen und nicht mit ein oder zwei Federstrichen.

Die Tätigkeit Ihrer Konkurrenz bei Ihren Interessenten oder Kunden muß laufend überwacht werden. Das bedeutet: Sie denken über die Konkurrenz nach. Sie betreiben Denktraining. Das kann man nicht einfach der Firma oder der Verkaufsabteilung überlassen. Diese Überwachung der Konkurrenz geschieht am besten so: Man legt sich über jeden Konkurrenten (hier weit gefaßt) oder über jedes Konkurrenzfabrikat eine Konkurrenzkartei an, mit der Sie dieses Denktraining betreiben. In die Konkurrenzkarteikarten tragen Sie nämlich ein:

a) Wo hat die Konkurrenz verkauft?

b) Sind die Kunden zufrieden mit der Konkurrenz oder nicht? (Zufriedenheit genauso notieren wie Unzufriedenheit.)

c) Welche Preise verlangt die Konkurrenz? – Wie verhalten Sie sich zu den eigenen Preisen?

d) Welche Zahlungsbedingungen werden verlangt?

e) Was ist an Vorteilen gegenüber der eigenen Ware wirklich gegeben?

f) Was ist an Nachteilen gegenüber der eigenen Ware gegeben?

g) Was haben Sie an Umsätzen durch die Konkurrenz verloren? Und warum? Und bei wem?

Dabei notiert man sich nur die wichtigsten Konkurrenten; die kleinen »Scheißer« mit den verdorbenen Preisen und mit den verderbenden Bedingungen, die dazu auch qualitativ nicht mitkommen, lassen Sie am besten weg. Wer so vorgeht, bereitet seine Kunden- und Interessentenbesuche gründlich vor. Er ist auf dem laufenden. Er kann schlagfertig argumentieren und den Nutzen, den er mit den eigenen Angeboten zu bieten hat, wirksam vorstellen.

Sie sollten eine solche vorbereitende Mehrarbeit nicht scheuen. Es ist eine Mehrarbeit, eine beachtliche Mehrarbeit. Aber wer glaubt, ohne diese Mehrarbeit auskommen zu können, müßte es bald bereuen. Wer sich dagegen dieser Mehrarbeit frewillig unterwirft, betreibt im Sinne der Vorbereitung der Kundenbesuche eine gründliche und Erfolg bewirkende denkerische Vorarbeit, die Sie im Gespräch selbst ungemein sicher macht.

b) Verkaufsargumente erdenken

Wenn Sie im Verkaufsgespräch stehen, müssen Sie schnell handeln können. Die Situation verlangt ein schnelles Eingehen auf die jeweilige Bemerkung des Kunden. Sie verlangt, daß Sie schlagfertig sind, daß Sie aber auch auf jedes negative Moment ein positives anführen können.

Als wesentliches Denktraining für Verkaufsargumente empfiehlt es sich, für jeden Artikel oder für jede Artikelgruppe die Plus-Minus-Argumentationstechnik anzuwenden. Man geht dabei so vor: Für jeden Artikel legt man in einem Ringbuch ein Blatt an und trägt auf diesem Blatt alles ein, was sich gegen diesen Artikel (Minus) und was sich für den Artikel (Plus) sagen läßt, Zeichnungen 66 und 67. Man läßt hierbei nichts aus, was über diesen Artikel zu sagen ist. Man ist ehrlich mit sich selbst. Das heißt nicht, daß man den Kunden alle Nachteile sagt. Man soll sie nur gedacht haben, also wissen.

a) die Nachteile und Vorzüge
b) die Güte der Ausführung - die Mängel der Ausführung
c) Der Preis im Vergleich zur Ausführung und zum Marktwert
d) die Liefermöglichkeiten

Zeichnung 66

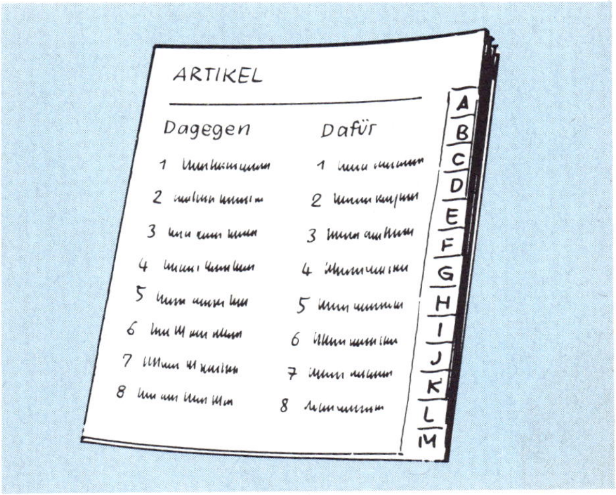

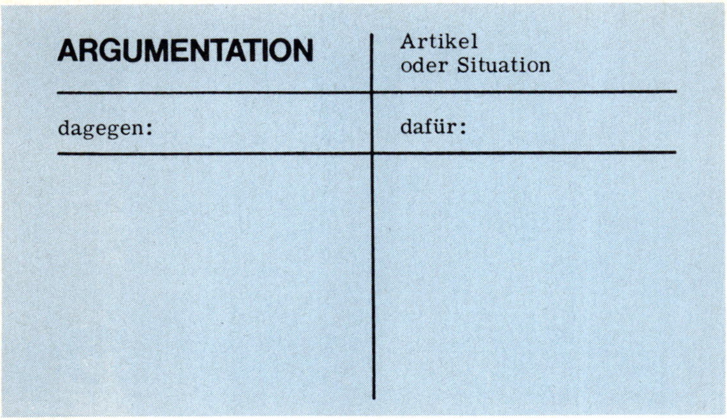

Zeichnung 67

Jeden Monat einmal nehmen Sie sich das Ringbuch vor, lesen die beschrifteten Blätter durch und ergänzen sie. Dabei machen Sie sich ganz von selbst immer mehr die Argumente und Gegenargumente zu eigen: Diese werden zu Ihrem geistigen Besitz.

Ein Feld-, Wald- und Wiesenverkäufer »verkauft« Ware, und zwar verschiedene Ware, die sich nur dem Preise nach zu unterscheiden scheint. Ein Feld-, Wald- und Wiesenverkäufer »verkauft« Ware, das will heißen: Er zeigt, was er zu bieten hat, und wartet dann darauf, daß der Kunde ganz aus eigenem Urteil »ja« sagt zu seinem Angebot.

Zeichnung 68

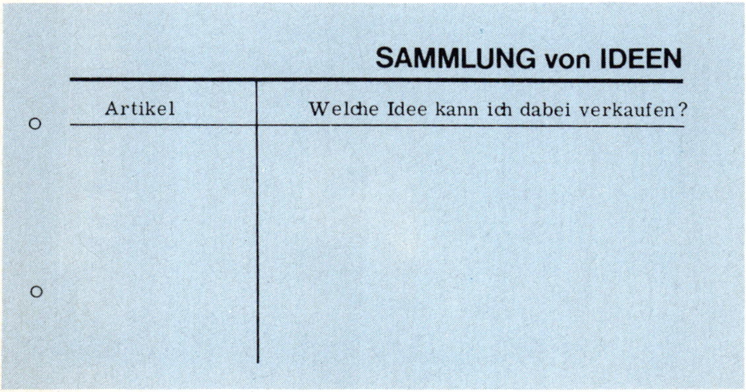

Ein guter Verkäufer verkauft keine Waren, sondern Ideen. Ein guter Verkäufer verkauft nicht Ware schlechthin, sondern er bietet Nutzen. Erst über die Bereitschaft, Nutzen zu bieten, kommt das Geschäft zustande. Gehen Sie von diesen Überlegungen aus, dann finden Sie von selbst auch die Einsicht von der Notwendigkeit einer Sammlung von Ideen. Ideen blitzen oft im Laufe des Tages auf. Sie sinken - sofern man sie nicht sofort realisiert oder notiert - wieder in Vergessenheit. Die Organisation einer Sammlung von Ideen bewahrt Sie davor, Ideen zu vergessen oder statt Ideen Ware zu verkaufen, Zeichnung 68.

c) Kundenkarteikarten als Mittel des Denkens

Es ist kein Beweis besonderer Intelligenz, alles im Kopf behalten zu wollen. Gerade die Feinheiten bleiben nicht haften. Sie verfallen der Vergessenheit. Und gerade auf diese »Feinheiten« kommt es oft sehr wesentlich an. Sehr oft aber kommt es darauf an, diese Feinheiten parat zu haben oder sie nachdrücklich in Erinnerung rufen zu können.

Der Vertreter oder Reisende besucht den Interessenten oder Kunden meist ohne Auftrag. Er wird nicht erwartet. Ehe er ein Angebot unterbreiten kann, muß er sich darum bemühen, vorgelassen zu werden. Aus diesem Umstand ergibt sich eine oft große Schwierigkeit. Um möglichst schnell menschlich näher an den Kunden heranzukommen, müßte er sich einer Hilfe des Kontaktnehmens bedienen: Er müßte mehr menschlich bedeutsame Fakten allgemeiner oder spezifischer Art parat haben, um den engeren Kontakt anknüpfen zu können. Solche Fakten parat zu halten kann der Sinn einer gewissenhaft geführten Kundenkartei sein.

Der Sinn einer Kundenkartei kann nicht nur der sein, die durchgeführten Kundenbesuche und deren Besprechungsinhalte oder Ergebnisse chronologisch geordnet festzuhalten. Diese Vermerke können nur einen Teil des Sinnes einer Kundenkartei umfassen. Der andere und bedeutsamere Teil des Sinnes einer Kundenkarteikarte umfaßt eben den weiten Bereich menschlichen Seins: nämlich menschliche Eigenheiten, menschliche Wünsche und Strebungen, menschliche Stärken und Schwächen, menschliche Liebhabereien und Erfahrungen festzuhalten.

Was geschieht bei einer Vorbereitung mit Hilfe der Kundenkartei? Nicht weniger und nicht mehr als dies: Der Verkäufer nimmt mit Hilfe der Kundenkarteikarte vor dem Gespräch geistig Kontakt auf mit seinem Kunden. Er bereitet sich im wahrsten Sinne des Wortes mit Hilfe der Karteikarte auf den Kundenbesuch vor. Der Sinn einer Kundenkarteikarte liegt darin, ein Hilfsmittel zu besitzen, mit dem man ständig den geistigen Kontakt mit dem Kunden aufrechterhalten kann, mit dem man sich in den Kunden als Existenz und in die Probleme des Kunden hineindenken kann. Die auf dem laufenden gehaltene Kundenkarteikarte ermöglicht die gedankliche Orientierung. Kundenkarteikarten sind Mittel verkäuferischen Denkens.

d) Verschlüsseltes Denken

Sie haben zu unterscheiden zwischen Interessenten und Kunden. Beide Kategorien verlangen in gleichem Maße Ihre ständige Aufmerksamkeit. Demzufolge sollte die Kundenkartei eine Zusammenstellung von Interessenten und von Kunden sein.

Aus Interessenten werden Kunden: Das ist Bestimmung des Bemühens eines Verkäufers. In Verbindung mit einem Arbeits- oder Zielplan werden Adressen möglicher Kunden, also von Interessenten, gesammelt und auf Karteikarten festgehalten. Das wird nur schrittweise und gebietsweise vor sich gehen können. Sie müssen ja auch arbeiten, um Umsätze zu erzielen. Also werden Sie sofort nach Aufstellung einer bestimmten Anzahl von Karteikarten die Interessenten besuchen und zu Kunden zu machen versuchen.

Ist ein Interessent Kunde geworden, so erhält seine Karteikarte einen besonderen farbigen Reiter oder einen farbigen Aufkleber; die Karteikarte wandert dann in den Kasten »Kunden«. Jede fachliche oder menschliche Besonderheit des Kunden muß durch ein weiteres Zeichen oder durch eine Eintragung auf der Karteikarte kenntlich gemacht werden.

Mit jeder neuen Adresse, die Sie in Ihre Interessentenkartei aufnehmen oder von der Interessentenkartei in die Kundenkartei überführen, vermehren Sie ein kaum abschätzbares Kapital.

Eine Kundenkarteikarte muß diese Bedingungen erfüllen:

a) sie muß viel Platz enthalten, damit genügend notiert werden kann;
b) sie muß ausreichende Angaben über den Kunden und seine Mitarbeiter ermöglichen;
c) sie muß ein Signalisierungssystem über ganz interne Fragen gestatten und so auf einen Blick Einstufungen ermöglichen;
d) sie muß in knapper Darstellung oder Aussage alles enthalten, um sich den Kunden in all seinen Eigenheiten, Besonderheiten und Kaufpotentialen vor Besuch denken zu können.

Eine solche Karteikarte[10]) soll hier näher erläutert werden. Wenn nur diese Karteikartenausführung Gegenstand einer gemeinsamen Betrachtung ist, dann soll das nicht bedeuten, daß es nicht auch andere Karteikartenausführungen gäbe, die den gestellten Anforderungen genügen. Es soll hier nur ein Beispiel von vielen möglichen besprochen werden; Zeichnungen 69 bis 73.

Zeichnung 69

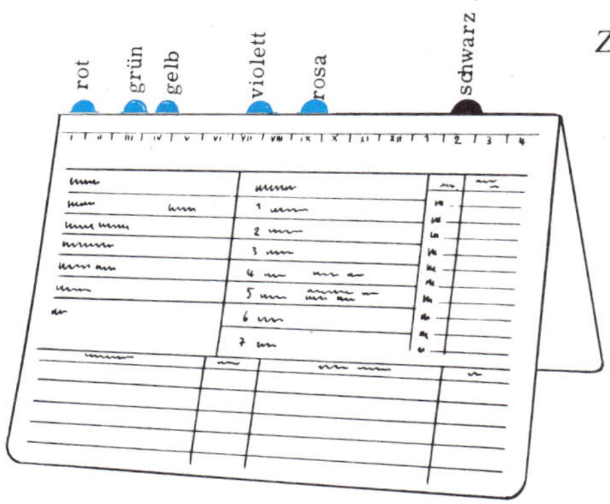

Die hier besprochene Ausführung besteht aus einem DIN-A 5-Blatt, das - einmal gefalzt - im Format DIN A 6 (Postkartenformat) als Doppelblatt benutzt wird. Eine besonders ausgebildete Stahlfeder sorgt dafür, daß sich die Karten in Gemeinschaft mit anderen spreizen, so daß mehrere Karten zusammen (Zeichnung 70) zur »Sichtkartei« werden. Der Hersteller gibt ihr darum den Namen »Fächerkartei«.

Außerdem enthält die Kundenkarteikarte alle persönlichen Angaben über den Kunden (Zeichnung 73). Die Innenfläche dient der Aufnahme der Vermerke über durchgeführte Kundenbesuche

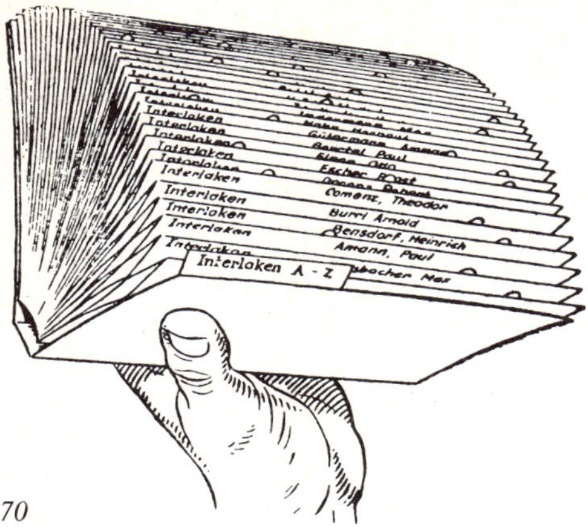

Zeichnung 70

und deren Besprechungsinhalte oder Ergebnisse. Es steht für die laufenden Vermerke ein verhältnismäßig großer Raum zur Verfügung, Zeichnung 72.

Durch den Falz können von innen her verschiedenfarbige Signale in Halbrund- und Dreiecksform zur Kennzeichnung durchgesteckt werden. Es handelt sich um ganz leichte Durchsteckreiter aus Kunststoff, die vielfältige Signalisierungen ermöglichen.

Zeichnung 71

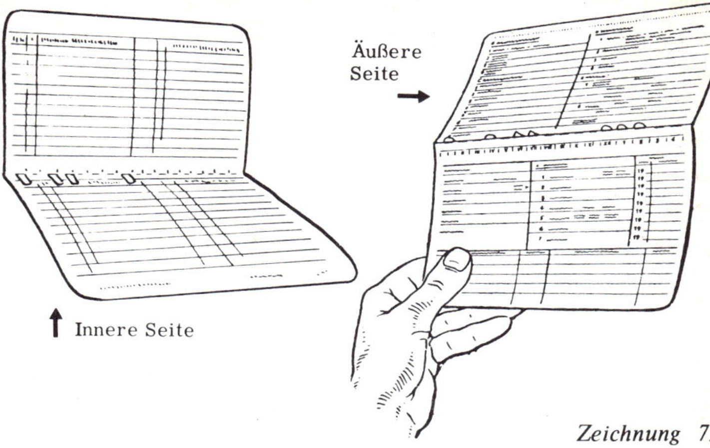

Zeichnung 72

Bei genauer Betrachtung einer Karteikarte sehen Sie unter der Falzkante eine Einteilung mit den Feldern I bis XII und 1 bis 4, Zeichnung 70. In Verbindung mit diesen Feldern läßt sich z. B. folgende Signalisierung durchführen:

Zeichnung 73

Über Feld I:
geographische Ordnung (Dreiecksreiter = △)

△	rot	Bezirk 1,
△	grün	Bezirk 2,
△	gelb	Bezirk 3,
△	blau	Bezirk 4 usw.

Über Feld II und III:
Kundengruppe (Halbrundreiter = ◠)

◠	rot	Industrie,
◠	grün	Großhandel,
◠	gelb	Einzelhandel,
◠	blau	Behörden.

Über Feld IV und V:
anzubietende Artikelgruppen (Halbrundreiter = ◠)

◠	orange	Garne,
◠	braun	Nähseiden,
◠	violett	Baumwolle.

Über Feld VI:
Zahlungsweise (Dreiecksreiter = △)

▲	schwarz	überschreitet Zahlungsziel,
△	rosa	zahlt prompt,
△	rot	verlangt Skonti, hält aber Ziel nicht ein.

Über Feld VIII:
Zahlungsstand (Dreiecksreiter = △)

▲	schwarz	Ziel überschritten
△	rosa	Konto ausgeglichen

Über Feld I:
Aufnahme beim Kunden (Halbrundreiter = )

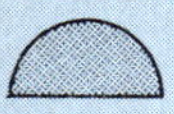	gelb	gute Aufnahme, verkäuferfreudig – angenehme Gesprächsatmosphäre
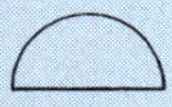	rot	Vorsicht am Platze! Langes Warten im Vorzimmer, Geduld aufbringen – Kunde sehr kritisch
	schwarz	Schlechte Aufnahme – Atmosphäre – stark negativ – Haltung bewahren! Sich nicht provozieren lassen!

Ich könnte das Beispiel noch weiter ausbauen. Ich glaube aber, es genügt, um zu zeigen, was man alles mit Reitern signalisieren kann. Sie werden wissen, daß diese Signalisierung mit Reitern oder Durchsteckreitern noch andere Vorteile bringt: Man sollte nicht alles unverschlüsselt schriftlich festhalten, was man über einen Kunden gern schriftlich festhalten möchte. Die Karteikarte könnte ja mal in falsche Hände geraten. Mit den Reitern können Sie – wie Sie vorhin gesehen haben – Ihre Einsichten verschlüsseln. Was Sie vorhin gelesen haben, ist ein Code Ihrer Gedanken über den Kunden.

Daneben kann aber jetzt noch eine ganze Reihe von persönlichen Daten über den Kunden und sein Geschäft oder seine Mitarbeiter untergebracht werden, zum Beispiel:

A. Äußeres:
1. Erscheinung: groß, klein, hager, gedrungen, dick, dünn
2. Kopfform: oval, rund, länglich
3. Augenfarbe: braun, blau, grau
4. Augenbrauen: stark, schwach
5. Nasenform: gerade, spitz, stumpf, kräftig, klein
6. Hände: knochig, weich, groß, klein, lang, zart
7. Kleidung: gepflegt, vernachlässigt, modern, supermodern, übertrieben

B. Persönliche Verhältnisse
1. Verheiratet: ja – nein
2. Geburtstag: 1.3.19 ____
3. Geburtstag der Frau: 10.8.19 ____
4. Geburtstag der Kinder: 4.4.19 ____ u. 5.10.19 ____

C. Wirtschaftliche Verhältnisse

1. Größe des Betriebes - Geschäftes, Unternehmens
2. Eigener Besitz: ja - nein
3. Eindruck der Wohnung: geschmackvoll usw.
4. Automobilmarke:
5. Geschäftsfreunde:
6. Konkurrenz:
7. Bankverbindungen:
8. Leumund:

D. Liebhabereien

1. Sport: Fußball - Tennis - Ski - Wassersport - Motorsport - Luftsport - Leichtathletik - Schwerathletik - Jagd
2. Künstlerische Neigungen: musiziert selbst
3. Reisen:
4. Sonstiges: Begeisterter Fotograf

E. Mitarbeiter:

1. Mitentscheidende Mitarbeiter: Direktoren - Geschäftsführer - Prokuristen - Betriebsleiter - Einkaufsleiter
2. helfende Mitarbeiter: Sekretärin - Meister - Pförtner - Chauffeur
3. helfende oder mitentscheidende Familienmitglieder:

Worauf wir mit der ausführlichen Schilderung des Aufbaues einer Kundenkarteikarte hinauswollen, ist im Prinzip doch eigentlich das Einteilen, das Ordnen. Einteilen und Ordnen ist Denken. Denktraining betreiben Sie immer dann, wenn Sie durch Ordnen oder Einteilen, durch Ordnen und Unterteilen einen Sachverhalt klären. Klären heißt hier bewußt machen. Bewußt machen heißt denken.

e) Weitere Denkmittel

Beispiel:

Erlauben Sie dem Autor die Annahme, daß Sie morgen eine viertägige Rundreise durch die Bundesrepublik unternehmen müßten. Sie fahren mit Ihrem eigenen Wagen. Sie haben verschiedene Niederlassungen Ihrer Firma zu besuchen und zu inspizieren. In einer Niederlassung steht ein Jubiläum an: Ein Mitarbeiter gehört seit 25 Jahren zum Unternehmen. Er soll in einer Morgenfeier vor allen Mitarbeitern im großen Vestibül des Hauptgebäudes der Niederlassung durch Sie mit einer Rede und mit Überreichung eines Geldpreises geehrt werden. Das ist die Situation, von der wir ausgehen wollen.

Ihre Frau möge Sie einen Tag vor Ihrer Abreise fragen, was Sie an Kleidung, Wäsche und Schuhen für diese viertägige Reise mitzunehmen gedenken.

Schon seit langem organisieren Sie sich selber. Sie haben die Gewohnheit, in Ihrem beruflichen Wirken das, was Sie denken oder kreativ erdenken, schriftlich festzuhalten, aufzuschreiben, in Stichworten jedenfalls aufzuschreiben, in Ihre private Lebenssphäre übernommen. Da Sie oft unterwegs sein müssen, haben Sie für private Reisen eine Checkliste entwickelt, die Sie jetzt eiligst zur Hand nehmen. In Gedanken gehen Sie die einzelnen Stationen Ihrer viertägigen Reise genau durch. Dabei ist Ihre innere Aufmerksamkeit auf die Frage gerichtet, was ziehe ich für diesen Augenblick oder für jene Situation an? Und jetzt fließen die Begriffe nur so aus Ihrer Feder. Während Sie denken, fallen

Zeichnung 74

ihnen die Begriffe Ihrer Anzüge ein, dann die Hemden, die dazugehören, dann Ihre Unterwäsche, dann Ihre Krawatten und Taschentücher, dann auch Ihre Strümpfe und die Schuhe sowie die Pullover, die Sie für die Fahrt tragen, und dann einige Utensilien, die einfach bei einer Reise nicht fehlen dürften, nämlich Manschettenknöpfe, Krawattenkettchen und das Necessaire, Zeichnung 74.

Mit dieser Checkliste sind Sie sicher und gewiß, daß Sie nichts vergessen. Und Sie sind auch gewiß, daß Ihre Frau, die mit großer Wahrscheinlichkeit die Reiseutensilien für Sie vorbereitet, nichts vergißt, was Sie mitzunehmen wünschen. Natürlich können Sie auch eine geschäftliche Checkliste Ihrer Sekretärin diktieren, die danach alle die Unterlagen vorbereitet und auf Ihren Schreibtisch legt, die Sie für diese viertägige Reise aus geschäftlichen Gründen mitzunehmen gedenken. Dazu gehören verschiedene Dinge, wie Sie aus Zeichnung 74 zu entnehmen sind. Auch die Geldmittel, die Sie dem Jubilar in Bargeld oder als Scheck überreichen werden. Sodann vor allem auch eine Lebensbeschreibung über den Jubilar, Zeichnung 75. Denn wenn Sie diesen Jubilar richtig ehren wollen, so müssen Sie schon einige Daten aus seinem Leben aufzählen, vor allem aus seinem Leben in Ihrem Unternehmen.

Zeichnung 75

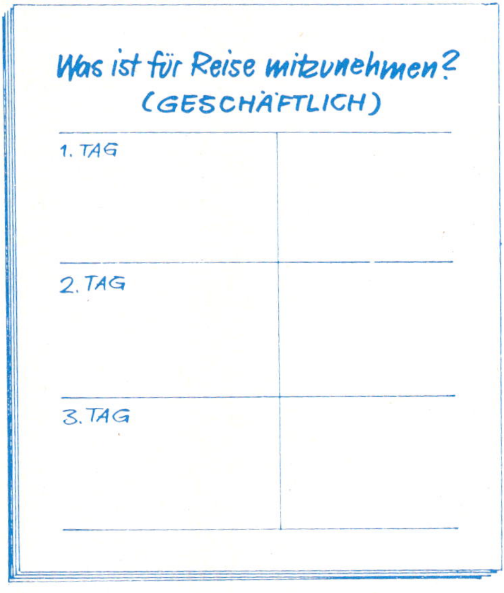

Und wenn Sie außerdem die besuchten Niederlassungen auch arbeitsmäßig sowie leistungsmäßig prüfen wollen, dann können Ihnen andere Formblätter als Denkmittel gute Dienste leisten. Es sind die Tätigkeitenlisten und die Aufgabenlisten, die Ihnen als Arbeitsmittel beim Denken helfen, Zeichnung 76 und 77. Diese Hilfsmittel helfen Ihnen, bei Untersuchungen der Niederlassungen schnell herauszufinden, ob die erledigten Arbeiten in den Niederlassungen gut organisiert sind. Die Arbeiten dort sind keineswegs gut organisiert, wenn auf der Tätigkeitsliste wesentlich mehr Tätigkeiten angegeben sind, als auf der Aufgabenliste ausgewiesen werden. Tätigkeitenliste und Aufgabenliste müssen übereinstimmen.

Wenn dem so ist, dann haben Sie die Möglichkeit, die Ergebnisse der Tätigkeiten- und der Aufgabenlisten in die Arbeitsverteilungskarte, Zeichnung 78, einzutragen. Sie können dann Vergleiche anstellen. Das bedeutet, daß Sie die Arbeitsqualität durchdenken. Ich denke mir, daß Sie aus diesem ersehen, wie sehr diese Hilfsmittel Ihnen helfen können, durch Ordnen und Einteilen Denken auszulösen. Vielleicht sind Sie bereit, Ihre eigene Tätigkeitenliste nach Zeichnung 76 und Ihre eigene Aufgabenliste nach Zeichnung 77 aufzuzeichnen. Sie werden dann schnell dahinterkommen, was Sie im wesentlichen während des Tagesablaufes erledigen, was Sie also alles an Arbeiten erfüllen, die nicht zu Ihrer eigentlichen Aufgabe gehören. Dieses Vergleichen von Tätigkeitenlisten und Aufgabenlisten ist ein Denken. Dieses Denken ist ein analysierendes Denken.

Natürlich haben Sie für die einzelnen Niederlassungen schon seit langem veranlaßt, daß die Mitarbeiter Ihre Tätigkeitenlisten und Aufgabenlisten ausfüllen. Wenn Sie während der Tage danach fragen, muß man sie Ihnen vorlegen können, damit Sie zusammen mit dem Niederlassungsleiter besprechen und erkennen können, wo Tätigkeiten ausgeführt werden, die nicht zur jeweiligen Aufgabe gehören.

Füllen Sie bitte für sich eine Aufgabenliste, Zeichnung 77, und dann eine Tätigkeitenliste, Zeichnung 76, aus. Hierzu werden keine Lösungen gebracht.

TÄTIGKEITENLISTE

Name MESSMER Vorname Hans		Abteilung Marktforschung Untergruppe —o—	
Stellung Prokurist und Abteilungsleiter		Istzustand	IST
		Sollzustand	/
Lohn-Gruppe Gehalts-Gr. I Ab	Datum 14.6.19–	aufgestellt von Messmer	genehmigt von

Lfd. Nr.	Tätigkeit	Stunden je Woche	Bemerkungen	
1	Postdurchsicht	5		
2	Diktat ausgehender Post	10		
3	Besprechungen mit Verkaufs-Direktion	6		
4	Ausarbeitung von Expertisen	4		
5	Ausarbeitung von Berichten	5		
6	Gespräche mit Sachbearbeitern	5		
7	Studium der anfallenden Literatur	5	zu wenig	(10)
8	Durchsicht der Reisendenberichte	8	wichtig!	
9	Analyse der Berichte (8) mit Mitarb.	4	wichtig!	
10	Errechnung von Sollzahlen	4		
11	Prüfung von IST-Zahlen	3		
12	Telefonate im Haus	2		
13	Telefonate mit auswärts	4		
14	Gespräche mit Reisenden, die			
/	das Haus besuchen	4	wichtig!	
15	Einsatz in Verkaufsschulungen	2		
	SUMME	71		

Zeichnung 76

AUFGABENLISTE

Abteilung MARKTFORSCHUNG		Untergruppe	
Istzustand	/	aufgestellt von Dr. Mesmer, Hans am 25.1.19–	
Sollzustand	SOLL	genehmigt von Verkaufs-Direktion am 2.2.19–	
		überprüft am	

Lfd. Nr.	Aufgabe	Stunden je Woche	Bemerkungen
1	Leitung der Abteilung	5	Organisation ausbauen!
2	Führung der Mitarbeiter	5	
3	Einsatz in Verkaufs-Schule	4	
4	Lesen d. Reisenden-Berichte	10	auswerten! laufend
5	Umsatz-Soll d. Reisenden	8	
6	Gebiets-Optimierung	6	
7	Gespräche mit Direktion	7	
	SUMME	45	

Zeichnung 77

ARBEITSVERTEILUNGSKARTE

Abteilung Untergruppe		Name		Name	
Istzustand		Stellung		Stellung	
Sollzustand					
Aufgestellt v. am		Gehaltsgruppe		Gehaltsgruppe	
Genehmigt v. am					
Nr. Aufgaben		Tätigkeiten		Tätigkeiten	

Zeichnung 78

Es wäre auch denkbar, daß Sie sich in den verschiedenen Städten die Personalunterlagen der dort tätigen Mitarbeiter vorlegen lassen, vor allem die Personalkarten und die Qualifikationskarten für nichtleitendes Personal, Zeichnungen 79 und 80. Von diesen beiden Arbeitsmitteln ist die Qualifikationskarte für nichtleitendes Personal die interessanteste, weil sie einen Bewertungsschlüssel aufzeigt, der es ermöglicht, ein Leistungsprofil zu erstellen. Dieses normal ermittelte Leistungsprofil ist mit schwarzer Farbe und roten Punkten eingezeichnet. Es ist in einem Falle recht eindeutig bestimmt, dafür aber auch eindringlich; in einem anderen Falle ist es recht bewegt. In beiden Fällen sind mit roten Linienführungen die äußersten Grenzen eines Leistungsvermögens angegeben, das nicht mehr unterschritten werden sollte.

Sie werden zugeben, daß hier eine außergewöhnlich exakte Denkrichtung geschult werden kann, nämlich einmal an den Begriffen und zum anderen an den Bewertungsziffern. Das Leistungsprofil in seiner Gesamtheit ergibt ein Bild, das uns ein Bild der Persönlichkeit bietet. Dabei gibt die senkrechte Strich-Punkt-Strich-Linie die Grenze zwischen positiven und negativen Bewertungen an: Alles, was rechts von der Strich-Punkt-Strich-Mittellinie liegt, ist mehr oder weniger stark negativ zu bewerten; alles, was links von dieser Linie liegt, ist positiv zu bewerten.

Nun sind Sie glücklicherweise am zweiten Tag abends in der Stadt eingetroffen, in der am nächsten Tag vormittags die Jubiläumsfeier im Vestibül der Niederlassung durchgeführt werden soll. Sie haben die Aufgabe, eine Rede zu halten und den Jubilar zu ehren. Sie kennen den Jubilar. Aber Sie haben sich vom Niederlassungsleiter noch einen Explorationsbogen mit Bewertungen geben lassen, der ein klares Persönlichkeits-Diagramm des zu ehrenden Jubilars zeigt und Ihnen damit Stoff für die Ausschmükkung Ihrer Jubiläumsrede bietet, Zeichnung 81.

Der Explorationsbogen bietet 16 Eigenschaften bzw. Beurteilungsgrundlagen. Im Grunde sind es Denkgrundlagen, Analysierungsprinzipien, Durchleuchtungsfragen, mit denen man einen Menschen exakt beurteilen lernt. Unabhängig davon, daß Sie einen ausgefüllten Explorationsbogen über den Jubilar ausgestellt erhielten, ist es auch interessant für Sie, sich selber im Sinne eines solchen Denktrainings zu beurteilen. Dafür haben wir in Zeichnung 82a,b zwei Blankoformulare abgedruckt. Eine Lösung bringe ich hierzu nicht.

PERSONALKARTE

(FOTO)

Name: KOCH
Vorname: EMIL KARL
Stellung: Verkäufer
Geburtstag: 11.9.19– Alter: 41
Geburtsort: Hamburg
Heimatort: Wolfenbüttel
Nationalität: Deutsch
~~led.~~ -verh. - ~~verw. - getr. - gesch~~
Geb. -Jahre d. Kinder ....
.........keine Kinder.....
Unterstützungspflicht: ....
............keine..........

Abteilung: X-Geräte
Wohnort: Wolfenbüttel
Straße: Kremerstraße 5
Telefon: 0 – 162345
Notruf:

Wehrdienst ..ja.....
Grad ..Uffz...

Eintritt in Firma: 12.5.19..
Austritt: ....–........

Vorbildung	Kenntnisse	Fähigkeiten
..8.. Jahre Volksschule ..–.. Jahre Mittelschule ..–.. Jahre Höhere Schule ..–.. Jahre Fachschule ..–.. Jahre Hochschule ..–.. Jahre Universität Abschluß als: Kfm.-Gehilfe akadem. Grad ..nein.... Bestand. Examen nein Weiterbildung durch: 1. Abendkurse: nein..... .... 2. Fernunterricht: nein..	Sprachen: keine Maschinenschreiben: ja Stenografie: ja, aber nicht mehr geübt Sonstige: keine	Fachliche Fähigkeiten: keine Allgem. Fähigkeiten: Führerschein Kl. III Menschenführung keine Verhandlung ja, aber mit Einschränkung Freie Rede: nein!
Äußere Erscheinung und Auftreten: auf jung dressiert – Auftreten etwas überheblich! Gesundheitszustand: sehr gut	Referenzen: es liegen keine neuen Referenzen vor! Bisherige Tätigkeiten: (letzte 10 Jahre) Außendienst bei Markenartikel-Firmen und bei uns	Befähigt zum VERKÄUFER sollte aber intensiv geschult werden

Zeichnung 79

Qualifikations-Karte für **NICHTLEITENDES PERSONAL**

Beurteilt durch: Franz Kareg
Stellung: Prokurist
Abteilung: Buchhaltung
Direkter Vorgesetzter:

Name: Harald Rieger
Stellung: Buchhalter
Abteilung: Buchhaltung **Alter:** 42
Eintritt: 4. März 19– **Dienstjahre:** 8

Eigenschaften	Beurteilung 10	9	8	7	6	5	4	3	2	1	0	
I. Leichtigkeit **neue Methoden zu lernen** und **Anordnungen** zu befolgen; Auffassungsgabe; Vorstellungs- und Denkvermögen (Intelligenz).	überragend		lernt leicht			durchschnittlich		lernt langsam			stumpf	10
II. **Gedächtnis.**	sehr gut		gut			durchschnittlich		schlecht			sehr schlecht	8
III. **Arbeitsmenge,** Raschheit der Erledigung.	ungewöhnlich produktiv		zufriedenstellende Leistung			durchschnittlich		begrenzte Leistung			unbefriedigende Leistung	3
IV. **Arbeitssauberkeit und Genauigkeit,** Fähigkeit zu dauernder Qualitätsarbeit, wirtschaftlich, sparsam.	höchste Qualität		gute Qualität			mittelmäßig		nachlässig			macht viele Fehler	10
V. **Zuverlässigkeit** und Anstrengung zu dauernder Pflichterfüllung.	sehr gut		fleißig			mittelmäßig		muß ständig angetrieben werden			faul	10
VI. **Initiative, Selbständigkeit** der Arbeitserledigung; Fähigkeit, praktische Verbesserungsvorschläge zu machen.	sehr schöpferisch		gut			mittelmäßig		unselbständig			braucht ständige Überwachung	5
VII. **Umgangsformen, Hilfsbereitschaft** gegen andere; Bereitschaft zu **Zusammenarbeit** mit Gleichgestellten und Vorgesetzten im Benehmen und in der Tat.	ausgezeichnet zusammenarbeitend		zusammenarbeitend			wenig hilfreich		schwierig zu behandeln			hemmend	8
VIII. **Berufs-, Branche- und Arbeitskenntnisse.**	vollständig		gut orientiert			mäßig		schlecht			sehr schlecht	8
IX. **Vertrauenswürdigkeit, Diskretion.**	vollständig		diskret			mäßig		zweifelhaft			schlecht	10
X. **Ehrlichkeit.**	zweifellos					unbestimmt					schlecht	10

Datum: 15. 5. 19– **Qualifikation:** geeignet **Total:** 82

Zeichnung 80a

Qualifikations-Karte für **NICHTLEITENDES PERSONAL**

Beurteilt durch:	Günter Bauer	**Name:**	Bertram Assmann		
Stellung:	Verkaufsleiter	**Stellung:**	Verkäufer		
Abteilung:	Verkauf	**Abteilung:**	VS 1	**Alter:**	31
Direkter Vorgesetzter:	Maier, Geschäftsführer	**Eintritt:**	4.6.19–	**Dienstjahre:**	4

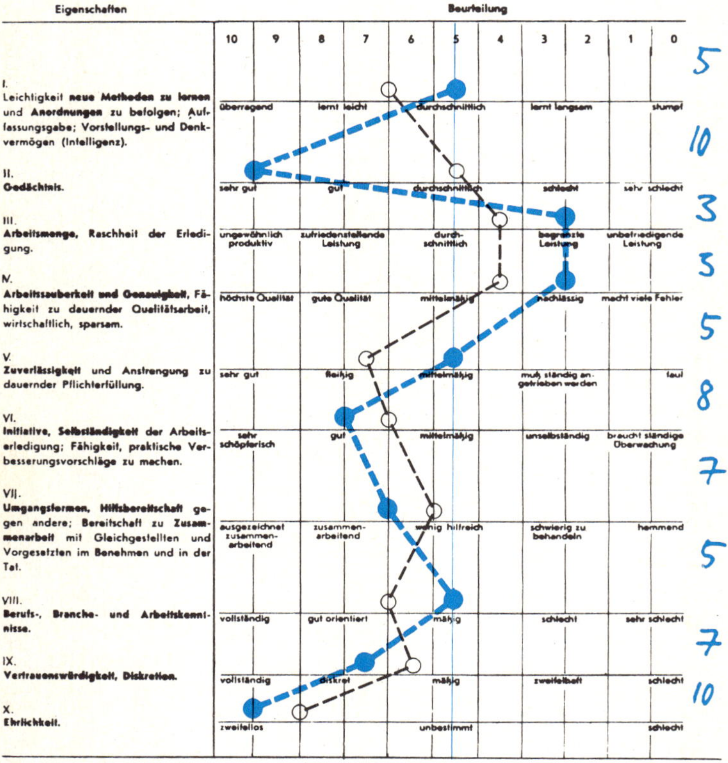

Datum: .... **Qualifikation:** .... **Total:** 63

○–○ = das Leistungsprofil, das nach Möglichkeit nicht unterschritten werden sollte

●–● = wirkliches Leistungsprofil

Zeichnung 80b

VERTRAULICH!

FIW-EXPLORATIONSBOGEN
PERSÖNLICHKEITS- UND LEISTUNGSDIAGRAMM

	1 2	3 4	5 6	7 8	
Kontaktfreudigkeit	keine	mäßig	lebhaft	viel	8
Unternehmungsfreudigkeit gegenüber neuen Aufgaben (Aktivität)	keine	kaum	gut	betont	6
Empfinden der Gesundheit und Leistungsfähigkeit (Vitalität)	nicht	gering	befried.	voll	8
Selbstsicherheit und Selbstvertrauen (Selbstwertgefühl)	kein	wenig	genug	stark	4
Hineinfinden in neue Gedankengänge (Denkbeweglichkeit)	kein	teilw.	befried.	ausgez.	3
Anpassungsbereitschaft (Gemeinschaftsgefühl)	schlecht	neutr.	frdl.	ausgez.	8
Sinn für das praktisch Durchführbare (Wirklichkeitssinn)	keinen	wenig	genug	viel	7
Schöpferisch-originelle Ideen (Phantasie)	keine	etwas	genug	viel	3
Planmäßig-gezieltes Arbeiten	kein	wenig	genüg.	stark	6
Durchführungszähigkeit (Ausdauer)	nicht	kaum	gut	ausgez.	7
Pünktlichkeit und Pflichtbewußtsein (Zuverlässigkeit)	keine	teilw.	genug	betont	8
Können Sie sich selbst stimulieren? - Motivieren?	schlecht	gering	befried.	voll	4
Konzentrationsfähigkeit	schlecht	gering	befried.	stark	5
Allgemeine Kenntnisse	keine	etwas	gut	ausgez.	2
Fach-Grundwissen des erwählten Berufszieles und Berufsfähigkeiten	nicht	lückenh.	befried.	voll	7
Denkbeweglichkeit	keine	teilw.	genüg.	ausgez.	4
				Ergebnis	90

Zeichnung 81

PROFIL-TEST (II)
PERSÖNLICHKEITS- UND LEISTUNGSDIAGRAMM

Kontaktfreudigkeit	1 2 3 4 keine mäßig	5 6 7 8 lebhaft viel	
Unternehmungsfreudigkeit gegenüber neuen Aufgaben (Aktivität)	1 2 3 4 keine kaum	5 6 7 8 gut betont	
Empfinden der Gesundheit und Leistungsfähigkeit (Vitalität)	1 2 3 4 nicht gering	5 6 7 8 befried. voll	
Selbstsicherheit und Selbstvertrauen (Selbstwertgefühl)	1 2 3 4 kein wenig	5 6 7 8 genug stark	
Hineinfinden in neue Gedankengänge (Denkbeweglichkeit)	1 2 3 4 kein teilw.	5 6 7 8 befried. ausgez.	
Anpassungsbereitschaft (Gemeinschaftsgefühl)	1 2 3 4 schlecht neutr.	5 6 7 8 frdl. ausgez.	
Sinn für das praktisch Durchführbare (Wirklichkeitssinn)	1 2 3 4 keinen wenig	5 6 7 8 genug viel	
Schöpferisch-originelle Ideen (Phantasie)	1 2 3 4 keine etwas	5 6 7 8 genug viel	
Planmäßig-gezieltes Arbeiten	1 2 3 4 kein wenig	5 6 7 8 genüg. stark	
Durchführungszähigkeit (Ausdauer)	1 2 3 4 nicht kaum	5 6 7 8 gut ausgez.	
Pünktlichkeit und Pflichtbewußtsein (Zuverlässigkeit)	1 2 3 4 keine teilw.	5 6 7 8 genug betont	
Können Sie sich selbst stimulieren? - Motivieren?	1 2 3 4 schlecht gering	5 6 7 8 befried. voll	
Konzentrationsfähigkeit	1 2 3 4 schlecht gering	5 6 7 8 befried. stark	
Allgemeine Kenntnisse	1 2 3 4 keine etwas	5 6 7 8 gut ausgez.	
Fach-Grundwissen des erwählten Berufszieles und Berufsfähigkeiten	1 2 3 4 nicht lückenh.	5 6 7 8 befried. voll	
Denkbeweglichkeit	1 2 3 4 keine teilw.	5 6 7 8 genüg. ausgez.	
		Ergebnis	

Zeichnung 82a

PROFIL-TEST (II)
PERSÖNLICHKEITS-UND LEISTUNGSDIAGRAMM

Kontaktfreudigkeit	1 2 3 4 keine mäßig	5 6 7 8 lebhaft viel	
Unternehmungsfreudigkeit gegenüber neuen Aufgaben (Aktivität)	1 2 3 4 keine kaum	5 6 7 8 gut betont	
Empfinden der Gesundheit und Leistungsfähigkeit (Vitalität)	1 2 3 4 nicht gering	5 6 7 8 befried. voll	
Selbstsicherheit und Selbstvertrauen (Selbstwertgefühl)	1 2 3 4 kein wenig	5 6 7 8 genug stark	
Hineinfinden in neue Gedankengänge (Denkbeweglichkeit)	1 2 3 4 kein teilw.	5 6 7 8 befried. ausgez.	
Anpassungsbereitschaft (Gemeinschaftsgefühl)	1 2 3 4 schlecht neutr.	5 6 7 8 frdl. ausgez.	
Sinn für das praktisch Durchführbare (Wirklichkeitssinn)	1 2 3 4 keinen wenig	5 6 7 8 genug viel	
Schöpferisch-originelle Ideen (Phantasie)	1 2 3 4 keine etwas	5 6 7 8 genug viel	
Planmäßig-gezieltes Arbeiten	1 2 3 4 kein wenig	5 6 7 8 genüg. stark	
Durchführungszähigkeit (Ausdauer)	1 2 3 4 nicht kaum	5 6 7 8 gut ausgez.	
Pünktlichkeit und Pflichtbewußtsein (Zuverlässigkeit)	1 2 3 4 keine teilw.	5 6 7 8 genug betont	
Können Sie sich selbst stimulieren? - Motivieren?	1 2 3 4 schlecht gering	5 6 7 8 befried. voll	
Konzentrationsfähigkeit	1 2 3 4 schlecht gering	5 6 7 8 befried. stark	
Allgemeine Kenntnisse	1 2 3 4 keine etwas	5 6 7 8 gut ausgez.	
Fach-Grundwissen des erwählten Berufszieles und Berufsfähigkeiten	1 2 3 4 nicht lückenh.	5 6 7 8 befried. voll	
Denkbeweglichkeit	1 2 3 4 keine teilw.	5 6 7 8 genüg. ausgez.	
		Ergebnis	

Zeichnung 82b

DAS ZETTELSYSTEM ALS GRUNDLAGE FÜR DIE FREIE REDE

Zeichnung 83

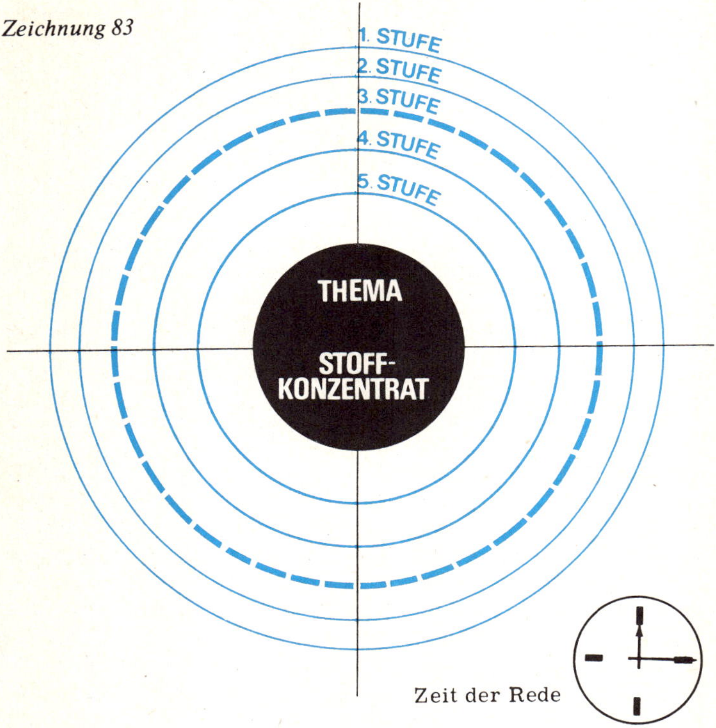

5 STUFEN DER ERARBEITUNG EINER WIRKLICH FREI VORGETRAGENEN REDE

1. Stufe = Sprechdenkerische Erarbeitung
2. Stufe = Sprechdenkerische Wiederholung
3. Stufe = Schreibdenkerische Erarbeitung mit Zetteln
   Auf den Zetteln entweder Zeichnungen und Symbole oder Gedankenzellen oder beides
4. Stufe = Schreibdenkerische Sauberschrift auf Zettel
5. Stufe = Sprechdenkerische Ur-Aufführung der freien Rede

Sie sind noch immer auf der angenommenen Reise. Nun ist es an der Zeit, die Rede vorzubereiten. Denn am anderen Tag soll sie ja dann »über die Runden gehen«. Wir legten fest, daß die Jubiläumsfeier anderntags um 10 Uhr vormittags beginnt. Wir legten weiter fest, daß Sie die Rede an dem heutigen Abend vorbereiten und daß Sie am nächsten Morgen, am dritten Tag, sehr früh aufstehen, um die Rede noch einmal durchzudenken. Ja – Sie haben richtig gelesen: durchzudenken und nicht »durchzulesen«. Denn es ist nicht richtig, diese Rede Wort für Wort und Satz für Satz schriftlich auszuarbeiten. Sie sollen die Rede nach Zeichnung 83 mit dem Zettelsystem sprechdenkerisch ausarbeiten. Die Rede selbst soll nicht länger dauern als eine halbe Stunde. Das genügt vollauf. Denn wenn Sie länger reden wollten, würden Sie lediglich Langeweile erzeugen. Und gerade das wollen Sie nicht.

Mit Zeichnung 83 zeige ich Ihnen die fünf Stufen der Erarbeitung einer wirklich frei vorzutragenden Rede nach dem Zettelsystem. Was bedeutet Zettelsystem? Es bedeutet, daß Sie lediglich Gedankenzellen als Stichworte oder aber Symbole und Zeichnungen für die Skizzierung von Inhalten benutzen. Auf den Zetteln DIN A 6 (Größe von Postkarten) werden keine vollständigen Sätze aufgeschrieben. Sie schreiben lediglich Stichworte (Gedankenzellen) auf den Zetteln auf oder Sie zeichnen auf den Zetteln Symbole oder Zeichnungen, mit denen Sie Denkinhalte festhalten. Wie ich mir das mit der Ausfüllung der Zettel vorstelle, mögen die zusammengestellten Zettel aus Zeichnung 84 in groben Umrissen andeuten. Diese Zettel werden am Schreibtisch ausgearbeitet.

Zeichnung 84

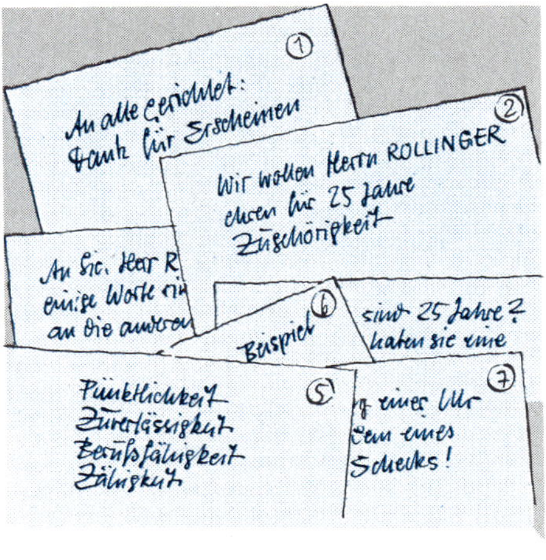

Die Rede selbst soll nach dem Acht-Punkte-System aufgebaut werden, Zeichnung 85. Bitte studieren Sie dieses System genau. Es sind acht bzw. neun Inhalte angegeben:

Erstens sollen Sie Ihre Zuhörer mit Wohlwollen ansprechen. Sie sollen bei Ihren Zuhörern Wohlwollen gewinnen.

Zweitens sollen Sie die Situation schildern. In dem vorliegenden Falle handelt es sich um ein Jubiläum und um einen Jubilar, der 25 Jahre zur Firma gehört.

Drittens sollen Sie das Ziel ansprechen, nämlich daß Sie diesen Jubilar ehren wollen. Daß die Geschäftsleitung Sie beauftragt hat, diesen Herren zu ehren.

Viertens sprechen Sie von den gegnerischen Ansichten. Hier empfiehlt es sich, die Bedeutung der Rede selbst und die Bedeutung der Feier in Frage zu stellen, und zwar mit nicht widerlegbaren Ansichten, mit schweren Ansichten und mit leicht zu überwindenden Ansichten. So finden Sie eine elegante Lösung für diesen Aspekt der gegnerischen Ansichten.

Demonstration: Ich verweise auf den farbiggedruckten Rundpfeil, der die Bezeichnung »Demonstration« trägt. Unter Demonstration verstehen wir das Zeigen. Nun wäre hier die Frage zu stellen, was man in einer Rede denn nun »zeigen« sollte. Man braucht sich hier nicht sehr eng an die Aufforderung »Demonstration« zu halten. Zur Demonstration gehört unter anderem auch das Anführen eines Beispiels. Ich meine, daß in dieser Rede gerade ein Beispiel am Platze wäre.
Es fragt sich aber, warum ich nach Erwähnung der gegnerischen Ansichten auf die Demonstration verweise. Das hat seinen Sinn. Die Demonstration stellt in gewissem Maße den Übergang vom Punkt 4 zum Punkt 5 dar. Der Geist der Zuhörer soll nach so vielem Negativen mit etwas Neuem beschäftigt werden. Mit etwas, was hier Gegenstand der Rede ist: die Ehrung eines langjährigen und verdienstvollen Mitarbeiters.

Fünftens: Nach dem Beispiel (über den Jubilar) bringen Sie die aufbauenden eigenen Ansichten zur Wertung der Leistung, einem Unternehmen fünfundzwanzig Jahre in Treue verbunden gewesen zu sein. Und zwar erfüllen Sie diesen Teilauftrag zuerst mit leichten Ansichten, dann mit schweren und dann gar mit nicht widerlegbaren Ansichten.

Sechstens: Jetzt empfiehlt es sich, das, was Sie unter Position 5 mit besonderem Nachdruck und mit besonderem zeitlichen Aufwand geäußert haben, zusammenzufassen. Wir sprechen hier von der »psychologischen Zusammenfassung«, die besagt, daß man nur das wiederholt bzw. zusammenfaßt, was der Sache dienlich ist.

Siebtens: Jetzt feuern Sie die Zuhörer an, dem Jubilar in der Arbeitserfüllung nachzueifern.

Achtens: Zum Schluß fordern Sie das Publikum auf, auf den Jubilar ein Hoch auszubringen.

Nach den Schlußworten Ihrer Rede verlassen Sie sofort Ihr Rednerpult und gehen auf den Jubilar zu, dem Sie das Ehrengeschenk überreichen.

Zeichnung 85

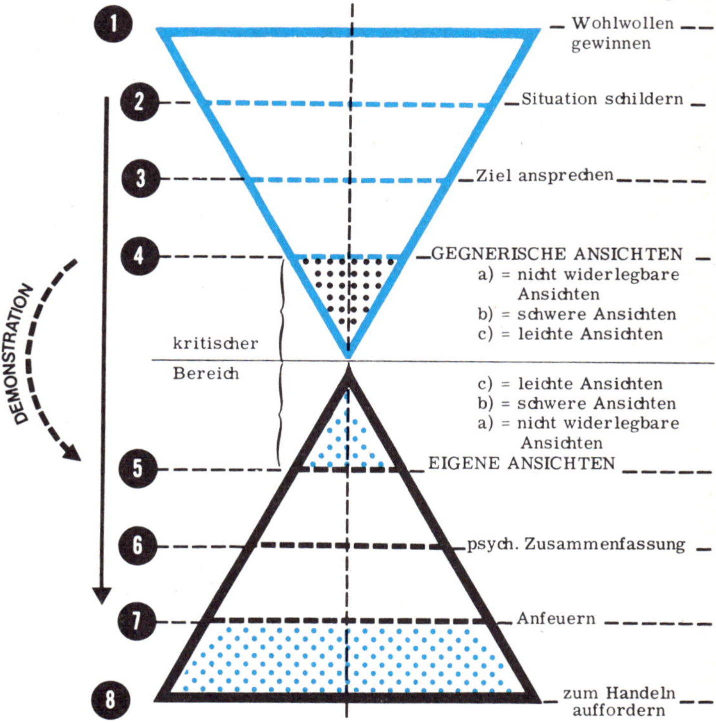

DAS ACHT-PUNKTE-SYSTEM
nach dem Entwurf von Paul Feldmann

Übung 31:

Arbeiten Sie nach dem beschriebenen Acht-Punkte-System eine Rede aus, und zwar eine Rede an den Jubilar. Am Schluß des Buches finden Sie meinen Text-Entwurf. Daran können Sie Ihren Text messen.

6. Analytisches Denken

In Zeichnung 86 sehen Sie ein Formblatt, das die Bezeichnung »Arbeitsablaufkarte« trägt und in all den Fällen benutzt werden kann, in denen es darum geht, den zeitlichen und ergebnismäßigen »Arbeitsablauf« zu prüfen. Dabei wird vor allem der folgerichtige (logische) Ablauf der einzelnen Arbeitsschritte, die sinnvolle Aufeinanderfolge der einzelnen Schritte geprüft. - Ein solches Formblatt ist ein Analysenblatt. Es dient der Analyse von Arbeitsabläufen. Unter Analyse von Arbeitsabläufen versteht man eine Ermittlung der Einzelbestandteile eines Vorganges, hier einer Arbeit. Mit dieser Ermittlung der Einzelbestandteile einer Arbeit will man denkerisch dahinterkommen und erkennen, ob die einzelnen Arbeitsschritte folgerichtig sind[11]).

Wie gesagt, man kann mit einem solchen Formblatt verschiedene Arten von Arbeit in ihren Abläufen untersuchen. Ich bringe zunächst ein Beispiel aus der Markt- bzw. Verkaufsarbeit. Sie ist in ihren logischen Abläufen so einleuchtend und selbstverständlich, daß sie jeder denkerisch nachvollziehen kann. Es geht um folgendes: Ein Reisender Müller fährt an einem bestimmten Tag »seine Tour« oder eine »bestimmte, von ihm ausgewählte Tour«, die morgens um 8 Uhr von der Wohnung aus beginnt und abends gegen 18 Uhr, wiederum vor der Wohnung Müllers, enden soll.

a) Mit Symbolen einer Sache auf den Grund gehen

Wer sich in eine solche anstrengende Arbeit hineindenkt, vielleicht weil er sie aus Erfahrung kennt oder weil er genügend praktischen Sinn hat, sie sich vorzustellen, wird schnell dahinterkommen, daß es auch bei dieser Arbeit eine eindeutige Folgerichtigkeit der Aufeinanderfolge von spezifischen Teilarbeiten geben muß, die sich aus dem Zusammenhang der Arbeitsabläufe ergibt. Diese Folgerichtigkeit ist logisch evident. Diese Teilarbeiten sind:

	=	Arbeitsgang	=	In diesem Symbol kann man jeden Arbeitsgang sehen.
	=	Transporte	=	In diesem Symbol kann man Fahrten jeder Art, z. B. von der Wohnung zum ersten Kunden, von Kunden zu Kunden und vom letzten Kunden zur Wohnung und Transporte sehen.
	=	Prüfungen	=	In diesem Symbol kann man die Erledigung von Reklamationen oder jede Prüfung sehen.
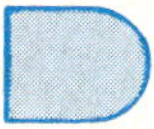	=	Aufenthalte	=	In diesem Symbol kann man das Warten und die Aufenthalte sehen.
	=	Lagerung	=	In diesem Symbol kann man das Einlagern von Ware oder das Zurücknehmen von Emballage oder jeder Lagerhaltung sehen.

Arbeitsvereinfachung ist das Ergebnis von Denken, vom prüfenden Fragen und vom Zieldenken. Eines der Mittel, die Arbeitsabläufe besser zu verstehen und zu unterscheiden, ist die Verkaufsdarstellung mit Symbolen.

Die Symbole lassen einen Arbeitsablauf wie einen Film vor dem »geistigen Auge« abrollen, ohne daß man durch das geschriebene Wort abgelenkt wird. Da jedes Symbol eine bestimmte Bedeutung hat, ist es klar, daß in den meisten Fällen für eine Person ein anderes Symbol als für ein Material eingesetzt werden muß, wenn es sich um den gleichen Vorgang handelt. Es ist daher bedeutsam, ob wir eine Person in ihrer Arbeitsweise und damit in ihrer Denkweise oder ein Material untersuchen. Es soll an einem kleinen Beispiel demonstriert werden, was gemeint ist: Ein Mann transportiert einen Sack zwanzig Meter weit und geht dann zurück, um den nächsten Sack zu holen: Was für den Mann »Arbeit« ist, bedeutet für das Material »Transport«. – Beide »Dinge« kann man schlecht gleichsetzen. Sie müssen sich daher vor einer Studie klarwerden, was Sie untersuchen wollen: den Menschen oder das Material. Beides zusammen kann man nicht gleichzeitig untersuchen[12]).

Mit einer Arbeitsablaufstudie (das ist die Analyse mit der fertig ausgefüllten Arbeitsablaufkarte) wird der Teil eines Arbeitsablaufes untersucht, von dem wir annehmen, daß sich hier Fehlerquellen befinden: beim Reisenden (Menschen) die einzelnen Schritte des Vorgehens; beim Einkauf bestimmter Artikel (Material) die Durchlaufform dieses Artikels durch die Verwaltungsarbeit usw.

So ist es logisch einleuchtend, daß man zum Kunden fährt, um ihn auch zu sprechen, um mit ihm ein Verkaufsgespräch zu führen. Also wird man nicht wegen des Wartenmüssens vor dem Verkaufsgespräch weglaufen. Oder: So ist es auch logisch einleuchtend, daß man beim Partner die Behandlung einer Reklamation grundsätzlich vor einem Verkaufsgespräch erledigt. Und ebenso, daß man möglichst immer nach der Behandlung einer Reklamation ein Verkaufsgespräch mit dem gleichen Partner führt und einen Auftrag herauszuholen versucht, um den negativen Eindruck der Reklamation abzubauen.

Übung 32:

In der Arbeitsablaufkarte nach Zeichnung 86 sind acht Denkfehler eingebaut worden. Diese Denkfehler sollen Sie finden und formulieren (mündlich und schriftlich). Ferner sind, um die einzelnen Schritte folgerichtig ablaufen zu lassen, auf diesem Blatt einige Zeilen neu zu formulieren und mit anderen Symbolen kenntlich zu machen. Füllen Sie das leere Formblatt neu aus und berücksichtigen Sie dabei die von Ihnen vorzusehenden Änderungen. Beachten Sie auch noch: Wenn in den Arbeitsablauf dieser Übung acht Fehler eingebaut sind, dann bedeutet dies, daß Sie 18 Zeilen ändern müssen. Tragen Sie nunmehr Ihre Überlegungen in die freie Arbeitsablaufkarte nach Zeichnung 87 ein. Eine Lösung zu dieser Übung finden Sie am Schluß dieses Buches.

ARBEITSABLAUF-KARTE Nr.

Zusammenstellung

	Jetzt Zahl	Jetzt Zeit	Vorschlag Zahl	Vorschlag Zeit	Unterschied Zahl	Unterschied Zeit
○ Arbeitsgang						
⇨ Transporte						
□ Prüfungen						
D Aufenthalte						
▽ Lagerung						
Transport-Weg	m		m		m	

Abteilung: Verkauf Bearbeiter: Meier
Arbeit: Marktarbeit
Istzustand ☒ Sollzustand ☐
Person ☒ Material ☐
Studie beginnt bei: 8⁰⁰ in Wohnung Müller
Studie endet bei: 18²⁵ in Wohnung Müller
Aufgenommen: Müller am 19.3.19—

	Stufen des Arbeitsablaufes	Arbeitsgang / Transporte / Prüfungen / Aufenthalte / Lagerung	Weg in km	Menge	Zeit	Analyse – Warum? (Was? Wo? Wann? Wer? Wie?)	Bemerkungen	Vorschlag (Auslassen, Zusammenl., Ändern: Reihenfolge, Platz, Person, Verbesserung)
1	Fahrt zum 1. Kunden	Transport	10	/	40	8 4 0	Berufsverkehr	
2	Aufenthalt, Warten	Aufenthalt	/	/	15	8 5 5	mehrere Verkäufer anwesend	
3	Verkaufsgespräch	Arbeitsgang	/	/	45	9 4 0	2100.- DM Umsatz	
4	Fahrt zum 2. Kunden	Transport	2	/	20	10 0 0	Durchfahrt durch verstopfte Stadt	
5	Verkaufsgespräch	Arbeitsgang	/	/	30	10 3 0	1.800.– DM Umsatz schwerer Durchbruch	
6	Fahrt zum 3. Kunden	Transport	3	/	10	10 4 0	Durchfahrt durch verstopfte Stadt	
7	Reklamation	Aufenthalt	/	/	20	11 0 0		
8	Verkaufsgespräch	Prüfung	/	/	30	11 3 0	4.500.– DM Umsatz	
9	Fahrt zum 4. Kunden	Transport	12	/	30	12 0 0	zur nächsten Stadt	
10	Mittagspause	Arbeitsgang	/	/	60	13 0 0		
11	Abgabe von Ware	Lagerung	/	/	10	13 1 0		
12	Fahrt zum 5. Kunden	Transport	1	/	10	13 2 0		
13	Verkaufsgespräch	Arbeitsgang	/	/	40	14 0 0	3.800.– DM Umsatz	
14	Fahrt zum 6. Kunden	Transport	2	/	10	14 1 0	Durchfahrt durch Stadt	
15	Verkaufsgespräch	Aufenthalt	/	/	30	14 4 0	1.900.– DM Umsatz	
16	Fahrt zum 7. Kunden	Transport	12	/	30	15 1 0	Landgebiet	
17	Reklamation	Prüfung	/	/	15	15 2 5		
18	Fahrt zum 8. Kunden	Transport	4	/	15	15 4 0		
19	Verkaufsgespräch	Arbeitsgang	/	/	30	16 1 0	kein Auftrag	
20	Fahrt zum 9. Kunden	Transport	4	/	10	16 2 0		
21	Verkaufsgespräch	Arbeitsgang	/	/	35	16 5 5	4.000.– DM Umsatz	
22	Behandlung einer Reklamation	Aufenthalt	/	/	15	17 1 0		
23	Fahrt nach Hause	Transport	10	/	40	18 0 0		
24	Verkaufsgespräch	Arbeitsgang	4	/	10	18 1 0		
25	Ablieferung von Ware in Firma	Lagerung	/	/	15	18 2 5		

Zeichnung 86

ARBEITSABLAUF-KARTE Nr.

Zusammenstellung

	Jetzt		Vorschlag		Unterschied	
	Zahl	Zeit	Zahl	Zeit	Zahl	Zeit
○ Arbeitsgang						
⇨ Transporte						
□ Prüfungen						
D Aufenthalte						
▽ Lagerung						
Transport-Weg	m		m		m	

Abteilung: Verkauf Bearbeiter: Meier
Arbeit: Marktarbeit
Istzustand ☒ Sollzustand ☐
Person ☒ Material ☐
Studie beginnt bei:
Studie endet bei:
Aufgenommen: am

	Stufen des Arbeitsablaufes	Arbeitsgang / Transporte / Prüfungen / Aufenthalte / Lagerung	Weg in	Menge	Zeit	Analyse – Warum? Was?	Wo?	Wann?	Wer?	Wie?	Bemerkungen	Vorschlag – Auslassen	Zusammenf.	Ändern – Reihenfolge	Platz	Person	Verbesserung
		○ ⇨ □ D ▽															
		○ ⇨ □ D ▽															
		○ ⇨ □ D ▽															
		○ ⇨ □ D ▽															
		○ ⇨ □ D ▽															
		○ ⇨ □ D ▽															
		○ ⇨ □ D ▽															
		○ ⇨ □ D ▽															
		○ ⇨ □ D ▽															
		○ ⇨ □ D ▽															
		○ ⇨ □ D ▽															
		○ ⇨ □ D ▽															
		○ ⇨ □ D ▽															
		○ ⇨ □ D ▽															
		○ ⇨ □ D ▽															
		○ ⇨ □ D ▽															
		○ ⇨ □ D ▽															
		○ ⇨ □ D ▽															
		○ ⇨ □ D ▽															
		○ ⇨ □ D ▽															
		○ ⇨ □ D ▽															
		○ ⇨ □ D ▽															
		○ ⇨ □ D ▽															
		○ ⇨ □ D ▽															
		○ ⇨ □ D ▽															

Zeichnung 87

b) Durch Denken Scheuklappen beseitigen

Jeder Fachmann weiß zu berichten, daß jeder Arbeitsausführung, jedem Arbeitsablauf Mängel anhaften, die von dem Ausführenden der Arbeit oft nicht erkannt werden. Daran ist die Betriebsblindheit schuld. Ist eine Arbeit nämlich zur Routinearbeit geworden, dann »wachsen« dem Arbeitsausführenden leicht »Scheuklappen«, die ihn hindern, den Blick freizuhalten für die Mängel und deren Beseitigung.

Die Arbeitsstudie ist nun ein Verfahren, mit dem man die einzelnen Arbeitselemente erkennen und analysieren, also nüchtern und folgerichtig denken kann. Mit Hilfe dieser Arbeitsstudie kann jeder Arbeitsausführende (Mitarbeiter) die Arbeitszusammenhänge erkennen und folgerichtig denkerisch nachvollziehen und damit prüfen. Denn jedes Arbeitsergebnis ist eine Folge von verschiedenen Tätigkeiten, die sich konsequent aneinanderreihen und dieses Arbeitsergebnis zum Ziele haben. Eine Arbeitsstudie will also untersuchen, ob in der zwingenden Aufeinanderfolge dieser Tätigkeiten Störungen vorhanden sind. Das Ziel jeder Arbeitsstudie muß also sein: Die Arbeitsausführung wahrzunehmen und sie von allen nicht unbedingt notwendigen Tätigkeiten oder Arbeitsverrichtungen zu befreien. Man kann also durch Denken Scheuklappen beseitigen.

ÜBUNG 33:

In den Zeichnungen 88 und 89 ist ein einziger Arbeitsablauf mit 42 Positionen dargestellt. Es handelt sich um eine Arbeitsstudie über einen Arbeitsgang »Zubehör«-Anforderung in der Einkaufsabteilung einer bestimmten Firma. Bei dieser Studie wird nicht die Person, sondern das Material untersucht:

a) Der rechte Teil des Kopfes ist so ausgefüllt:

Abteilung: Einkauf	Bearbeiter: Meyer
Arbeit: Zubehör-Anforderung	
Istzustand	Sollzustand
Person	Material
Studie beginnt bei:	Eingang Einkaufs-Bearbeitung
Studie endet bei:	Erledigte Akte in Ablage
Aufgenommen:	xyz am: 14.7.19____

ARBEITSABLAUF-KARTE Nr.

Zusammenstellung

	Jetzt Zahl	Jetzt Zeit	Vorschlag Zahl	Vorschlag Zeit	Unterschied Zahl	Unterschied Zeit
○ Arbeitsgang	12					
⇨ Transporte	9					
□ Prüfungen	2					
D Aufenthalte	17	190				
▽ Lagerung	2					
Transport-Weg	820 m		m		m	

Abteilung: *Einkauf* Bearbeiter: *Meyer*

Arbeit: *Zubehör-Anforderung*

Istzustand ☒ Sollzustand ☐

Person ☐ Material ☒

Studie beginnt bei: *Eingang Einkaufs-Bearbeitung*

Studie endet bei: *Erledigte Akte in Ablage*

Aufgenommen: *XYZ* am *14.7.19xx*

Nr.	Stufen des Arbeitsablaufes	Arbeitsgang	Transporte	Prüfungen	Aufenthalte	Lagerung	Weg in m	Menge	Zeit	Analyse – Warum? Was?	Wo?	Wann?	Wer?	Wie?	Bemerkungen	Vorschlag: Auslassen	Zusammen	Ändern: Reihenfolge	Platz	Person	Verbesserung
1	*Zubehör-Anforderung in Eingang Einkaufs-Bearbeiter*					●															
2	*in Hauptregister eintragen*	●																			
3	*in Ausgang*				●				10												
4	*zum Registrator*		●				70														
5	*in Eingang*				●				10												
6	*in Aktenregister eintragen*	●																			
7	*Akte ziehen*	●																			
8	*auf ausstehende Anforderungen durchsehen*	●																			
9	*ausstehende Anforderungen entnehmen*	●																			
10	*Entnahmevermerk für Akte schreiben*	●																			
11	*in Ausgang*				●				10												
12	*zum Bestellungsbearbeiter*		●				90														
13	*in Eingang*				●				10												
14	*Anforderung auf Berechtigung prüfen*			●																	
15	*in Ausgang*				●				10												
16	*zum Korrespondenten*		●				60														
17	*in Eingang*				●				10												
18	*Anforderungs-Bestätigung schreiben*	●																			
19	*in Ausgang*				●				10												
20	*zum Abteilungsleiter*		●				100														
21	*in Eingang*				●				20												
22	*Bestätigung unterschreiben*	●																			
23	*in Ausgang*				●				20												
24	*zum Einkäufer*		●				110														
25	*in Eingang*				●				10												

Zeichnung 88

ARBEITSABLAUF-KARTE Nr.

Zusammenstellung

	Jetzt Zahl	Jetzt Zeit	Vorschlag Zahl	Vorschlag Zeit	Unterschied Zahl	Unterschied Zeit
○ Arbeitsgang	12					
⇨ Transporte	9					
□ Prüfungen	2					
D Aufenthalte	17					
▽ Lagerung	1					
Transport-Weg	m		m		m	

Abteilung: Bearbeiter:

Arbeit:

Istzustand ☒ Sollzustand ☐

Person ☐ Material ☒

Studie beginnt bei:

Studie endet bei:

Aufgenommen: am

Nr.	Stufen des Arbeitsablaufes	Arbeitsgang	Transporte	Prüfungen	Aufenthalte	Lagerung	Weg in m	Menge	Zeit	Analyse Warum? Was?	Wo?	Wann?	Wer?	Wie?	Bemerkungen	Vorschlag Auslassen	Zusammen	Ändern Reihenfolge	Platz	Person	Verbesserung
26	Bestellung fertig machen	●																			
27	in Ausgang				●				10												
28	zum Bestellungsbearbeiter		●				100														
29	in Eingang				●				10												
30	Bestellung rechnerisch prüfen			●																	
31	in Ausgang				●				10												
32	zum Abteilungsleiter		●				100														
33	in Eingang				●				10												
34	Bestellung unterschreiben	●																			
35	in Ausgang				●				10												
36	zum Bestellungsbearbeiter		●				100														
37	in Eingang				●				10												
38	Bestellungskopie und übrige Papiere in Akte ablegen	●																			
39	Bestellungsoriginal in Postausgang Akte in Registratur-Ausgang				●				10												
40	zur Registratur		●				90														
41	Akte ablegen	●																			
42	Akte in Ablage					●															

Zeichnung 89

b) Der linke Teil des Kopfes, nämlich die Kopf-Tabelle »Zusammenstellung«, wird erst zum Schluß des Ausfüllens der Arbeitsablaufkarte und vor der Analyse ausgefüllt. Hier im Beispiel ist er schon ausgefüllt worden, und zwar in Form der Zahl der einzelnen Abläufe und in Form der Angabe des insgesamt bewältigten Laufweges (820 m).

Am besten ist es, Sie lesen sich zunächst in die Stufenfolge dieses Beispiels ein. Gehen Sie Position für Position denkend durch.

Zugegeben: Für den Nichteinkäufer (also Laien) wird es schwer sein, alle Positionen und Schritte dieses Arbeitsablaufes auf ihre Berechtigung hin zu überprüfen. Darum sei Ihnen als Gedankenstütze gesagt, daß etliche Positionen überflüssig sind: Von den 42 Positionen oder Schritten sind 18 Positionen oder Schritte überflüssig und können wegfallen. Das mit dieser Übung verbundene Denktraining besteht also darin, eine »vernünftige« Lösung zu finden, eine Lösung gewissermaßen, die das Ziel einer Rationalisierung, einer Arbeitsvereinfachung umfaßt[11]).

Die Studie beginnt in dem Augenblick, da sich die Anforderung im Eingangskorb des Einkaufsbearbeiters befindet. Sie endet mit der Ablage der erledigten Akte. Die Karte betrachtet nur die Bearbeitung dieser Anforderung in der Einkaufsabteilung. Es ist unerheblich, von wem die Anforderung kommt und wie die Auslieferung später aussieht.

c) Die Jagd nach dem Überflüssigen

Schon der Überblick darüber, daß überaus häufig die beiden Werte »Transportwege« und »Verzögerungen« in den beiden Karten bzw. in den Zeichnungen 85 und 86 vermerkt sind, gibt Ihnen den Hinweis, auf welche Dinge Sie in der Lösung dieser Übung denkerisch Jagd machen sollen. Sie sollen unnötige »Transporte« und unnötige »Aufenthalte« erkennen und ausmerzen. Sie sollen durch Ihr Denken also nicht die Arbeit beschleunigen, sondern Sie sollen Überflüssiges erkennen und abstellen. Dadurch wird der Arbeitsablauf verkürzt und verbessert. Sie gewinnen Zeit ohne Mehranstrengung.

Sie sollen also denkend zu erfassen suchen: Was ist überflüssig? – Wie soll es gemacht werden? – Während die Aufnahme der beiden Blätter im IST-Zustand nur ein Sammeln von Tatsachen ist, das zwar Aufmerksamkeit und Konzentration erfordert, verlangt die Analyse gedankliche oder denkerische Durchdringung. Sie erleichtern sich diese Denkakte, indem Sie von vornherein gezielte Fragen stellen. Sie sollten bei jedem Schritt und bei jeder Stufe sieben Fragen stellen:

1 = Warum?
2 = Was?
3 = Wo?
4 = Wann?
5 = Wer?
6 = Wie?
7 = Notwendig?

Sie stellen diese sieben Fragen, um zu erfahren, ob der einzelne Schritt, so wie er in der Arbeitsablaufkarte erscheint, richtig und nötig ist. Bei einer negativen Feststellung wird Ihnen durch die Antwort auf die Frage eine Lösungsmöglichkeit gewiesen. Denn das klare »Nein« auf die Frage »Notwendig?« ist eindeutig ein Hinweis auf eine Lösung, nämlich: auf die Streichung dieses Schrittes. Es werden damit die Aktionen vorgezeichnet, die Sie denkerisch behandeln müssen, um zu einer Verbesserung zu gelangen. Das ist ja das Denkziel.

Der denkerische Gesichtspunkt bei der »Jagd nach dem Überflüssigen« ist eindeutig mit den Antworten auf die sieben Fragen verbunden. Die Fragen lösen gewissermaßen das entsprechende Ziel- oder Lösungsdenken aus. Was bewirken die Fragen?

Frage 1: Warum?
Diese Frage ist die Kardinalfrage: »Warum wird dies getan?« – Wenn wir auf diese Frage nicht positiv antworten können, dann fehlt jede Begründung für den betreffenden Schritt. Dann kann er unterbleiben. Er ist überflüssig. Sie merken sich: Die Frage WARUM zieht ein Ausschalten des Schrittes nach sich.

Frage 2: Was?
Diese Frage konzentriert sich auf die Feststellung, was getan wird oder was getan werden sollte. Sie weist auf einen Kompromiß hin und führt auch nicht zu einer so drastischen Lösung wie die Frage

»Warum«. Das Ziel dieser Frage ist, denkerisch festzulegen, ob man nicht etwas kombinieren oder zusammenlegen kann. Sie merken sich: Die Frage WAS zieht eine Kombination oder Zusammenlegung nach sich.

Frage 3: Wo?
Diese Frage beschäftigt sich mit dem Platz oder dem Ort, an dem die Arbeit verrichtet wird. »Wo« wird etwas getan, und »wo« sollte es getan werden. Die Beantwortung dieser Frage bezieht sich auf eine Veränderung des Platzes oder Ortes. Sie merken sich: Die Frage WO zieht eine Änderung des Platzes oder Ortes nach sich.

Frage 4: Wann?
Diese Frage bezieht sich auf die zeitliche Reihenfolge. – »Wann« wird etwas getan und »wann« sollte es getan werden? Besteht die Möglichkeit, es früher oder später zu einem günstigeren Zeitpunkt zu tun? Die Beantwortung zielt auf eine Änderung der Reihenfolge hin. Sie merken sich: Die Frage WANN zieht eine Änderung der Reihenfolge nach sich.

Frage 5: Wer?
Hier wird nach der Person gefragt. Sie ist identisch mit der Fragestellung der Arbeitsverteilungskarte: »Ist der richtige Mann am richtigen Platz?« Hier begegnet uns die gleiche Frage: »Wer« macht die Arbeit, und »wer« sollte die Arbeit machen? Die Beantwortung dieser Frage hat eine Änderung der Person zur Folge. Sie merken sich: Die Frage WER zieht eine Änderung der Person nach sich.

Frage 6: Wie?
Durch diese Frage wird die Methode untersucht. »Wie« wird die Arbeit gemacht, und »wie« sollte sie gemacht werden? Wenn Sie mit dem »Wie« nicht einverstanden sind, dann finden Sie eine Lösung nur, wenn Sie den Vorgang allgemein verbessern. Das heißt, Sie müssen eine neue Bearbeitungsmethode finden. Sie merken sich: Die Frage WIE zieht eine Verbesserung nach sich.

Frage 7: Notwendig?
Diese Frage hat einschneidende Wirkung. Sie setzt nicht immer Fach- oder Sachkenntnis voraus. Etwa dann, wenn beurteilt werden soll, ob ein Arbeitsgang notwendig ist oder nicht. »Scheuklappen« sind oft sehr groß bei »Fachleuten« oder solchen, die zwar keine Fachleute sind, sich aber dafür halten. Hier ist vorurteilsloses Denken und Urteilen zwingend erforderlich.

Betrachten Sie sich noch einmal alle Fragen, nachdem Sie ihre Auswirkungen erkannt haben, dann stellen Sie fest: daß Sie eigentlich nur zwei Fragen haben, die sich auf den gesamten Arbeitsablauf beziehen können. Es sind die Fragen

1 = WARUM

2 = WIE

Die übrigen Fragen beziehen sich nur auf einzelne Schritte des Ablaufes und sind eng miteinander verknüpft. Ihre Änderung betrifft in den meisten Fällen auch eine der anderen Fragen. In diesen Fällen müssen Sie mehrere Felder ankreuzen. Sicher ist Ihnen auch aufgefallen: Sie sollten Ihre Überlegungen nur dort anstellen, wo entweder BEARBEITUNGSZEICHEN oder PRÜFUNGSZEICHEN steht. Die anderen Schritte folgen dann zwangsläufig der Änderung. Nur Arbeitsgänge und Prüfungen werden analysiert.
Bei der denkerischen Durchdringung der in den Zeichnungen 88 und 89 vorliegenden Arbeitsablaufkarten mit insgesamt 42 Positionen betrachten Sie bitte zunächst die Zusammenstellung im Kopf links, um zu prüfen, ob die Relation der einzelnen Vorgänge auch schon Aufschlüsse gibt. Sie stellen fest, daß

12 BEARBEITUNGEN oder Arbeitsgänge,
17 AUFENTHALTE oder Verzögerungen,
9 TRANSPORTE sowie
2 LAGERUNGEN und
2 PRÜFUNGEN

42 POSITIONEN

im Gesamtablauf enthalten sind. Ohne Erfahrungen zu besitzen, werden Sie mit gutem Recht behaupten dürfen: Ein optimierter Arbeitsablauf sollte mehr BEARBEITUNGEN als AUFENTHALTE aufweisen. Ferner: Was sagen Sie zu der Anzahl der TRANSPORTE? Erscheint Ihnen diese Zahl nicht auch zu hoch?

Wie Ihnen diese erste Betrachtung zeigt, scheint der geschilderte Arbeitsablauf nicht besonders günstig zu sein. Ob unser Eindruck richtig ist, wird sich durch nähere Betrachtung feststellen lassen. Es soll erkannt werden, WO die Fehler liegen. (Daß Fehler enthalten sind, ist ja schon mehrfach gesagt worden.)
Die weiteren Eintragungen bleiben Ihnen überlassen. Die gemeinsam zu betreibende Analyse geht so vor sich: Ich nenne zu den einzelnen kritisch erscheinenden Stufen oder Schritten die Ana-

lyse-Fragen. Sie tragen handschriftlich in die Arbeitsablaufkarten-Spalten »Analyse« und »Bemerkungen« Kreuze oder Bemerkungen ein.

Dann nenne ich Ihnen die meines Erachtens notwendigen Änderungs-Vorschläge, und Sie tragen in die Spalten »Bemerkungen« und »Vorschläge« wiederum handschriftlich die entsprechenden Vermerke ein.

Analyse

Positions-Nr.	Frage
2	Was, wo, wann, wer?
6	Was, wo, wann, wer?
7	Keine
8	Warum?
9	Hängt von 8 ab
10	Hängt von 8 ab; Wie?
14	Warum?
18	Wie, wo, wann, wer?
22	Warum? Hängt von 18 ab
26	Keine
30	Was? Wann?
34	Keine
38	Wer?
41	Keine

Änderungs-Vorschläge

Positions-Nr.	Bemerkungen	Vorschlag
2	durch Registrator	Platz, Person
6	überflüssig	auslassen
8	ist nötig, um Doppelanforderung zu vermeiden	keine
10	Formular verwenden	Verbesserung
14	nicht nötig	auslassen
18	Bestät.-Stempel verwenden Registr. n. Aktenentnahme	Verbesserung, Person, Reihenfolge
22	nicht mehr nötig	auslassen
30	prüft Anforderung, ersetzt Schritt 14	Reihenfolge
38	Registrator	Platz, Person

Nun geht es darum, daß Sie aus den 42 Positionen bzw. Schritten der Arbeitsablaufkarten nach Zeichnungen 85 und 86 deren 24 machen. Das heißt, das Sie 18 Positionen oder Schritte oder Zeilen streichen. Das können Sie nur durch Denken bewältigen. Die Aufgabe zu lösen ist ganz offensichtlich ein Denktraining.

Die Anregungen aus den Tabellen »Analyse« und »Änderungs-Vorschläge« tragen Sie in die Blätter der Zeichnungen 88 und 89 ein. Für die Vereinfachung von 42 auf 24 Positionen wählen Sie zum neuen Eintrag das freie Blatt nach Zeichnung 90. Die richtige Lösung zu dieser Übung 33 finden Sie am Schluß dieses Buches.

d) Das Denken mit Durchlaufdiagrammen

Um organisatorische Aufgaben lösen zu können, braucht man oft Gesamtüberblicke. Um genaue Überblicke über größere Arbeitsabläufe zu erhalten, benutzt man ein Durchlaufdiagramm. Ein Durchlaufdiagramm hat die Aufgabe, im einzelnen zu zeigen:

a) WER beteiligt ist und
b) WAS in dem Bereich des Beteiligten vor sich geht.

Die Aufnahmetechnik ist die gleiche wie bei der Arbeitsablaufkarte. Man verwendet auch die gleichen Symbole. Diese behalten ihre Bedeutung bei. Bei der Analyse wird genauso vorgegangen wie bei der Arbeitsablaufkarte. Die Ausnahme besteht nur darin, daß man nicht alle Symbole nebeneinander aufführt und das Zutreffende ausfüllt, sondern man setzt nur das betreffende Zeichen allein ein.

Die denkerische Durchdringung mit Hilfe des Durchlaufdiagramms

Das Durchlaufdiagramm hat die Aufgabe, alle Beteiligten eines Arbeitsvorganges aufzuzeigen. Betrachten Sie das Diagramm nach Zeichnung 91, so stellen Sie fest, daß sechs Personen an diesem Arbeitsvorgang beteiligt sind. Sie können auch sehen, daß der gesamte Durchlauf verzettelt ist. In der Hauptsache besteht er aus Transporten und Aufenthalten. Hier wird Ihnen augenblicklich klar, warum man Jagd macht auf Transporte und Aufenthalte,

ARBEITSABLAUF-KARTE Nr.

Zusammenstellung

	Jetzt		Vorschlag		Unterschied	
	Zahl	Zeit	Zahl	Zeit	Zahl	Zeit
○ Arbeitsgang						
⇨ Transporte						
□ Prüfungen						
D Aufenthalte						
▽ Lagerung						
Transport-Weg	m		m		m	

Abteilung: Bearbeiter:

Arbeit:

Istzustand ☐ Sollzustand ☐

Person ☐ Material ☐

Studie beginnt bei:

Studie endet bei:

Aufgenommen: am

	Stufen des Arbeitsablaufes	Arbeitsgang / Transporte / Prüfungen / Aufenthalte / Lagerung	Weg in m	Menge	Zeit	Analyse – Warum? Was?	Wo?	Wann?	Wer?	Wie?	Bemerkungen	Vorschlag – Auslassen	Zusammenfassen	Ändern – Reihenfolge	Platz	Person	Verbesserung
		○ ⇨ □ D ▽															
		○ ⇨ □ D ▽															
		○ ⇨ □ D ▽															
		○ ⇨ □ D ▽															
		○ ⇨ □ D ▽															
		○ ⇨ □ D ▽															
		○ ⇨ □ D ▽															
		○ ⇨ □ D ▽															
		○ ⇨ □ D ▽															
		○ ⇨ □ D ▽															
		○ ⇨ □ D ▽															
		○ ⇨ □ D ▽															
		○ ⇨ □ D ▽															
		○ ⇨ □ D ▽															
		○ ⇨ □ D ▽															
		○ ⇨ □ D ▽															
		○ ⇨ □ D ▽															
		○ ⇨ □ D ▽															
		○ ⇨ □ D ▽															
		○ ⇨ □ D ▽															
		○ ⇨ □ D ▽															
		○ ⇨ □ D ▽															
		○ ⇨ □ D ▽															
		○ ⇨ □ D ▽															
		○ ⇨ □ D ▽															

Zeichnung 90

weil sich hier immer und grundsätzlich Zeit »festsetzt«. Eine weitgehend ununterbrochene und fortlaufende Bearbeitung können wir nur beim Registrator feststellen. Bei allen anderen wird der Vorgang nach einer Bearbeitung oder Prüfung wieder weiter- und zurückgeleitet.

ÜBUNG 34:

An Hand des Diagramms nach Zeichnung 91 können Sie sehen, daß der Vorgang »Zubehör-Anforderung« beim Abteilungsleiter zum erstenmal durchläuft, ehe etwas Wesentliches im Sinne einer »Bestellung« am Gesamtvorgang getan wurde, wogegen sich eine wichtige Bearbeitung des Vorganges unmittelbar anschließt. Welche allgemeinen Rückschlüsse können Sie aus dieser letzten Feststellung ziehen?

Schreiben Sie Ihre Lösung zu dieser Übung auf. Dann vergleichen Sie sie mit meiner Lösung, die am Ende dieses Buches aufzufinden ist.

Was ein Durchlaufdiagramm zeigen soll

Ein Durchlaufdiagramm zeigt deutlich, wie oft ein Chef z. B. angelaufen wird. Man prüft, welche Dinge davon wirklich so wichtig sind, daß Sie nur vom Chef erledigt werden sollen. Ein Durchlaufdiagramm zeigt auch, ob der richtige Mann eine Arbeit verrichtet oder nicht. Darum leistet ein Durchlaufdiagramm unschätzbare Dienste bei Planungsarbeiten, weil es zum Ziel- und Aufgabendenken (zum teleologischen Denken) anhält.

Das Durchlaufdiagramm ist darüber hinaus eine der wichtigsten Unterlagen für die Lageplan-Studie. So klar und übersichtlich, wie sich die Gegebenheiten am Durchlaufdiagramm ablesen, erkennen und damit denken lassen, haben Sie Ihre Arbeitsvorgänge vorher nicht gesehen und gekannt. Wenn man noch die Durchlaufzeiten erfaßt und eine Mengenzählung anstellt, hat man ein Instrument, das beachtliche Dienste leistet. Stellen Sie nur einmal fest: 12 Bearbeitungen, 9 Transporte, 2 Prüfungen, 17 Aufenthalte und 2 Lagerungen, Zeichnung 91.

Wenn eine solche Aufnahme auch Zeit und Mühe erfordert, so bringt die Auswertung des Durchlaufdiagramms dennoch Nutzen. An diesem einfachen Beispiel zeigt sich, daß sich Denken bezahlt macht.

DURCHLAUFDIAGRAMM

Abteilung:	Einkauf
Gruppe:	
Arbeit:	Zubehör-Anforderung
Aufgen. von:	XYZ
Datum:	15.7.19–

○	Bearbeitung	= 12
⇨	Transport	= 9
□	Prüfung	= 2
D	Aufenthalt	= 17
▼	Lagerung	= 2

Nr.	Beschreibung	Beteiligte: Abteilungs-Leiter	Einkäufer	Bestellungs-Bearb.	Korre-spondent	Einkaufs-Bearb	Registrator
1	Zubehör-Anforderung in Eingang					1	
2	in Hauptregister eintragen					2	
3	in Ausgang					3	
4,5	zum Registrator in Eingang					4	5
6	in Aktenregister eintragen						6
7	Akte ziehen						7
8	auf ausstehende Anforderungen durchsehen						8
9	ausstehende Anforderungen entnehmen						9
10	Entnahmevermerk für Akte schreiben						10
11	in Ausgang						11
12,13	zum Bestellungsbearbeiter in Eingang			13			12
14	Anforderung auf Berechtigung prüfen			14			
15	in Ausgang			15			
16,17	zum Korrespondenten in Eingang			16	17		
18	Anforderungs-Bestätigung schreiben				18		
19	in Ausgang				19		
20,21	zum Abteilungsleiter in Eingang	21			20		
22	Bestätigung unterschreiben	22					
23	in Ausgang	23					
24,25	zum Einkäufer in Eingang	24	25				
26	Bestellung fertigmachen		26				
27	in Ausgang		27				
28,29	zum Bestellungsbearbeiter in Eingang		28	29			
30	Bestellung rechnerisch prüfen			30			
31	in Ausgang			31			
32,33	zum Abteilungsleiter in Eingang	33		32			
34	Bestellung unterschreiben	34					
35	in Ausgang	35					
36,37	zum Bestellungsbearbeiter in Eingang	36		37			
38	Bestellungskopie u. übrige Papiere in Akte ablegen			38			
39	Bestellungsoriginal in Postausgang, Akte in Registratur-Ausgang			39			
40,41	zur Registratur, Akte ablegen			40			41
42	Akte in Ablage						42

Zeichnung 91

DURCHLAUFDIAGRAMM

Abteilung:	
Gruppe:	
Arbeit:	
Aufgen. von:	
Datum:	

○	Bearbeitung	=
⇨	Transport	=
□	Prüfung	=
D	Aufenthalt	=
▽	Lagerung	=

		Beteiligte					
	Beschreibung						

Zeichnung 92

ÜBUNG 35:

Tragen Sie in das freie Formular eines Durchlaufdiagramms nach Zeichnung 92 die richtige Folge der von 42 auf 24 Schritte reduzierten und damit verbesserten Arbeitsablaufkarte ein. Hierzu geben wir keine Lösung, weil sie schon im Ergebnis zur Übung 20 im Prinzip vorgegeben ist.

e) Ort der Handlung: Küche

Altertümliche Küche; in der linken oberen Ecke befindet sich das Spülbecken, in der rechten unteren Ecke steht der Abfalleimer. Entfernung zwischen Spülbecken und Abfalleimer = 3 Meter. Schauen Sie sich hierzu die Grundrißskizze dieser altertümlichen Küche an, Zeichnung 93.

Zeichnung 93

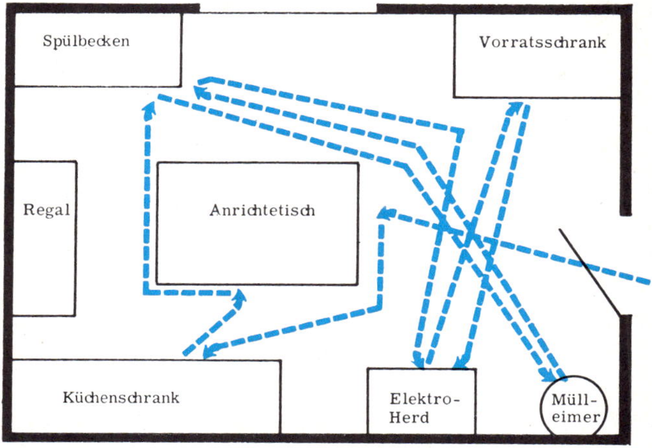

LAGEPLANSTUDIE Situation: Zubereitung eines Gemüsegerichts

Rechnen Sie sich aus, was 3 Meter Transportweg, der täglich 50 mal bei 365 Tagen von einer Person bewältigt wird, insgesamt als Strecke ausmacht: genau 365 x 150 m = 54750 m = 54,75 Kilometer. Und das nur deshalb, weil in dieser nicht geplanten altertümlichen Küche der Abfalleimer in einer ungünstigen Ecke an falscher Stelle steht.

Rechnet man aber alle Schritte (nicht nur zum Abfalleimer) zusammen, die eine Hausfrau allein vormittags jeden Tag zur Besorgung des Mittagessens in einer nicht organisierten Küche bewältigen muß, dann kommen 200 bis 300 Kilometer im Jahr zusammen.

Organisieren ist Denken. Organisieren ist auch ein Analysieren. Also setzt Denken Analysieren voraus. Und daß dies stimmt, geht eindeutig aus dem Sinn von Lageplanstudien hervor. Die Lageplanstudie ist ein wichtiges und leider vernachlässigtes Hilfsmittel der Rationalisierung im privaten Bereich, in Werkstätten und Fertigungshallen, in Büros und Verwaltungen. Das liegt daran, daß beim Einrichten von Räumen oder Arbeitsplätzen zu wenig geplant, zu wenig vorausgedacht, zu wenig teleologisch gedacht wird. Der Mensch ist beim Denken träge, keineswegs beim Denken unvermögend.

Wenn es wirklich so leicht ist zu denken, etwa mit Hilfe einer Lageplanstudie, dann wundert man sich, wie immer wieder in der Praxis Raum sinnlos verschwendet wird, wie Arbeitnehmer endlos lange Wege zurücklegen müssen und viel Zeit und Mühe für nichts vertun.

Fängt man im Sinne einer Flächen-Optimierung an zu denken, dann erkennt man an Hand einer Grundrißskizze und an Hand der Vielzahl der Laufwege recht bald, wie die Arbeitsabläufe durch durchdachte Raum- oder Flächennutzung erheblich im günstigen Sinne beeinflußt werden können, Zeichnung 93. Denkt man an Hand einer Lageplanstudie und an Hand eingezeichneter Laufwege, dann lernt man recht bald, die vorhandene Grundfläche bestmöglich zu nutzen, körperliche Transporte auf ein Minimum zu beschränken, Laufwege zu verkürzen und die Möbel so anzuordnen, daß die notwendigen Laufwege immer die kürzesten sein können.

ÜBUNG 36:

Es soll die Küche nach Zeichnung 93 flächenoptimiert werden. Das bedeutet, daß durch Denken die Möbel der antiquierten Küche so gestellt werden, daß wesentlich weniger Laufwege bewältigt werden müssen. Die Lösung finden Sie am Schluß dieses Buches.

f) Denk-Training beim Umzug

Mit Lageplanstudien fängt das Vorausdenken von Umzügen an. Dabei muß man sich allerdings vorher über den Zielpunkt einer Lageplanstudie klarwerden. Man kennt die Lageplanstudie, die in Verbindung mit der Untersuchung bereits bestehender Arbeitsabläufe und Arbeitsplätze durchgeführt wird. (Das ist bei weitem die schwierigste Aufgabe.) Man kennt die Lageplanstudie, die sich mit Umzügen befaßt. Man kennt schließlich die Studie, die sich mit einem Bauplan befaßt, also gemacht wird, ehe der Neubau überhaupt steht. Diese ist relativ am leichtesten, da man hier alles so bauen lassen kann, wie es die Arbeitsabläufe - und die Geldmittel - zulassen. Wir denken hier an einen Umzug eines Büros.

Wie geht man nun bei einer Lageplanstudie vor? - Zunächst besorgt man sich Hilfsmittel: Man besorgt sich einen Gebäudeplan. Ist dieser nicht vorhanden, so muß man den Raum oder die Räume selbst ausmessen. Davon macht man Fotokopien. - Man markiert darin alle Fenster, Türen (Türen und Fenster mit den Ausschwingfeldern zeichnen), Säulen und elektrische Anschlüsse. In einer Kopie trägt man den Ist-Zustand ein.
Dann besorgt man sich die Maße der zu verwendenden Möbel und Ausrüstungsgegenstände oder Maschinen; man zeichnet die Grundflächen maßstäblich verkleinert auf Karton und schneidet sie aus. Man beschafft sich eine Aufstellung der Arbeitnehmer und trägt die Namen auf die betreffenden Möbel, Maschinen oder Ausrüstungsstücke auf.
Wichtig ist dann das Einholen von Informationen. Man stellt fest, welche Arbeiten in der betreffenden Abteilung verrichtet werden. Komplett aufgestellt. Man stellt fest, welche Arbeit die meiste Zeit in Anspruch nimmt. Man prüft, ob es Publikumsverkehr gibt und welche Mitarbeiter daran beteiligt sind. Auch starker interner Informationsverkehr ist zu beachten.
Man verfolgt dann gedanklich die Hauptarbeit. Man verfolgt den Ablauf der Hauptarbeit physisch (mit Hilfe von Arbeitsabläufen, Durchlaufdiagramm und Kopienverteilungsplan) von Arbeitsplatz zu Arbeitsplatz und stellt die genauen Entfernungen fest. - Man zeichnet den Ablauf der Arbeit auf dem Lageplan mit dem eingetragenen Ist-Bestand ein, indem man die betreffenden Arbeitsplätze mit Pfeillinien verbindet.
Als nächstes muß der Flächenbedarf festgestellt werden: Die Mindestfläche für eine Arbeitskraft im Büro ist 4,5 qm (Quadratmeter). Diese Zahl schließt Durchgangsraum ein, d. h.: es bleibt

beim Zusammenstellen von 2 bis 3 Schreibtischen genügend Platz für einen Gang.

Anders kalkulieren müssen Sie, wenn Sie auch gleich die allgemein übliche Büroausstattung miterfassen wollen. Dann müssen Sie je Kopf mit 6,5 Quadratmetern rechnen, Zeichnung 94. Denken Sie bitte daran, daß überbelegte Räume sich hemmend auf die Arbeit auswirken und letzten Endes immer Verluste an Arbeitsfreude und Arbeitsleistung erbringen.

Zeichnung 94

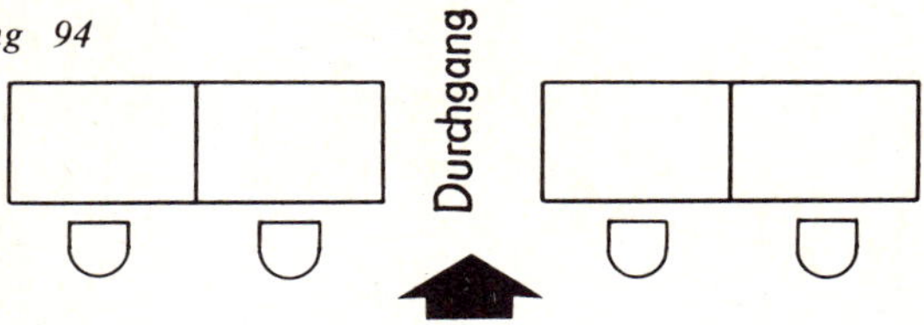

Müssen Sie Maschinen und andere Arbeitsvorrichtungen beachten, so beobachten Sie am besten einmal den betreffenden Arbeitnehmer bei der Bedienung oder Handhabung. Sie sehen dann, wieviel Platz er benötigt. Dann entwickeln Sie den neuen Lageplan. Sie nehmen eine der Kopien des Lageplans und versuchen, die Schablonen (mit den Namen) so auszulegen, daß der vorher verworrene Ablauf glatt vor sich gehen kann.

Sie finden in den Zeichnungen 95 und 96 zwei Lageplanstudien, und zwar: Zustand »Vorher« (Lageplanstudie A) und Zustand »Nachher« (Lageplanstudie B). Der kontinuierliche Fluß der Arbeit ist in Lageplanstudie B wesentlich besser als in Lageplan-Studie A. Das ersieht man mit einem Blick aus dem Vergleich beider Zeichnungen.

Das praktische Beispiel gibt Aufklärung über verschiedene Tatsachen, weil nämlich der Gesamtweg auf 34 Meter verkürzt wurde:

- Ersparnis = 57 m je Arbeitsgang
- Bei 5300 Arbeitsgängen je Jahr ergibt sich eine Ersparnis = 5300 mal 57 = 302 100 m = 302,1 km

- Die Erparnis entspricht 9,4 Arbeitstagen

Die errechneten Einsparungen nach Meter bzw. Kilometer kann man jetzt auch noch als Gewinn oder Ersparnis in Geld oder bezogen auf eine höhere Stückzahl errechnen.

VORHER

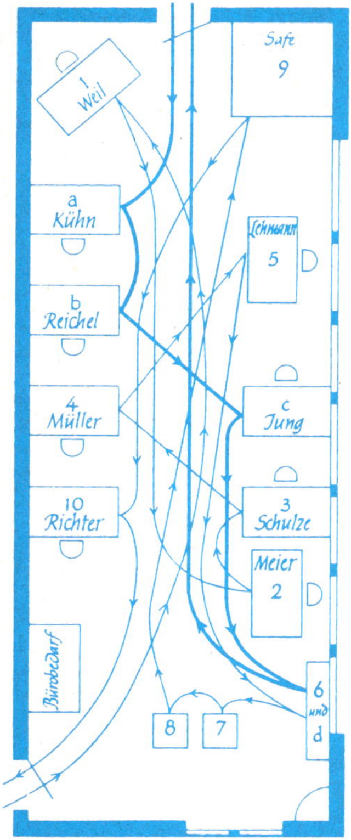

LAGEPLANSTUDIE A

Zeichnung 95

NACHHER

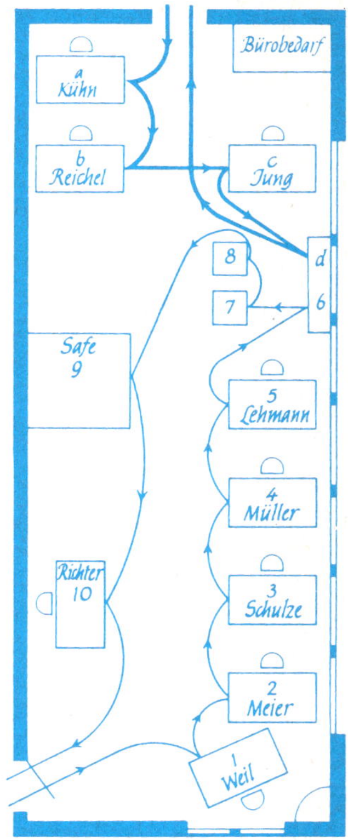

LAGEPLANSTUDIE B

Zeichnung 96

ÜBUNG 37:

Sie haben die Möglichkeit, einen eigenen Raum, vielleicht Ihren Büroraum, neu zu »organisieren«, neu und vielleicht besser einzuteilen, so daß für Sie und für Ihre Mitarbeiter weniger und kürzere Wege möglich werden. Was aber machen Sie mit Ihrer Lösung? Ich kann keine für Sie gültige Lösung am Schluß des Buches bringen, weil ich Ihren Raum, den Sie neu organisieren wollen, nicht kenne.

7. Das rechnerische Denken

a) Ein Markt wird durchleuchtet

Wir gehen von einem einfachen Beispiel aus: Ein Vertreeter oder Verkäufer möge im Laufe eines Jahres den Versuch unternommen haben, 1800mal einen Kunden oder einen potentiellen Kunden aufzusuchen. Das, was er hier unternommen hat, nennen wir Besuchs-Versuche.

Bei diesen 1800 Besuchs-Versuchen kam es im Laufe des Jahres zu 800 echten Verkaufsgesprächen, bei denen er die echten Gesprächspartner (Inhaber, Chefs oder Einkäufer) sprechen konnte. Aus diesen 800 Verkaufsgesprächen ergaben sich 75 Aufträge. Diese 75 Aufträge erbrachten insgesamt 120.000,- DM Umsatz[12]).

Der Verkäufer hat also mit einem Aufwand von 1800 Besuchs-Versuchen (1800 BV) bzw. mit einem Aufwand von 800 Verkaufsgesprächen (800 VG) einen Erfolg von 75 Aufträgen (75 A) bzw. von 120 000,- DM Währungs-Einheiten Umsatz bewirkt.

Dies ist der praktische Fall, von dem wir ausgehen wollen. Es ist der praktische Fall einer verkäuferischen Jahresleistung. Die Zahlen, die hier genannt worden sind, kennzeichnen eine typische Arbeitsleistung. Ihre Aufgabe soll nun darin bestehen, die hier genannten Ergebnisse mit einem Denktraining geistig zu analysieren. Sie sollen denkerische Folgerungen aus den Zahlen bzw. aus dem Ergebnis ziehen; Folgerungen ziehen für den Verkäufer, für das Unternehmen, das er vertritt, für die Arbeit, die er leistet.

Diesen Prozeß rechnerischen Denkens kann der Verkäufer selbst bestreiten. Es kann auch der Verkaufsleiter, der dem Verkäufer vorgesetzt ist, diese denkerische Durchleuchtung vornehmen. Oder ein Fremder kann das für den Verkäufer oder für den Verkaufsleiter oder für die Firma unternehmen.

Um die Zahlen, die genannt worden sind, anschaulich darzustellen, benutzt man eine Schaubildart, die man »Balkendarstellung«

nennt. Zeichnung 97 zeigt die Balkendarstellung. Sie sehen in dieser Darstellung den Balken der 1800 Besuchsversuche; Sie sehen daneben den Balken der 800 Verkaufsgespräche; wiederum daneben sehen Sie den verhältnismäßig kleinen Block der 75 Aufträge. Und rechts davon sehen Sie den höher aufragenden Balken für die 120 000 Währungs-Einheiten Jahresumsatz.

Zeichnung 97

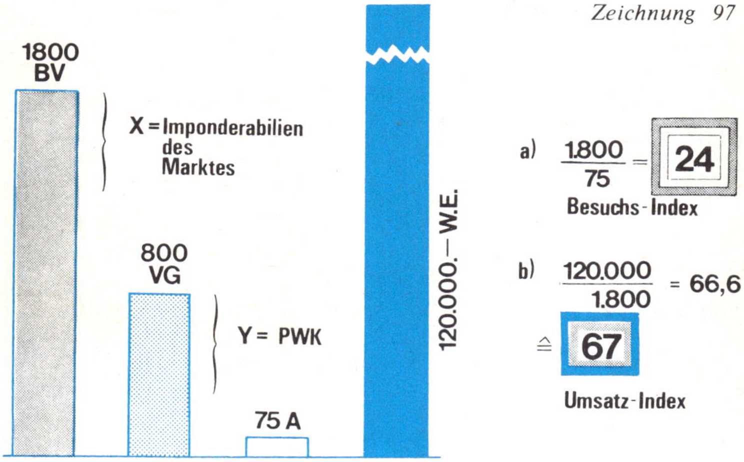

Mit dieser graphischen Darstellung beginnt das eigentliche rechnerische Denken. Das Denken fängt mit einer Verhältnisrechnung an. Das erste, was Sie ausrechnen, ist das Verhältnis der 1800 Besuchsversuche zu den 75 Aufträgen. Sie schreiben dieses Verhältnis mit einem Bruchstrich und rechnen es gleichzeitig aus, also:

$$\frac{1800}{75} = \boxed{24}$$

Sie bezeichnen diesen Wert »24«, der sich rechnerisch ergibt, als »Besuchs-Index«. Das Benennen solcher Verhältniszahlen gehört zum rechnerischen Denken.

Was haben Sie mit dem Besuchs-Index »24« ausgesagt? Oder was sagt der Besuchs-Index »24« über die verkäuferische Leistung des Verkäufers aus? Jetzt ist wiederum die Benennung bzw. die Formulierung wichtig; denn um Denken zu können und um das Denken auch zu trainieren, müssen wir sowohl von Verhältniszahlen ausgehen können als auch die Verhältnisse formulieren können. Auf die Frage, die gestellt ist, gilt diese Antwort: Der Verkäufer hat eine Leistung vollbracht, die sich bezüglich der unternommenen Besuchsversuche darin ausdrückt, daß für ihn bei 24 Besuchs-Versuchen ein Auftrag herauskommt.

Dieser Gedanke sei festgehalten. – Sie stellen dann das zweite Verhältnis auf, nämlich das Verhältnis des 120 000 Währungseinheiten betragenden Jahresumsatzes zu den 1800 Besuchsversuchen. Sie stellen dieses Verhältnis ebenfalls mit Bruchstrich dar und erhalten

$$\frac{120\,000}{1800} = \boxed{67}$$

Sie benennen das Ergebnis dieser Ausrechnung als »Umsatz-Index«. Sie fragen sich, was dieser Umsatz-Index aussagt. Sie formulieren: Der Verkäufer hat eine Jahresleistung vollbracht, die ausweist, daß jeder Besuchsversuch (also nicht die Verkaufsgespräche) einen Umsatzanteil von 67,– DM erbringt. Denn 67 multipliziert mit 1800 Besuchsversuchen ergibt – zurückgerechnet – wieder den Betrag von 120 000,– Währungs-Einheiten Umsatz[13]).

Mit diesen Verhältniszahlen fängt nun das rechnerische Denken an. Es ist eigentlich unbedeutend, jedenfalls zunächst, ob das Ergebnis erster Durchleuchtung oder Analyse (Besuchs-Index = 24 und Umsatz-Index = 67) gut oder weniger gut ist. Denn subjektiv kann es für den Verkäufer gut sein; objektiv nicht.

Entscheidend ist zunächst, daß Sie Beurteilungskriterien »Besuchs-Index« und »Umsatz-Index« gefunden haben. Damit können Sie objektiv vergleichende Betrachtungen mit den Leistungen anderer Verkäufer, wenn diese ebenfalls gesicherte Zahlen über deren Besuchsversuche und Verkaufsgespräche sowie Auftragszahlen und deren Umsätze sammeln und Ihnen zur Verfügung stellen. Wenn Sie solche Zahlen etwa von jedem Verkäufer eines Außendienststabes haben, können Sie die Leistungen über »Besuchs-Index« und »Umsatz-Index« objektiver vergleichen als früher. In diese Verhältniszahlen können nämlich Glück und Zufall und besondere Gunst keinen so entscheidenden Einfluß gewinnen, wie dies sonst sein kann[13]).

Da Sie nun solches Zahlenmaterial im Augenblick nicht vorliegen haben, können Sie die hier angedeutete Denkrichtung zur Beurteilung von Verkaufsleistungen nocht nicht einschlagen.

ÜBUNG 38:

Sie haben aber an diesem Beispiel andere Möglichkeiten denkerischer Entfaltung: In der Zeichnung 97 sind die algebraischen Werte x und y eingezeichnet. Der Wert x bezeichnet den Sprung von 1800 Besuchs-Versuchen zu den 800 Verkaufsgesprächen. Ich habe ihn auch mit »Imponderabilien des Marktes« (Unwägbarkeiten des Marktes) bezeichnet. - Der Wert y bezeichnet in der Zeichnung 94 den Sprung von 800 Verkaufsgesprächen zu den 75 Aufträgen. Ich habe diesen Wert auch mit »PKW« (d. h. »persönliche Wirkkraft« des Verkäufers) benannt.

Sie sollen nun die Werte x und y genauer erklären. Schriftlich am besten. Wenn Sie diese Formulierungen schriftlich niedergelegt haben, können Sie die richtige Lösung zu dieser Übung am Schluß dieses Buches zum Vergleich heranziehen.

b) Das Leistungsprofil in einem Schreibzimmer wird durchleuchtet

Es handelt sich hier um eine Arbeitszeit-Verteilungs-Darstellung von Schreibkräften in einem zentralen Schreibraum, Zeichnung 98. Die Zeichnung zeigt die Untersuchungsergebnisse von 14 Mitarbeiterinnen, Schreibkräften, die entweder Diktatpost oder Formularpost zu bewältigen haben. Die Diktatzeit, die hier angegeben ist, bezieht sich sowohl auf die Diktatpost als auch auf die Formularpost. Denn es versteht sich von selbst, daß auch bei der Formularpost gelegentlich besondere Angaben vom Diktierenden zu machen sind. Die Diktatzeit ist die Zeit, in der die Schreiberin als Stenotypistin dem Diktierenden gegenüberzusitzen hat.

Die Fehlzeit je Schreibkraft ist für die Leistungsbewertung mit bestimmend. Sie ist jene Zeit, in der eine Schreiberin möglicherweise mit anderen Arbeiten als dem Schreiben oder der Diktataufnahme beschäftigt war oder unbeschäftigt war oder nicht anwesend (Krankheit) war.

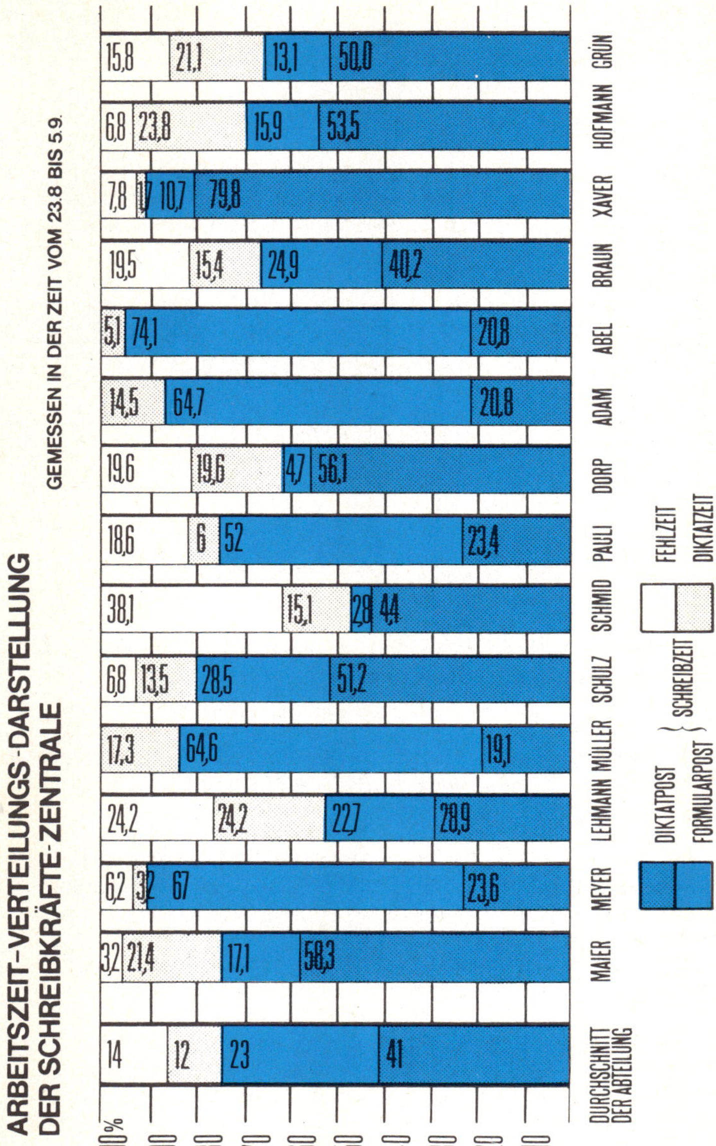
ARBEITSZEIT-VERTEILUNGS-DARSTELLUNG
DER SCHREIBKRÄFTE-ZENTRALE
GEMESSEN IN DER ZEIT VOM 23.8 BIS 5.9.
100%
90
80
70
60
50
40
30
20
10
DURCHSCHNITT DER ABTEILUNG
14
12
23
41
MAIER
3,2
21,4
17,1
58,3
MEYER
6,2
3,2
67
23,6
LEHMANN
24,2
24,2
22,7
28,9
MÜLLER
17,3
64,6
19,1
SCHULZ
6,8
13,5
28,5
51,2
SCHMID
38,1
15,1
2,8
44
PAULI
18,6
6
52
23,4
DORP
19,6
19,6
4,7
56,1
ADAM
14,5
64,7
20,8
ABEL
5,1
74,1
20,8
BRAUN
19,5
15,4
24,9
40,2
XAVER
7,8
1,7
10,7
79,8
HOFMANN
6,8
23,8
15,9
53,5
GRÜN
15,8
21,1
13,1
50,0
DIKTATPOST
FORMULARPOST
SCHREIBZEIT
FEHLZEIT
DIKTATZEIT

Die einzelnen Leistungs-Balken sind in Prozentzahlen aufgeschlüsselt. Dadurch ist es möglich, daß man auch einen prozentualen Durchschnitt der Abteilung festhalten kann.

Das rechnerische Denken an Hand der Balkendarstellung beginnt mit der denkerischen Erfassung der Einzelwerte in jedem Balken und dem Vergleichen dieser Werte. Man nennt dieses denkerische Durchgehen Analyse. Das rechnerische Denken beginnt also mit einer Analyse.

ÜBUNG 39:

Ihre Aufgabe soll darin bestehen, an Hand der grafischen Übersicht nach Zeichnung 98, also an Hand dieser Arbeitszeitverteilungsdarstellung, herauszuarbeiten, wo sich Verbesserungen zwingend anbieten und welche Verbesserungen möglich sind. Diese Gedanken schreiben Sie auf einem Blatt Papier auf. Dann vergleichen Sie Ihre Gedanken mit der Lösung, die Sie am Schluß dieses Buches finden.

c) Die Rentabilität eines Kundenkreises

Es ist in einem Einzelfall gefunden worden: 480 Kunden von 4350 insgesamt bieten mit ihren Aufträgen einen prozentualen Gewinnbeitrag von 70% des Unternehmens. 870 Kunden von den 4350 insgesamt erbringen einen prozentualen Gewinnbeitrag von 28%. Und 3000 Kunden von den schon erwähnten 4350 Gesamtkunden leisten mit ihren Aufträgen 2% prozentualen Gewinnbeitrag. Das - wie gesagt - ist ein Tatbestand eines Beispiels, Zeichnung 99[14]).

Im Sinne des Denktrainings sind jetzt zunächst einmal die prozentualen Anteile der Kunden zu errechnen. Diese prozentualen Anteile sind in der Tabelle einzutragen. In Zeichnung 96 ist in der farbigen Kurve die Bestimmung der relativen Rentabilität des Kundenkreises ausgedrückt. Aus dieser Kurve können Sie ebenfalls die prozentualen Anteile der Kunden ablesen.

Es empfiehlt sich aber, sowohl das eine als auch das andere zu tun. Denn zum rechnerischen Denken gehört sowohl das Rechnen selbst als auch das Veranschaulichen eines Sachverhaltes durch ein Diagramm, wie ich das hier in diesem Beispiel nach Zeichnung 99 auch getan habe.

Anzahl der Kunden	Prozent der Kunden	Gewinnbeiträge in %
480		70%
870		28%
3000		2%
4350	100%	100%

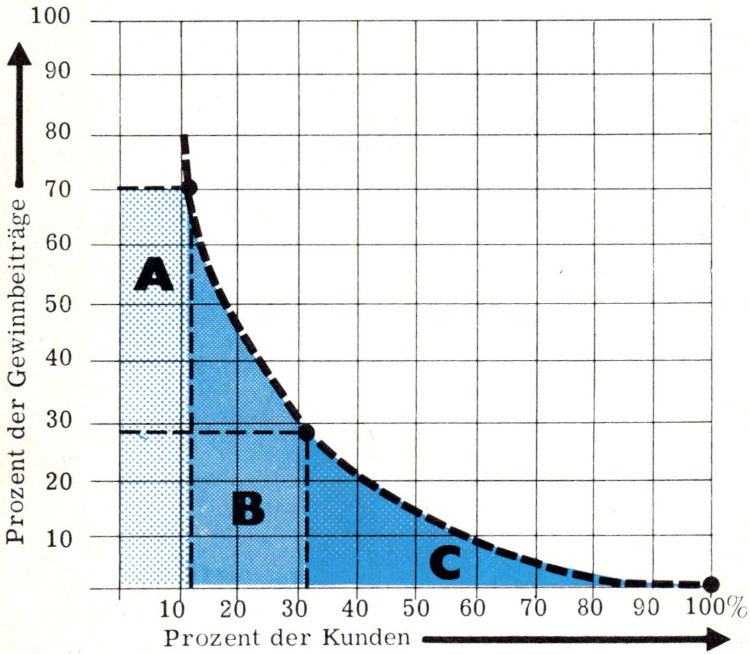

Zeichnung 99

ÜBUNG 40:

Die Kundschaft dieses hier angenommenen Unternehmens stellt sich Ihnen in den drei Kategorien A, B und C dar, Zeichnung 99. Es geht darum, daß Sie auf Grund Ihres rechnerischen Denkens schriftlich darstellen, welche Empfehlungen Sie der Unternehmensleitung geben, um eine Optimierung dieses Kundenbildes zu erreichen. Die Lösung hierzu finden Sie am Schluß dieses Buches.

d) Analyse eines Gebietes, das aus vier Bezirken besteht

Zeichnung 100

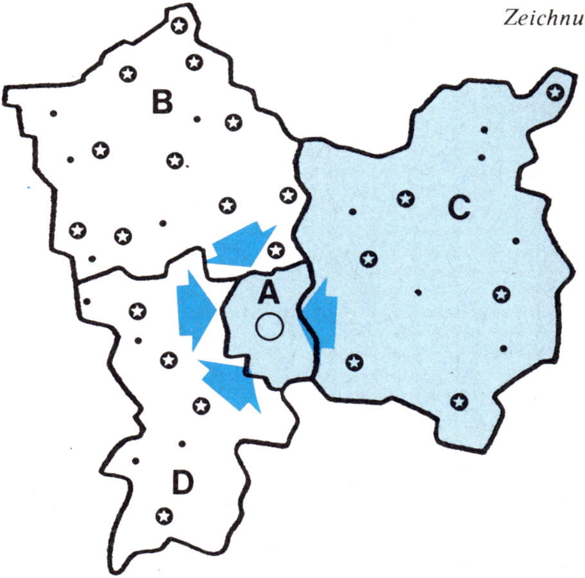

Zeichnung 100 zeigt das Gebiet mit seinen vier Bezirken, in dem ein Vertreter tätig ist. Das Gebiet A stellt sich als Stadtkreis vor; die Gebiete B, C und D sind Landkreise. Die Landkreise sind verschieden groß mit verschieden großen Einwohnerzahlen. Die genauen Zahlenangaben sind in der folgenden Tabelle festgehalten, die Sie bitte eingehend studieren wollen.

Lfd. Nr.	Gegenstand (Einheit)	Monat 19___	Gesamtes Gebiet	Kreise des Gebietes A	B	C	D	Vergleich mit Bundesrepubl.
1	Einwohner	10	164.314	59.723	49.320	31.549	23.785	59.872.000
		11						
		12						
2	Quadrat-kilometer	10	819	76	220	388	135	248.546
		11						
		12						
3	Industrie-Betriebe	10	312	57	106	74	74	56.056
		11						
		12						
4	Industrie-Umsatz Inland (in 1000 DM)	10	163.186	49.855	70.547	24.013	18.771	48.976.991
		11						
		12						
5	Industrie-Umsatz Export (in 1000 DM)	10	24.807	11.692	10.923	1.445	747	9.717.650
		11						
		12						
6	Industrie-beschäftigte	10	35.449	10.091	14.664	5.340	5.300	8.425.860
		11						
		12						
7	Geleistete Arbeitsstunden (in 1000 Std.)	10	4.317	1.141	1.864	638	629	938.847
		11						
		12						
8	Lohnsumme d. Industrie (in 1000 DM)	10	36.475	9.515	17.721	5.052	4.181	7.984.320
		11						
		12						
9	Gehaltssumme d. Industrie (in 1000 DM)	10	14.944	5.248	6.606	1.495	1.595	4.490.059
		11						
		12						
10	Zahl der Arbeitstage im Monat	10	21,8	21,8	21,8	21,8	21,8	21,8
		11						
		12						

ÜBUNG 41:

Ihre Aufgabe besteht nun darin, die vier Bezirke mit Hilfe der Zahlenwerte aus der Tabelle für eine Marktarbeit aufzubereiten.

e) Das Rechnen in Wahrscheinlichkeiten

Das Eintreffen oder Nichteintreffen eines Ereignisses wird mit Hilfe der Wahrscheinlichkeitsrechnung festgelegt. Der Grad der Wahrscheinlichkeit kann nach dem Gesetz von der Wahrscheinlichkeit rechnerisch ermittelt werden. Die rechnerische Formel für dieses Gesetz lautet:

$$w = \frac{g}{m}$$

In dieser Formel bedeutet der Buchstabe w die Wahrscheinlichkeit des Eintreffens oder Nichteintreffens eines Ereignisses. Der Buchstabe g stellt die Zahl der günstigen Fälle für das Eintreffen dar; der Buchstabe m steht für die Zahl aller möglichen Fälle. Werden Zahlen eingesetzt, so heißt das, daß die Zahl der für das Eintreffen günstigen Fälle (g) durch die Zahl aller möglichen Fälle (m) zu teilen ist. Das Ergebnis (w) ist der Gradmesser der Wahrscheinlichkeit. Aus ihm läßt sich ablesen, wie groß die Wahrscheinlichkeit ist, daß mit dem Eintreffen eines Ereignisses gerechnet werden kann.

Ist das Ergebnis w gleich Null, tritt das Ereignis nicht ein. Lautet das Ergebnis w gleich Eins, tritt das Ereignis ein. Das Ergebnis liegt also der Wahrscheinlichkeitsrechnung nach stets zwischen »Null« und »Eins«. Denn die Zahl der günstigen Fälle (g) kann niemals größer sein als die Zahl aller möglichen Fälle (m). Je größer die Zahl g im Verhältnis zur Zahl m ist, desto größer ist die Wahrscheinlichkeit, daß das Ereignis eintritt.

Zwei Beispiele sollen verdeutlichen, wie der Wirkungsgrad errechnet wird: Wir legen 12 rote und 12 schwarze Kugeln in einen Behälter, Zeichnung 101. Dann mischen wir die Kugeln durch Schütteln und Rütteln.

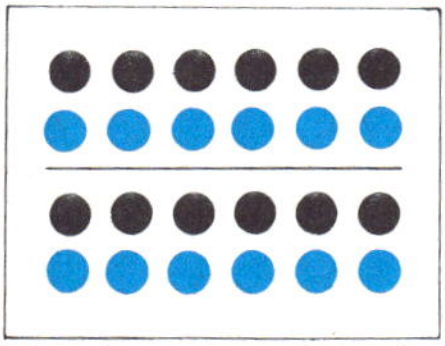

Zeichnung 101

Die Frage stellt sich nun: Wie groß ist die Wahrscheinlichkeit, daß wir als erste eine rote Kugel ziehen? Rechnen wir aus:

$$w = \frac{12}{24} = \frac{1}{2} = 0{,}5$$

Wir haben 24 mögliche Fälle, weil wir 24 Kugeln im Gefäß haben; und wir haben 12 günstige Fälle, weil wir von den 24 schwarzen und roten Kugeln 12 rote Kugeln haben. Die Wahrscheinlichkeit, daß wir beim ersten Griff eine schwarze Kugel ziehen, ist in dem hier gegebenen Falle genauso groß wie jene Wahrscheinlichkeit, daß wir eine rote Kugel ziehen. Eintreffen und Nichteintreffen der Ereignisse halten einander die Waage (50 : 50), Zeichnung 102.

Zeichnung 102

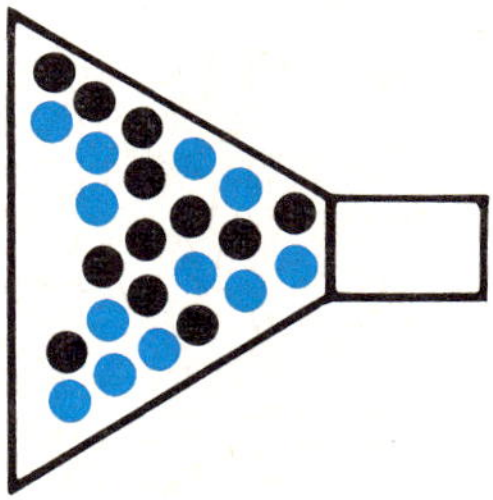

Ist der Kasten groß genug, legen wir weitere 24 rote Kugeln hinein. Jetzt hätten wir im Kasten 12 schwarze Kugeln und 36 rote Kugeln; also insgesamt 48 Kugeln. Die Frage stellt sich nun, mit welchem Grad der Wahrscheinlichkeit man rechnen kann, gleich beim ersten Zug eine rote Kugel zu ziehen. Hier die Rechnung:

$$w = \frac{g}{m} = \frac{36}{48} = \frac{3}{4} = 0{,}75$$

Auf den ersten Griff werden wir sehr wahrscheinlich eine rote Kugel ziehen; dagegen ist es unwahrscheinlich, daß man gleich beim ersten Griff eine schwarze Kugel zieht. Die Aussichten auf eine rote Kugel stehen bei 75%, Zeichnung 103.

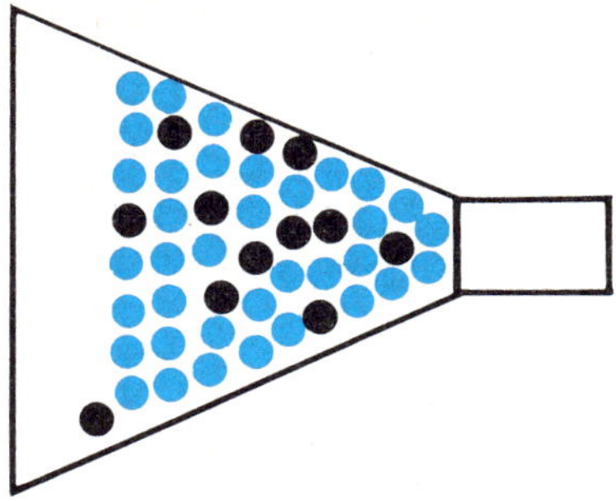

Zeichnung 103

Die Frage, die sich nun stellt, ist: Kann man den Wirkungsgrad der Wahrscheinlichkeit zu unseren Gunsten vergrößern? Diese Möglichkeit hat man natürlich ohne weiteres. Um dies zu erreichen, braucht man nur die Zahl der günstigen Fälle gegenüber der Zahl der möglichen Fälle zu erhöhen. Das gilt grundsätzlich. Zur Stützung der Richtigkeit dieser Auffassung gibt es gerade mit Bezug auf das Verkaufsgesprächs-Training und auf das Verkaufen im allgemeinen diese Beispiele. Es sind Beispiele rechnerischen Denkens.

a) Wichtig ist es für den Gesprächsablauf, daß man mit durchdachten Argumenten, aufbauenden Demonstrationen und Motivationen bei der Auslösung der Kauf-Entscheidungen operiert. Die Sicherheit dieser Operationen ist um so größer, je mehr man das optimale Argumentieren, Demonstrieren und Abschlußmotivieren trainiert. Mit jedem Training reichert man die Zahl der günstigen Fälle (g) an, nämlich richtig und aufbauend zu argumentieren, gekonnt zu demonstrieren und gezielt zu motivieren. Das Verhältnis

$$g : m = \frac{g}{m}$$

wird besser. Die Wahrschienlichkeit des Erfolges wird größer. (Siehe hierzu vom Autor das Buch »Verkaufstraining«, ebenfalls in der Reihe »kompaktwissen« Band 18.)

b) Wie sich bei gleichbleibenden Wahrscheinlichkeiten des Erfolges der Wirkungsgrad ändern kann, sollen die beiden folgenden Beispiele zeigen, die ebenfalls aus der Markt- bzw. Verkaufsarbeit gewählt worden sind. Ich nehme an, es seien zwei Verkaufsbezirke zu bearbeiten, Zeichnung 104. Der Bezirk A bestehe aus einer Großstadt, zum Beispiel der Stadt A mit rund

847 000 Einwohnern. Der andere Bezirk B möge das Landgebiet B umfassen und 989 100 Einwohner aufweisen. Flächenmäßig unterscheiden sich die beiden Bezirke A und B sehr. Die Fläche des Gebietes B ist größer als die Fläche des Gebietes A. Auch einkommensmäßig sind hier Unterschiede festzustellen. Die Kaufkraft der Stadt A hat fast die doppelte Größe der Kaufkraft des Gebietes B. Die Infrastruktur des Gebietes A, also der Großstadt, ist verständlicherweise günstiger als die des Landgebietes B. Siehe Zeichnung 104.

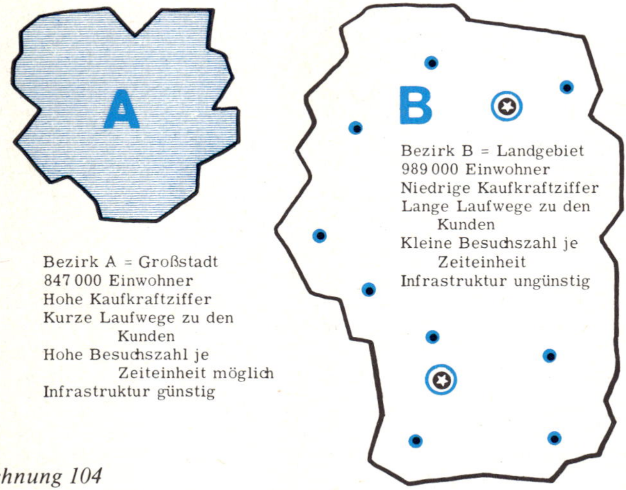

Zeichnung 104

Auf Grund der kürzeren Wege im Bezirk A können die Kunden im Jahr häufiger besucht werden. Auch die Zahl der täglichen Besuche kann im Gebiet A höher liegen als im Gebiet B. Dazu kommt das gute Einkommen der Einwohner des Bezirkes A, das sich in der hohen Kaufkraftkennziffer ausdrückt. Also ist die Wahrscheinlichkeit eines größeren Umsatzes und eines größeren Gewinnes im Gebiet A von den Voraussetzungen her gegeben.

Im Gebiet B können bei den weiten Wegen und wegen der verhältnismäßig dünnen Besiedlung am Tag wesentlich weniger Kunden besucht werden als im Gebiet A. Dadurch ist auch die Besuchszahl der Kunden im Jahr kleiner. Das schwache Durchschnittseinkommen in diesem Bezirk und andere Momente der Infrastruktur (wie schlechte Verkehrsverhältnisse, nicht ausgebautes Schulwesen, geringe Bildungsmöglichkeiten, kultureller Rückstand) lassen große Umsätze und Gewinne nicht erwarten. Gegenüber der Stadt A ist im Gebiet B mit einer wesentlich geringeren Wahrscheinlichkeit des Eintretens eines höheren Umsatzes und eines höheren Gewinnes für das Unternehmen zu rechnen.

Allerdings habe ich diese Überlegungen zunächst ohne die beiden Verkäufer angestellt, die je ein Gebiet verkäuferisch bearbeiten. Nehme ich an, in der Stadt A wohne ein Herr, der ausgesprochen bequem ist; morgens käme er nicht zeitig aus dem Haus; mittags dehne er die Pause länger als nötig aus; abends mache er früher als gewünscht und als erforderlich Schluß. Er sei außerdem kein guter Verkäufer. Er verkaufe gern über den Preis. Er beschränke sich aufs problemlose Verkaufen und aufs schnelle Abfragen. Er halte die Kunden mit Schwätzchen auf. Seine Tagesleistung sei gering. Als Verkäufer kann er rechnerisch nicht gut denken. Er hat sich noch nie ausgerechnet, was er seine Firma koste und ob er das, was er bekomme an Gehalt und Provision und an Spesen und Fahrtkosten, durch die Gewinne der von ihm hereingeholten Aufträge auch hereinbringe.

Das Gebiet B nun solle von einem Verkäufer bearbeitet werden, der sich anstrenge. Beim ersten Kunden stehe er schon vor der Tür und warte, bis dieser sein Geschäft aufschließe. Er sei ein ausgezeichneter Verkäufer, der sachkompetent und kommunikationskompetent wirken könne. Und so komme er schnell zu dem, was er anstrebe: nämlich zu Aufträgen. Er bewirke ausgezeichnete Umsätze in einem mageren Marktgebiet. Er verkaufe auch jene Artikel seiner Firma sehr gut, an denen seine Firma guten Gewinn hat. Als Verkäufer kann er rechnerisch gut denken. Er weiß und hat es errechnet, ob er das, was er bekommt, durch Gewinne der Umsätze hereinbringt. Durch Fleiß, Unverdrossenheit, Tüchtigkeit und Fähigkeit erziele dieser Herr im Gebiet B einen außerordentlich hohen Wirkungsgrad. Der Wirkungsgrad des Herrn des Gebietes A sei dagegen gering. Die Leistungen beider Herren A und B schlagen sich in personengebundenen Wirkungsgraden nieder.

Was sagen nun die beiden Beispiele? Aus der Sachlage bedingt, war die Wahrscheinlichkeit für den Herrn im Gebiet B gering, auf einen grünen Zweig zu kommen. Durch seinen persönlichen Einsatz und durch sein erfolgreiches rechnerisches Denken erhöht er den Wirkungsgrad zu seinen Gunsten recht beachtlich. Das rechnerische Denken ist ein Denken in Chancen.

8.
Das Denken in Zielen

a) Man muß immer etwas vor sich haben

Jeder lebt mit dem Hintergrund seiner Vergangenheit und mit der Aussicht auf die Zukunft im Jetzt. Jeder kennt Menschen, die von einem Vergangenen nicht loskommen können: Sei es die »gute alte Zeit«, die in Wahrheit gar keine »gute« Zeit war und nur im Rückblick verschönt, gut, vergoldet erscheint. Seien es die unbewältigten Konflikte. Seien es die Besitztümer, die sie verloren haben.

Menschen, die an diesem »Verlorenen« mit allen Fasern des Lebens hängen, haben wirklich etwas verloren: das einzige Denken, das dem Menschen hilft und ihn voranbringt: das Zieldenken. Sie leben heute noch im Vergangenen, im Verlorenen, und können sich davon nicht lösen. Sie sind zutiefst von Traurigkeit erfüllt, weil sie ihr Denken nach rückwärts richten.

Man weiß, daß Vergangenes vorbei ist. Menschen, die am Vergangenen hängen, sind ziellos, sprachlos, untätig, wirkungslos. Ziellos sind diese Menschen deswegen, weil Ziele im Zukünftigen liegen; sprachlos, weil bloße Information über Gewesenes und Rückerinnerung keine produktiven Formulierungen erbringen; untätig und wirkungslos, weil keiner lebendig in die Vergangenheit zurückwirken kann.

Die seelische Gefährdung liegt darin, daß die Vergangenheit – hängt man zu sehr daran – die Richtung des Denkens ändert, aufs Vergangene richtet. Das kränkt, das macht krank. Denken, das auf das Jetzt und auf das Zukünftige gerichtet ist, bewirkt gesunde Denkrichtungen. Wir sehen eine falsche Denkrichtung oft bei alten Menschen. Sie haben keine Aufgabe mehr. Sie denken nicht mehr an das, was noch vor ihnen liegt.

Das Denken an das Jetzt und das Denken an das Morgen lebt auf der geistigen Lebendigkeit und auf der gesunden Orientierung. Im Denken an das Jetzt ist Bewußtsein vom Leben, vom Körper, vom Streben, vom Wollen, vom Können, vom Lieben; im Denken an das Morgen liegt längeres Leben, mehr Zuversicht, mehr Zukunft. Das Denken an das Jetzt und an das Morgen hat die ganze Fülle des Lebendigen im Gestalten, im Formen, im Wollen, im Streben, im Können, im Intellekt, im Handeln, im Ziel.

Man muß immer etwas vor sich haben, an das man denken kann. Der Mensch kann ohne Denken einfach nicht leben. Auf die Richtung des Denkens kommt es entscheidend an. Falsches Denken macht körperlich und geistig krank. Die Krankenhäuser liegen voll von solchen Menschen, die falsch denken. Richtiges Denken macht geistig gesund und erhält bis ins höchste Alter körperliche Gesundheit.

Wie sehr das Denken falsch oder richtig (förderlich) sein kann, geht aus einem simplen Beispiel zweier Weintrinker Karl und Franz hervor, Zeichnung 105. Man hat aus einer Flasche guten Weines schon gemeinsam getrunken. Es sagt dann Franz zu Karl: »Karl, die Flasche ist schon halb leer!«

Zeichnung 105

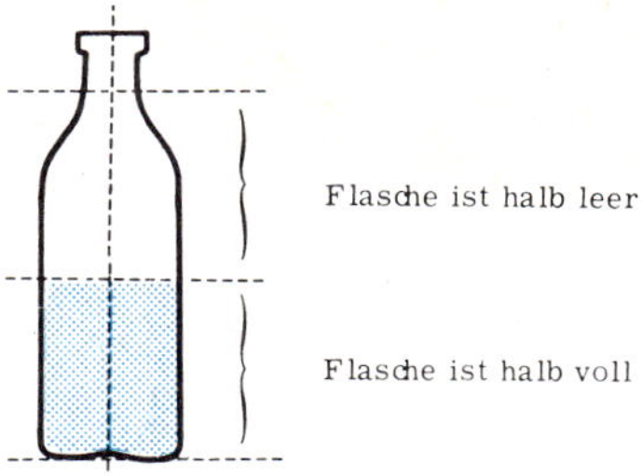

»Das stimmt nicht, Franz!« sagt Karl. »Die Flasche ist noch halb voll!« Beide Formulierungen sind wahr. Die Formulierung über die »halb volle Flasche« sagt aber das genauer aus, was im denkerischen Sinne förderlich ist und hier auch gesagt sein will mit der Feststellung: Richtiges Denken erhält gesund und geistig frisch.

b) Anfänge setzen

Vor der Meisterung von Aufgaben oder Problemen steht oft die Frage: Wie soll man vorgehen? Was ist zuerst zu tun? Was ist zuerst denkerisch anzupacken? Diese Fragen führen automatisch auf eine große, sehr große Schwäche vieler Menschen hin: Diese Menschen wissen keine Anfänge zu setzen.

Was heißt das nun, »Anfänge setzen«? Es heißt schlicht und einfach, daß Denken, richtiges Denken, etwas mit Handeln zu tun hat. Die meisten Menschen übersehen das. Denken ist kein wirklichkeitsfremdes »Bewegen von Gedanken« in den Köpfen von praxisfernen, lebensuntüchtigen Menschen. Denken ist nichts, was der Wirklichkeit des Lebens entgegensteht. Denken ist menschliches Leben. Denken ist »Leben aus erster Hand«. Handeln ist Denktraining.

Effektiv ist es so: Die meisten Menschen versäumen immer wieder den Anfang. Darum gelingt es ihnen so selten, Aufgaben anzugehen und zu lösen. Der Anfang ist mehr als nur ein Anfang, ein erster Schritt; er ist »die Hälfte des Ganzen«. Dieses Buch will dem Leser zeigen, wie er vorankommt durch denkerisches Anfangen.

Der Anfang darf allerdings nicht nur ein Versuch bleiben. Er muß Lebenselement sein. Wer anfängt, führt das Begonnene auch zu Ende. Das ist die Logik des Anfangens. Ebenso falsch ist es, alles mögliche zu beginnen und alles unvollendet fallenzulassen, um dann wieder zum nächsten überzuspringen.

Der Anfang liegt im Plan. Das heißt: Ehe man etwas von Bedeutung unternimmt, nehmen wir eine Geschäftsreise an (aber nicht nur solche Aufgaben als planungswürdige Aufgaben sehen) oder etwas anderes, setzt man sich hin und stellt schreibdenkerisch einen Plan auf. Und »einen Plan aufstellen« heißt: zuerst ein Ziel genau formulieren. Darin liegt das Anfangen.

c) Ziele setzen

Jedes Tun, jedes Arbeiten, hat einen Anfang, aber auch ein Ziel. Darum muß jedes Planen mit der Zielschau, mit der Zielformulierung beginnen. Man nennt diese Art des Denkens und Vorgehens in der Wissenschaft vom Leben »Teleologie«. – Teleologie heißt: die Lehre vom Zieldenken und von der Zielverwirklichung. (Sie stellt ein Teilgebiet der »Futurologie«, der Lehre von der

Zukunft dar.) Teleologie ist die geistige Grundlage des Denkens als Planen[15]).
Jedes Planen ist zielgebunden. Zielgebunden sein heißt aber, ein Ziel gefunden zu haben. Ziel und Plan hängen zusammen.

Wer planlos vorgeht, wer planlos arbeitet, hat kein Ziel. Wer planlos vorgeht, kann sogar nicht denken. Das veranschaulicht Skizze 1 in der Zeichnung 106. Ein Anfang »A« ist wohl da, aber kein Planziel. Die ideale Form des planmäßigen Vorgehens und Denkens zeigt Skizze 2 in der Zeichnung 106. Die einzelnen Teilprobleme liegen recht brav und schön geordnet in der gleichen Wirkungslinie und führen geradewegs vom Anfangspunkt »A« auf das Planziel »PZ« hin. Die Praxis wird sich meist nicht so verhalten. Eher anders. Aber dieses Geschehen ist folgerichtig. Die in der Praxis häufig vorkommende Form des planmäßigen Vorgehens und Denkens zeigt Skizze 3 in der Zeichnung 106. Anfang »A« und Ziel »PZ« sind vorhanden; die Laufrichtungen der Teillösungen sind nicht immer geradewegs auf das Planziel »PZ« gerichtet. Am Ende erreicht man aber doch das Planziel.

Zeichnung 106

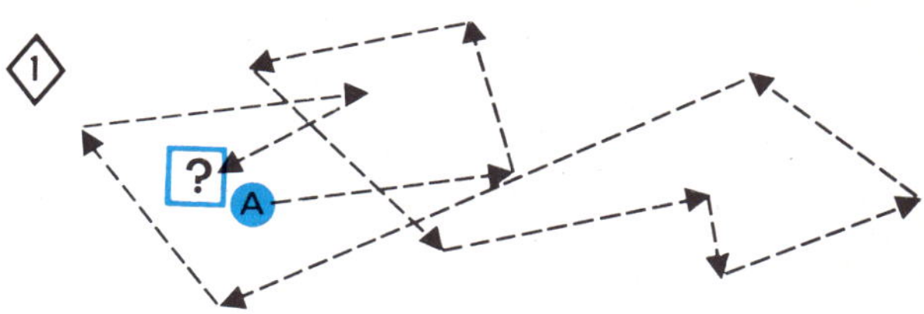

Planloses Arbeiten und Denken = ohne Ziel

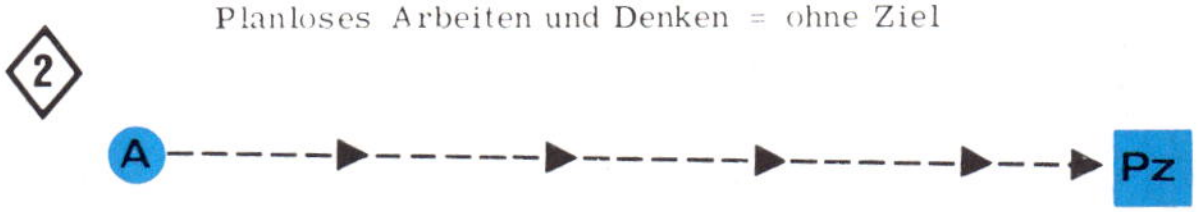

Die ideale Form des planmäßigen Vorgehens

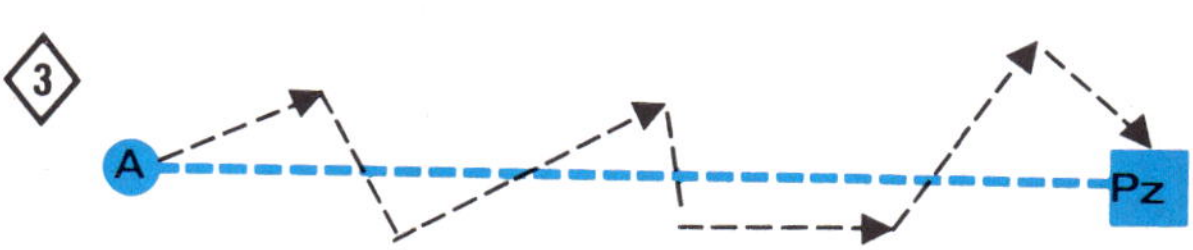

Die in der Praxis häufig vorkommende Form des planmäßigen Vorgehens

A = Anfang P = Planziel

Es ist im praktischen Fall nicht ausschließlich eine Sache der Intelligenz, ob im konkreten Fall ein Mensch das richtige Denken lernt oder nicht. In den meisten Fällen sind persönliche Vorbildung sowie Kenntnis von Denkgesetzlichkeiten und Denkmethoden (Denkwegen) bestimmend dafür. Bestimmend dafür ist aber auch der Umstand, ob es dem einzelnen gelingt, sich vom falschen Denken zu lösen und sich das zielgebundene Denken, das teleologische und Verwirklichungsdenken im Planen anzugewöhnen.

Ziele sind anschauliche Vorstellungen davon, was der Mensch haben möchte oder was er als Lösung einer Aufgabe erreichen möchte. Vorstellungen bilden vorweggenommene Ziele des Handelns. Je klarer das Ziel formuliert wird, um so klarer wird das im Bewußtsein erzeugte Bild von dem Gewünschten, von dem Vorgestellten. Die Zielformulierung ist der entscheidende Anfang, der die Hälfte des Ganzen ist und der jedem Planen vorangehen muß. Zielformulierung ist eine ausführliche Zielschau. Sie ist in dieser Weise Handlung, Tat, Aktion.

d) Ums Konkretisieren geht es

So könnte jemand das Ziel formulieren. Im Beruf mehr zu verdienen oder den Umsatz des Geschäftes zu steigern. Eine solche Zielformulierung wäre falsch. Warum? Weil der Formulierung des Zieles das Wesentliche fehlte: das Maß, die Genauigkeit, die Bestimmung. Man kann eine Formulierung in dieser ungenauen Form für das Planen nicht gebrauchen.

Exakt formuliert, müßte das genannte Ziel etwa lauten: »Ich versuche, bis Ende dieses Jahres (oder des nächsten Jahres) mein Monatseinkommen von x DM auf y DM, also um z DM, zu steigern, und zwar dadurch, daß ich entsprechend höherwertige Leistungen, vor allem auf dem Sektor »A«, bieten werde. Dieses höherwertige Leistungsvermögen will ich durch Teilnahme an Abendkursen lernen.« Die Zielformulierung soll neben der genauen Deutung des Zieles auch darüber Klarheit schaffen, ob es sich bei dem angestrebten Ziel um ein realisierbares oder um ein in überschaubarer Zeit nicht realisierbares Ziel handelt. Ums Konkretisieren geht es hier also. Das mit der exakten Zielformulierung eingeleitete Zieldenken will die Konkretisierung, die Verwirklichung von Denkoperationen.

e) Vom Ziel zum Plan

Jedes Ziel, für das sich der einzelne entschieden hat, wäre sinnlos, wenn er es nicht erreichen wollte. So selbstverständlich dieser Satz klingen mag, so selbstverständlich ist er nicht. Denn es gibt eine Reihe von Menschen, die sich zwar Ziele stellen, die dies oder jenes erreichen möchten, die aber beim Aufstellen der Ziele bleiben und nichts Wesentliches unternehmen, das Ziel zu erreichen.

Sowohl im Sport als auch in der leistungsorientierten Berufswelt als auch beim Denken hat das Training überragende Bedeutung. Nur über Training sind Können und Fähigkeiten zu erwerben. Man muß sich einfach eine Aufgabe stellen und damit eine Verpflichtung eingehen; dann kann man die Aufgabe auch lösen. Man kann dieses Aufgaben-Stellen trainieren durch schreibdenkerische Vorbereitungen von Handlungen und Geschehensab-

Zeichnung 107

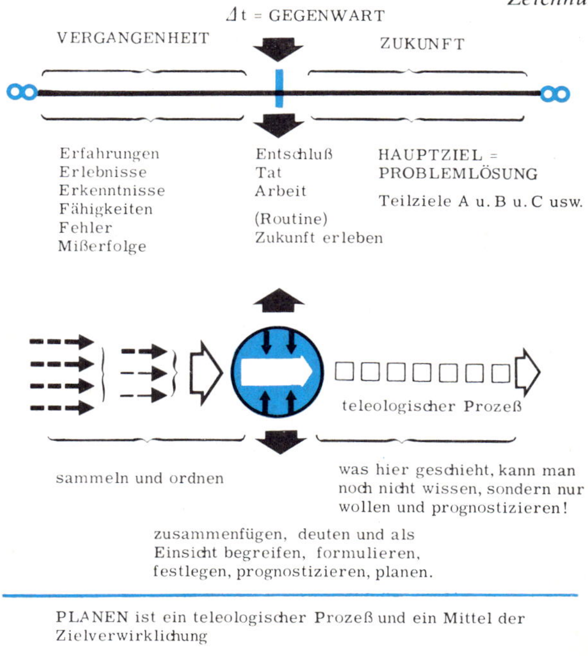

läufen. So wird man allmählich sicher im Handeln aus Plänen heraus. Denn das schreibdenkerische Vorbereiten durch mehr und mehr exakter werdende Formulierungen (auch Zielformulierungen) stellt den Kern des Planens, des teleologischen Denkens, dar, Zeichnung 107.

Die Idee des Anfangens liegt also darin, vor dem Beginn des Geschehens jeden einzelnen Schritt genau zu denken, zu formulieren, dann aber nicht mehr zu zögern und sich nicht mehr denkerisch im Kreise zu drehen, sondern sofort etwas zu tun: ein Blatt Papier zu nehmen, den Stift zu ergreifen und mit dem schreibdenkerischen Planen zu beginnen. Planen ist denkerisches Zukunftserleben.

f) Das wortgebundene Einteilen

Planen als Denkmethode ist im Grunde ein verbales (wortgebundenes) Einteilen als Lösungsmöglichkeiten von Aufgaben. Durch Einteilen von kompakten Problemen in Teilprobleme und kleinste Probleme kommt man der Lösung eines Problems näher. Das verbale Einteilen ist das Grundgesetz sinnvollen, zielgerichteten Denkens, also Planens, das hier geschildert wird.

Das Einteilen vollzieht sich rein praktisch und sinnvoll: Je mehr die Probleme in kleine und kleinste Probleme unterteilt werden, um so überschaubarer werden sie. Was überschaubar ist, läßt sich leichter gedanklich durchdringen. Beim gedanklichen Durchdringen bieten sich Lösungsmöglichkeiten an.

Das Geheimnis jeder guten Denkarbeit ist darin zu erblicken, eine Maßnahme bis in die letzten Feinheiten oder Einzelheiten oder Einzelschritte hinein aufzugliedern. Sie können diese Arbeit aber nicht sprechdenkerisch oder nur im Kopf ausführen. Sie müssen die Gedanken schon schriftlich formulieren, so wie ein Mathematiker eine Gleichung auflöst: Schritt um Schritt und Stufe um Stufe. Je mehr Sie dabei niederschreiben und je genauer Sie formulieren, und je gewissenhafter Sie die einzelnen Schritte schriftlich festlegen, um so genauer unterteilen Sie, um so gewisser wird die Durchführbarkeit der einzelnen Teilaufgaben und um so tiefer dringen Sie als Planer in den »Stoff« ein. Das ist das einfache und doch so große »Geheimnis«.

Einem Blatt Papier können Sie sich immer anvertrauen. Sie können in innerer Ruhe die Gedanken ordnen, das heißt: durch die geeignete Wortwahl und durch Zusammenstellung der einzelnen Wörter zu ganzen Sätzen Gedanken finden und Aufgaben oder Probleme lösen. Leider werten so wenige Menschen diese Möglichkeit aus. Statt sich einmal hinzusetzen und exakt niederzuschreiben, was sie bedrückt, denken sie im Kreise. Sie denken meist nur »Wünsche«: »Ach, hätte ich doch ...« oder »Wenn ich ...« oder »Wie schön wäre es, wenn ...«. Sie kommen mit ihrem Denken nicht vom Fleck, weil sie nämlich nicht denken, sondern nur in passiver Form wünschen oder sinnen, jedoch nicht aktiv und gezielt denken.

g) Sprachgebundenes Denken

Es sei angenommen, Sie hätten Probleme oder Fragen oder Schwierigkeiten, mit denen Sie im Augenblick nicht fertig werden. In einer stillen Stunde, die Sie finden müssen, setzen Sie sich an Ihren Schreibtisch und vertrauen einem Blatt Papier das Problem oder die Frage oder die Schwierigkeit an: Versuchen Sie dabei, das Problem, die Frage, die Schwierigkeit möglichst exakt zu formulieren. Denn »ein scharf und genau formuliertes Problem ist schon ein halb gelöstes Problem«. (Diese Sentenz stammt von Dale Carnegie.)

Bei jeder Formulierung eines Problemes oder einer Schwierigkeit sollten Sie vier grundsätzliche Fragen schriftlich beantworten:

1 = Wo liegt die Schwierigkeit?

2 = Was ist ihre Ursache?

3 = Welches sind die möglichen Lösungen?

4 = Welches ist die beste Lösung?

Setzen Sie sich zu dieser Arbeit ganz ungezwungen und entspannt hin. Lassen Sie erst einmal die Worte und Sätze ohne jede kritische Stockung aus der Feder fließen, wie sie Ihnen gerade in den Sinn kommen. Stecken Sie durch Ihre schriftliche Formulierung, durch Ihr Schreibdenken, Ihr Problem, Ihre Frage oder Ihre Schwierigkeit wie mit Pflöcken ganz zwanglos ab. Bei diesem Mühen werden Sie entdecken, wie vielfältig die Ausdeutungsmöglichkeiten Ihres Problems oder Ihrer Frage oder Ihrer Schwierigkeiten sind. Schälen Sie aus allem den Kern heraus. Verbessern Sie den gefundenen Text, bis er eindeutig und scharf das Problem oder die Frage oder die Schwierigkeit darstellt. Jetzt erst haben Sie das Problem oder die Frage oder die Schwierigkeit ganz erfaßt.

Das Problem oder die Frage oder die Schwierigkeit hat nun für Sie an drängendem Gewicht verloren. Sie haben keine Angst mehr. Sie haben sprachgebundenes Denken betrieben.

Anmerkung: Man könnte auch auf sprechdenkerischem Wege zu diesem Ergebnis gelangen. Allerdings wird man in den meisten Fällen sprechdenkerisch nicht zu einer so exakten Formulierung gelangen, weil hierbei die Kontroll- und Verbesserungsmöglichkeit nicht gegeben ist wie beim Schreiben.

Und nun gehen Sie hin und entwickeln auf einem neuen Blatt Papier schreibdenkerisch Ihre Gedanken darüber, wie Sie das Problem lösen oder die Frage beantworten oder die Schwierigkeit beheben und was Sie veranlassen können. Sie formulieren dabei Ihre möglichen Handlungen oder Reaktionen oder Lösungen ebenfalls genau und scharf. Auch hierbei vollführen Sie sprachgebundenes Denken.

Der Erfolg Ihres Denkens besteht darin: Sie haben entdeckt, wie vielfältig die Lösungsmöglichkeiten Ihres Problems oder die Antworten auf Ihre Frage oder der beabsichtigten oder gar geforderten Handlungen sind. Jetzt haben Sie sprachlich und demnach denkerisch herauskristallisiert, was zu tun ist.

Nun haben Sie die richtige Übersicht gewonnen. Sie sind sich völlig klargeworden. Sie können handeln oder unterlassen, weil Sie nunmehr wissen, was zu tun ist, wie Sie sich zu verhalten haben.

Sie haben sich mit dem ersten Federstrich des Niederschreibens, mit dem Anfang des Zieldenkens, vom Wunschdenken gelöst. Sie haben sich gewissermaßen sprachlich denkend aus der Bedrückung durch das Problem gelöst. Sie haben sich aktiviert und Ziele gedacht. Sie sind fähig geworden, klar und gezielt zu handeln oder sich klar und gezielt zu verhalten.

Herbert Hoover, der frühere amerikanische Präsident, hat die Erkenntnis des Trainings durch Planen und die darin eingebettete Idee des zielgerichteten Denkens deutlich gemacht mit seinem Ausspruch: »Weisheit besteht nicht so sehr darin, zu wissen, was man am Ende einmal tun will, als zu wissen, was man als nächstes zu tun hat.« - Das »nächste« zu tun bietet die Gewähr dafür, ein gestecktes Ziel anzusteuern und auch zu erreichen. Darin liegt ein Teil des Geheimnisses erfolgreichen persönlichen Wirkens.

ÜBUNG 42:

Schildern Sie schreibdenkerisch mit eigenen Formulierungen, wodurch sich das Denken in Zielen vom Wunschdenken unterscheidet. Es können fünf bis sieben Sätze sein, mit denen Sie den Inhalt formulieren. Denken Sie vor allem aber daran, daß jeder Satz - teleologisch gesehen - ein »Schritt voran« sein soll. Kein folgender Satz darf den gleichen Inhalt wie der vorangegangene haben; kein Satz darf bloße Wiederholungen der Inhalte vorangegangener Sätze bilden. Vermeiden Sie es im eigenen Interesse bitte auch, Formulierungen aus dem letzten Kapitel dieses Buches zu suchen, mit denen Sie diese Übung lösen wollen. Das wäre Selbstbetrug. Es wäre zwar als »intelligent« (im Sinne von »Bauernschläue«) anzusehen; aber es hätte nichts mehr mit Denken zu tun. Darum! Die Lösung hierzu finden Sie am Schluß dieses Buches.

h) Das Schreibdenken mit Zielen

Haben Sie es an sich selber erlebt, wie Wünsche in Ihnen auftauchten: etwas zu werden, etwas zu erreichen, etwas zu besitzen - und wie diese Wünsche dann spurlos in der Versenkung verschwanden? Was haben wir alle uns nicht schon alles gewünscht? Was wurde von diesen ungezählten Wünschen tatsächlich realisiert? War es auch bei Ihnen - im ganzen gesehen - nur recht herzlich wenig?

Woran liegt das? Nun: »Wünsche« sind zumeist recht ungezielt. Man setzt sich oft keinen festen Termin, bis wann sie verwirklicht sein sollten. Man läßt es meist darauf ankommen, wie sich die Dinge entwickeln. Anders wird das jedoch, wenn Sie Wünsche und Sehnsüchte schriftlich niederlegen. Schreiben Sie sie so auf, wie sie Ihnen gerade einfallen. Dann ordnen Sie das, was Sie aufgeschrieben haben, dem Gewicht und der Bedeutung nach in Rangstufen ein. Auf diese Weise erhalten Sie eine klare Übersicht, was zuerst verwirklicht werden sollte und was dann folgen soll. Mit dieser Art des Vorgehens kommen Sie vom bestimmten Wunschdenken weg und steuern zu einem festen, klaren Zieldenken hin[15]).

Das allein aber genügt nicht. Legen Sie nun Termine fest, bis zu denen Sie Ihr Ziel erreicht oder verwirklicht haben wollen. Handelt es sich um ein größeres Vorhaben, für das Sie mehrere Jahre vorgesehen haben, dann stecken Sie sich Teilziele ab, über die Sie Ihr Hauptziel erreichen wollen. Und für diese Teilziele bestimmen Sie dann feste Termine, die eingehalten werden sollen.

Ebensowenig wie Sie eine große Scheibe Brot, eine ganze Wurst oder ein großes Bratenstück auf einmal in den Mund schieben und verschlingen können, können Sie ein Teilziel oder gar ein Hauptziel mit einem einzigen Riesenschritt erreichen. Vom Brot, von der Wurst oder vom Braten werden Sie Bissen um Bissen verzehren. Machen Sie auf Ihrem Weg zu Ihrem Hauptziel keine zu großen Sprünge von Teilziel zu Teilziel, damit Sie »bei Atem« bleiben. Das ist notwendig. Und dies aufs Denken übertragen, heißt das: Man sollte auch die denkerischen »Happen« nicht zu groß wählen. Klugheit gebietet die kleinen »Häppchen« und die kleinen Schritte. Greifen Sie nicht »nach den Sternen«, sondern nur nach etwas, was innerhalb Ihrer Reichweite liegt - auch wenn Sie sich dabei ein wenig recken und strecken müssen. Das ist sogar gut so. Aber es muß greifbar, begreifbar, faßbar, formulierbar sein.

Erziehen Sie sich dazu, an den festgelegten Terminen genau zu kontrollieren, was Sie bis dahin erreichen konnten. Jedes erreichte Teilziel - und schließlich auch Hauptziel - hebt Ihre Tatkraft und gibt Ihnen neuen Auftrieb. Am besten schaffen Sie sich für Ihre Ziel- und Teilziel-Planungen ein kleines Ringbuch als Plan-Taschenbuch an, das auch das Kalenderdatum enthält und viel Platz für Zielfestlegungen. Am besten legen Sie Ihre Ziele so fest:

ÜBUNG 43:

a) Auf einem Übersichtsblatt fixieren Sie für die nächsten fünf oder zehn Jahre Ihres Lebens - nach Zeitabschnitten unterteilt - Ihre Hauptziele. (Übrigens sauber schreiben, deutlich!)

b) Dann schreiben Sie auf die nächsten Blätter - für jedes Jahr ein Blatt benutzen -, was Sie in dem betreffenden Jahr erreichen wollen.

c) Auf weiteren Blättern schreiben Sie jeweils ein Hauptziel mit seinem Schlußtermin nieder; darunter notieren Sie, über welche Teilziele Sie dieses Hauptziel erreichen wollen. Geben Sie bei diesen Teilzielen ebenfalls die festgelegten Termine an.

d) Über alle Termine für Teil- und Hauptziele führen Sie wiederum eine Übersicht, damit Sie an den Stichtagen das Erreichte auch kontrollieren können. Vermerken Sie auf den Hauptziel-Blättern, was Sie tatsächlich erreicht haben.

e) Neue Zielplanungen sind sinngemäß nachzutragen.

Sind Sie berufstätig? Dann berücksichtigen Sie: Unser Leben bildet eine Einheit; Berufs- und Privatleben lassen sich nicht voneinander trennen. Ihre Ziele planen Sie deshalb stets für beide Gebiete.

Eine Lösung zur Übung 43 kann aus verständlichen Gründen - weil es ja Ihre Ziele sind, die Sie systematisch notieren - nicht vorgenommen werden. Das schließt natürlich nicht aus, daß Sie am Schluß dieses Buches bei den Lösungen zu den Übungen doch einmal nachlesen.

9.
Das schreibdenkerische Planen als Denktraining

a) Was wir auf der Schule vom richtigen Denken gelernt haben

Mehr oder minder bewußt und ausgeprägt, lernten wir alle diese Art des analytisch-synthetischen Denkens, des zerlegenden und wieder zusammenfügenden Denkens, des einteilenden Denkens auf der Schule kennen. Es ist das auflösende, in kleine und kleinste Einzelteilchen zerlegende, das einteilende und untersuchende Denken, wie es unumgänglich gebraucht wird, wenn Sie eine Aufgabe oder ein Problem lösen wollen. Es ist auch das Denken, das jeder Wissenschaftler zur Lösung seiner Aufgaben braucht. Es ist das Denken, das zuerst analysiert (zerlegt) und dann synthetisiert (zusammenfügt). Nachdem Sie die Gesamtaufgabe durch analytisches Denken überhaupt erst lösbar gemacht haben, wird die Aufgabe Schritt um Schritt durch das aktive synthetische Denken (als synthetische Tathandlung zu verstehen) gelöst, indem Sie

- vergleichen,
- unterscheiden,
- trennen und verbinden.

Und dies vollziehen Sie mit schreibdenkerischem Planen. Schreibdenkerisches Planen ist ein schriftliches Planen; es ist ein Planen mit schriftlich auszufüllenden Planblättern. Mit schreibdenkerischem Planen dringen Sie bis zu den kleinen, kleinsten und allerkleinsten Teilzielen vor. Damit ermöglichen Sie die Lösung.

Durch das schreibdenkerische Vorgehen sichern Sie Ihre Denkarbeit: Sie schweifen weder ab, noch gehen Sie in die Irre[15]). Sie durchdenken alles gründlicher; mit Stift und Papier halten Sie alles in vollständigen Sätzen fest; so greift schließlich ein Glied Ihrer Gedankenkette ins andere ein; denn jeder Ihrer Gedanken vermag einen neuen zu gebären, der Sie Ihrem Ziele näherbringt.

Diese Art des Vorgehens und Denkens ist uns wirklich auf der Schule beigebracht worden: alles oder möglichst viel vom Gedachten schriftlich festzuhalten. Beim Schreiben haben wir die meisten Inhalte und Formulierungen erst verstanden. Dabei haben wir sehr viel gelernt. Das meiste. Das ist uns nur nicht mehr bewußt. Sogar Strafarbeiten dienten diesem Zweck, uns etwas schreibdenkerisch zu erarbeiten, also schreibend zu denken. Wir lernten so das sprachgebundene Denken.

Halten Sie fest:
Nur schreibdenkerisch mit Stift und Papier denken, die Aufgabe oder das Problem so scharf wie möglich formulieren,

sich durch Formulieren in die Situation hineindenken,

sie Teil um Teil, Teilchen um Teilchen, Schritt um Schritt erarbeiten,

nicht gleich alles auf einmal erreichen wollen;

gründlich durchdenken, während Sie Planungshilfsmittel formulierend ausfüllen.

Was Sie schriftlich erarbeitet und Ihrer Planungsmappe einverleibt haben, ist immer greifbar. Im Bedarfsfalle können Sie auch bei anderen, späteren Aufgaben stets darauf zurückgreifen.

b) Was ist Plandenken?

Plandenken ist eine bestimmte Art zu denken. Plandenken ist ein ganz bestimmter Vorgang des Denkens. Plandenken wird als teleologisches Denken bezeichnet. Der Schwerpunkt dieses Plandenkens liegt darin, die Gegenwart und ihre Aufgaben, Probleme, Schwierigkeiten zu gestalten.

Plandenken ist ein Vorausdenken. Vorausdenken verlangt Voraussicht. Plandenken zwingt zum Erkennen voraussichtlicher Gegebenheiten, Möglichkeiten, Chancen, Strebungen, Erwartungen, Ziele. In jedem Menschen steckt die Fähigkeit, sich von seiner Zukunft oder von den künftigen Möglichkeiten einer Entwicklung oder einer Sache oder eines Falles ein Bild zu machen. Freilich ist dieses Bild oft durch Wunsch, Vorbild oder Beispiel beeinflußt. Aber das darf es auch ruhig sein. Wir leben ja auch, um uns Wünsche zu erfüllen.

Es ist durchaus möglich, sich durch plandenkerisches Vorgehen ein so exaktes Bild von den künftigen Gegebenheiten zu machen, daß allein dieses Denken das Zukünftige beeinflussen oder gar bestimmen kann, soweit nicht höhere Gewalt alle Voraussicht zunichte macht.

Die Art der Aufgabe spielt keine Rolle. Ob Sie eine Fabrik erweitern wollen, ob Sie ein Geschäft aufbauen wollen, ob Sie einen Vertreterbezirk organisieren wollen, ob Sie eine Prüfung abzulegen haben, ob Sie sich in ein neues Arbeitsgebiet einzuarbeiten haben, ob Sie eine neue Abteilung übernehmen oder einrichten müssen: in allen diesen Fällen und noch anderen dazu kann diese methodische Denktechnik eine Hilfe sein.

Sie sollten grundsätzlich zwei verschiedene Arten von Planungen unterscheiden:

- das Planen der Zeit
- das Planen von Aufgaben

c) Das Planen der Zeit

Alles, was entsteht, jedes Werk, jedes Unternehmen, jeder Verkauf, braucht Führung und Lenkung. Dale Carnegie sagt an einer Stelle seines bedeutsamen Buches »Sorge Dich nicht – lebe!«: »Jeder wächst und entwickelt sich nur in dem Maße zur Persönlichkeit, als er das in die Tat umsetzt, was er sich vorgenommen hat.« Das heißt also: Nur der wird auf die Dauer Erfolg haben, der Pläne macht und diese konsequent in die Tat umsetzt.

Der entscheidende Faktor im Leben eines Menschen ist doch wohl ohne Zweifel der Faktor Zeit. Zeit ist für jeden Menschen im wahrsten Sinne des Wortes Geld. Zeitplanung ist also eine Geldplanung.

Der Zeit- oder Terminplan ist ein wichtiges Arbeitsmittel. Die nachfolgend beschriebenen Planungsunterlagen haben sich als zweckmäßig erwiesen. Wenn ich hier bestimmte Vorschläge unterbreite, so weiß ich natürlich, daß es auch andere Formen und Möglichkeiten der Planungstechnik gibt.

1) Jahres- und Monatsplan

Bei der Erklärung des Jahres- und Monatsplanes gehe ich von einer bestimmten Situation aus: von der Situation nämlich, daß ein Verkäufer im Laufe eines Jahres seine Kundschaft aufsuchen muß. Zeichnung 108 zeigt das Gerippe eines Jahres- und Monatsplanes. Dieser Planbogen bietet die Möglichkeit, die gesamte Jahresarbeit nach Monaten und nach saisonbedingt zeitlichen Notwendigkeiten zu unterteilen und dabei die jeweils an einem Tage zu erledigenden Arbeiten oder Besuche symbolisch oder farblich festzuhalten. In Zeichnung 108 sind die Termineintragungen farblich unterschieden. In der Legende (am Fuße des Bildes) kann angegeben sein, was die Farben bedeuten.

In waagerechter Richtung sind die Monatstage 1 bis 31 angegeben, wie aus der Kopfleiste des Planblattes nach Zeichnung 105 zu entnehmen ist. In senkrechter Richtung sind die zwölf Monate Januar bis Dezember aufgezeichnet. Jeder Tag ist (in senkrechter Richtung) in vier Tagesabschnitte unterteilt, so daß man die Möglichkeit hat, eine Einteilung in Stundengruppen vorzunehmen.

Neben einer solchen Einteilung könnte man nun noch im Plan Zeitspannen einzeichnen, in denen man neben den alten Kunden, die laufend besucht worden sind oder besucht werden, sich bewußt auf die Gewinnung neuer Kunden verlegt. Und zwar in der Weise, daß man vormittags die alten Kunden aufsucht, die Nachmittage mit der Werbung neuer Kunden ausfüllt oder umgekehrt. Auch eine solche Zeiteinteilung ist mit der Denkhilfe des hier empfohlenen Jahres- und Monatsplanes darstellbar.

Man kann selbstverständlich den Planbogen für den Jahres- und Monatsplan noch weiter ausnutzen. Hier sind den individuellen Bedürfnissen und Möglichkeiten keine Grenzen gesetzt, Zeichnung 109. Oder die Zeitplanung, die sich mit symbolischer Darstellung (in Verbindung mit farblicher Darstellung) für bestimmte

JAHRES- UND MONATSPLAN

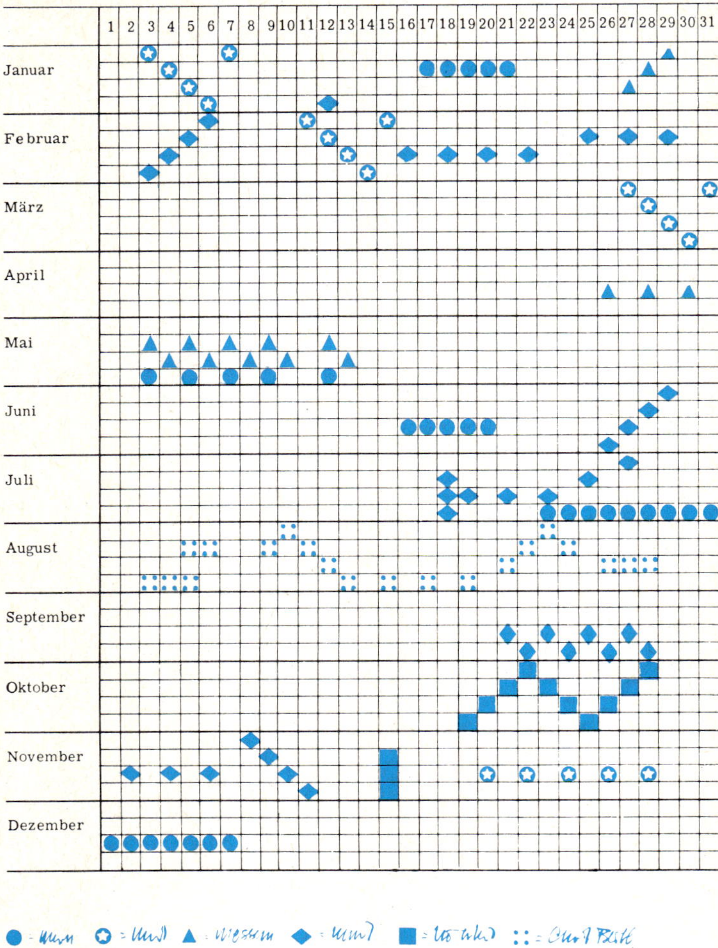

Zeichnung 108

JAHRES- UND MONATSPLAN

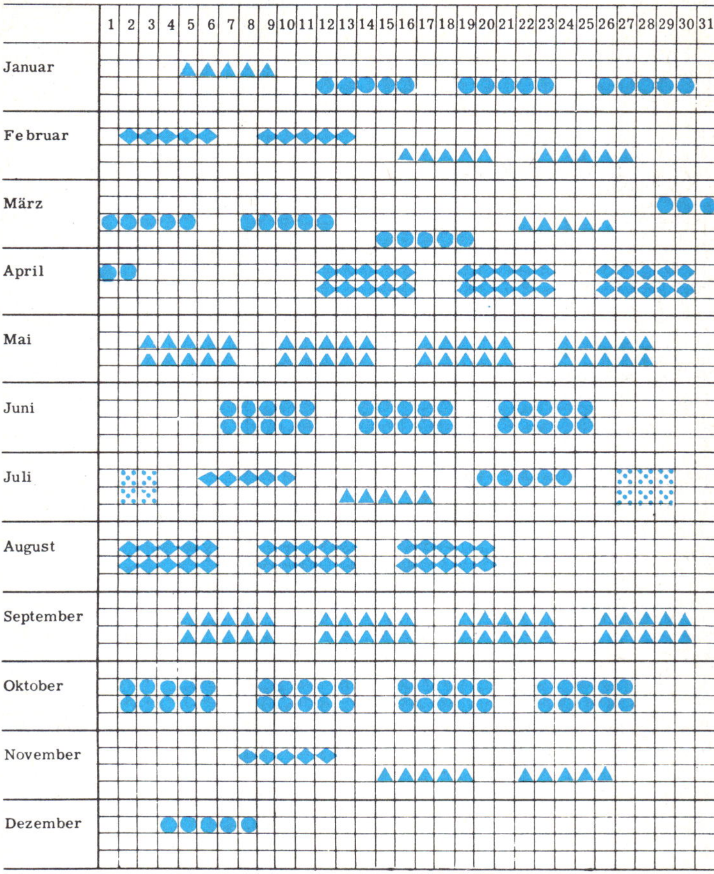

Zeichnung 109

◆ Bezirk A ▲ Bezirk B ● Bezirk C ⁙ = Messebesuche

Schul- und Hochschulleistungen ergeben kann, Zeichnungen 110, 111, 112 und 113. Bei diesen Darstellungen liegen die Vorteile der Denkhilfen auf der Hand: klare Zeiteinteilung in zwei verschiedenen technischen Darbietungsformen, klare symbolische und zusätzlich farbliche Unterscheidung der einzelnen Stoffgebiete und ebenso klare stundenmäßige Verteilung des gesamten Stoffplanes. (Es handelt sich hierbei übrigens um einen vom Autor entwickelten Stoffplan für die von seinem Institut veranstalteten Verkaufsleiter-Ausbildungen.) Als Denkhilfen und als Ergänzung zu den symbolischen Plänen (Zeit-Stoff-Plänen) in den Zeichnungen 110 und 111 kann man nun auch noch die Stoff-Programme hinzufügen, was in der Praxis auch oft geschieht, hier aber wegen des beschränkten Raumes unterbleibt. Sie können diesen Tatbestand sowohl vom Gesichtspunkt des »produktiven Denkens« beim Zusammenstellen eines solchen Themen-Programms als auch vom Gesichtspunkt des »reproduktiven Denkens« im Sinne des Benutzens und Planerfüllens solcher Programme sehen.

Jeder ist völlig frei in seinen Entscheidungen, seine Arbeiten gut oder schlecht zu erfüllen, seine Ziele zeitgerecht oder zeitengenau zu erreichen. Jeder ist sich selbst und seiner Arbeit gegenüber verpflichtet. Im Sinne gründlicher Arbeitsplanung (durch Denkhilfen) ist es auch, wenn er in seinem Jahres- und Monatsplan genau das Maß an Zeitaufwand - wohl dosiert und richtig verteilt - vormerkt, das er zur Erledigung seiner Arbeiten oder Vorhaben benötigt. Zeichnung 114 zeigt einen Jahres- und Monatsplan für Werbe- und Verkaufsaktionen.

ZEIT-STOFF-PLAN
des SEMINARS MARKTWIRTSCHAFT
Verkaufsleitung u. Verkaufsorganisation

(NACH FORM A) = 600 STUNDEN

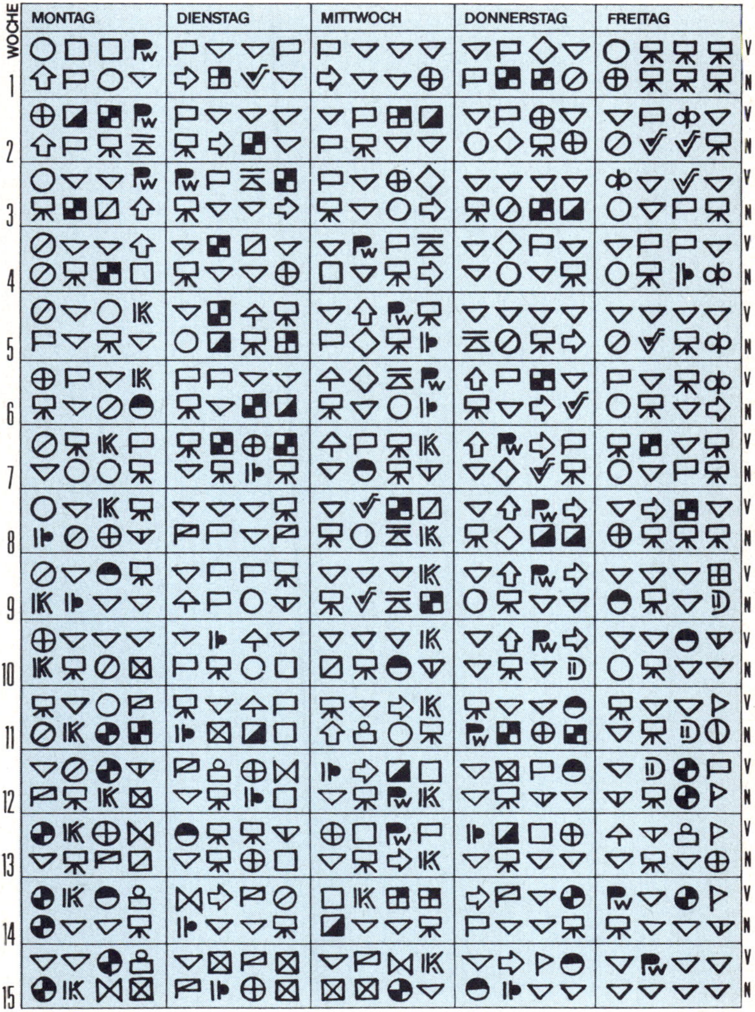

Zeichnung 110

ZEIT-STOFF-PLAN des Verkaufsleitung

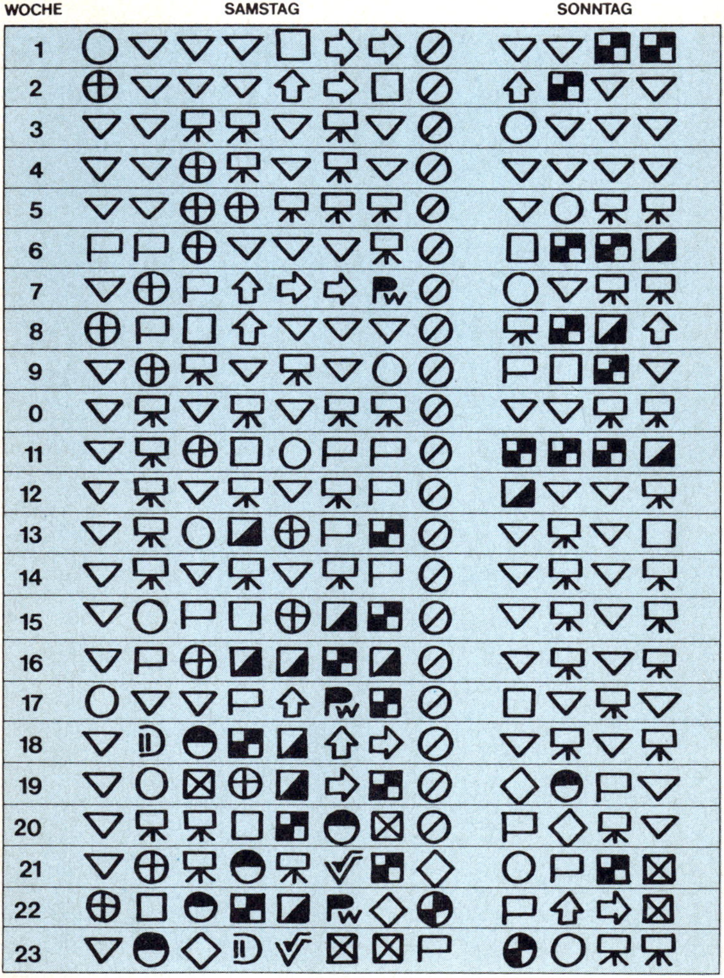

Zeichnung 111

SEMINARS MARKTWIRTSCHAFT
und Verkaufsorganisation

nach Form B an 46 Wochenenden mit je 12 Stunden (Sa. u. So.) = 552 Unterrichtsstunden

WOCHE SAMSTAG SONNTAG

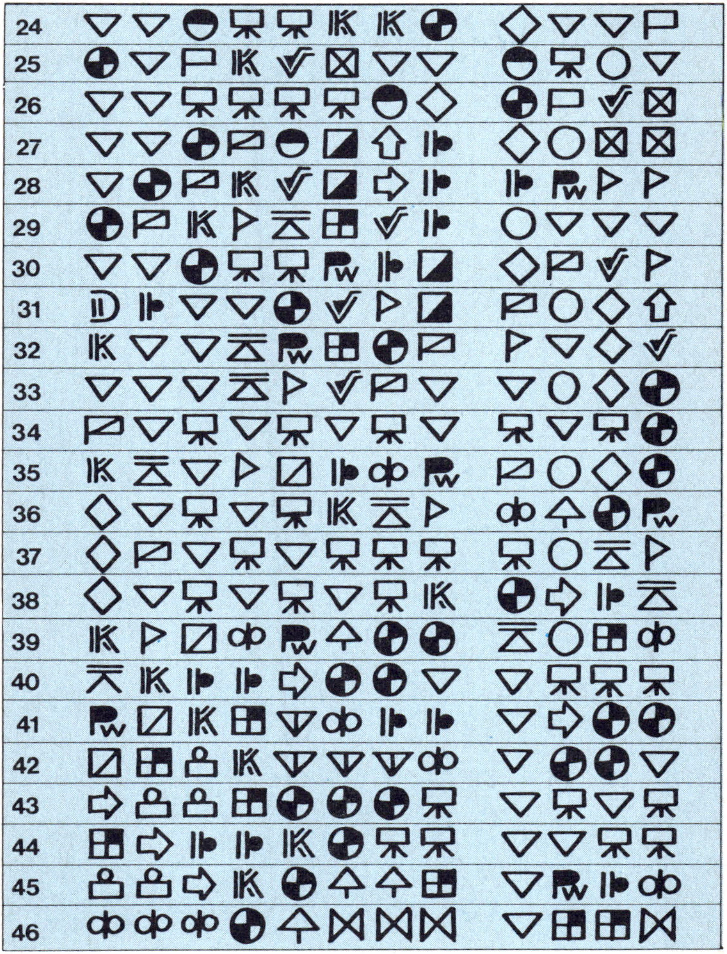

Zeichnung 111

Schlüssel zum ZEIT-STOFF-PLAN des SEMINARS MARKTWIRTSCHAFT Verkaufsleitung u. Verkaufsorganisation

Zeichnung 112

ZEITVERTEILUNG
auf die einzelnen Stoffgebiete des
ZEIT-STOFF-PLANES

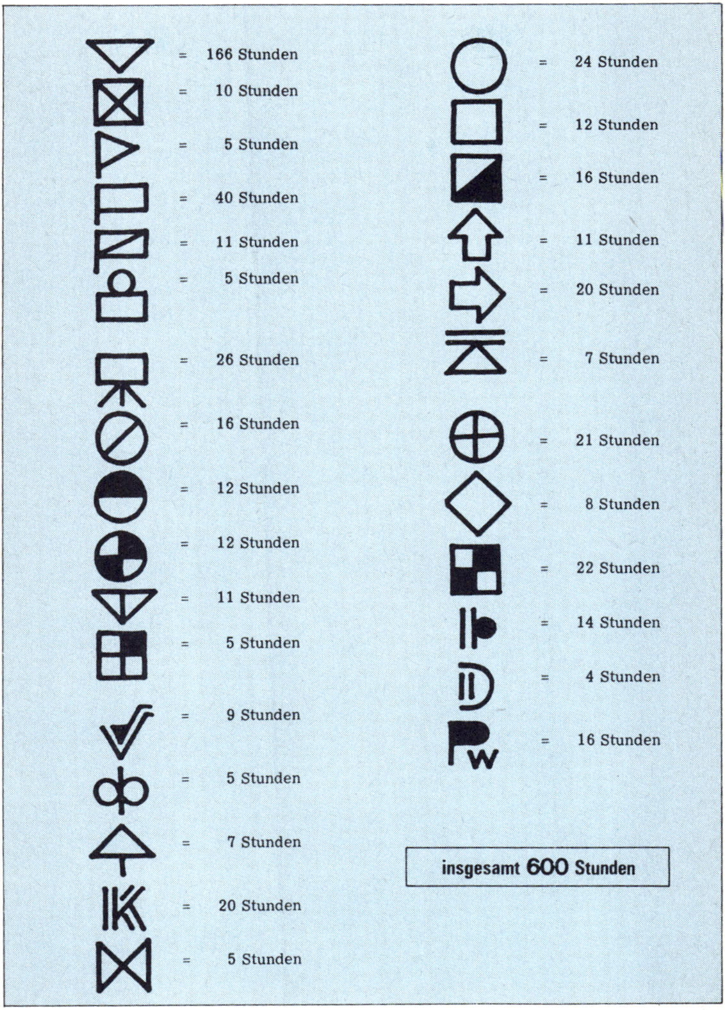

Zeichnung 113

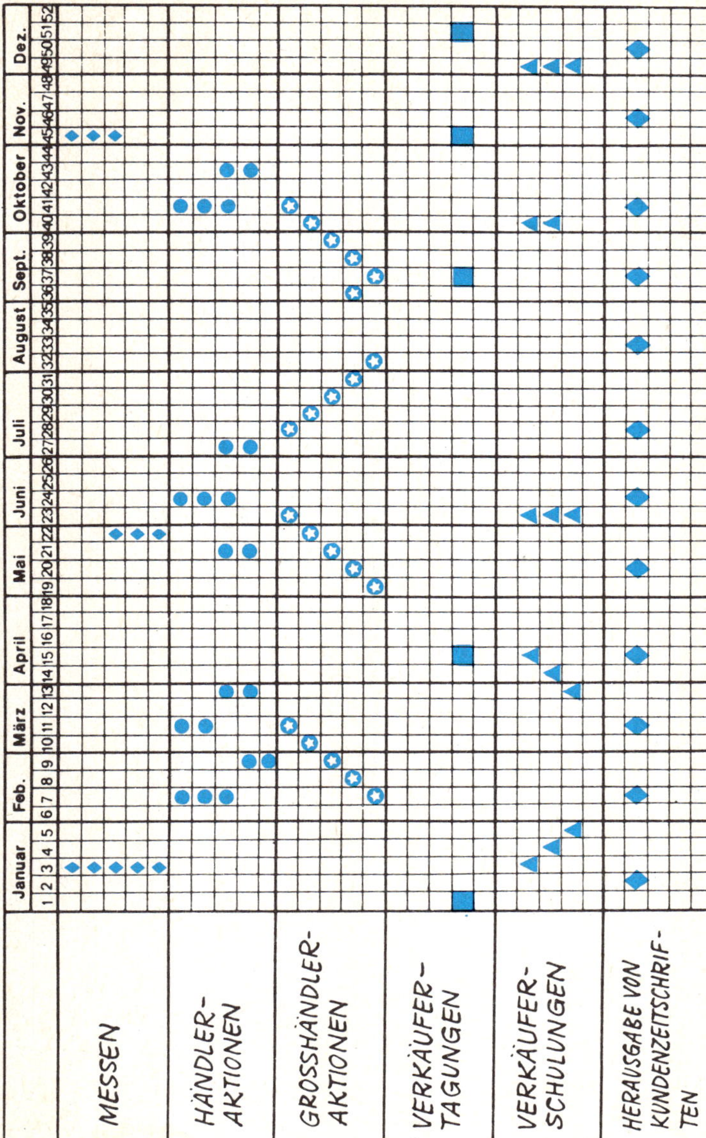

Zeichnung 114

2) Wochen- und Tagesplan

Als weiteres Arbeitsmittel dient dem denkenden Menschen der Wochen- und Tagesplan, Zeichnung 115. Im Grunde genommen kann man auch im Jahres- und Monatsplan die Wochen- und Tagesplanungen vormerken. Es empfiehlt sich aber, den Jahres- und Monatsplan für die großen Zeitabschnitte vorzusehen und die Wochen- und Tagesplanungen jeweils gesondert und zusätzlich anzulegen.

Zeichnung 115

WOCHENARBEITSPLAN	
Vertr. Nr.	Wochenbeginn
Geplant	Ausgeführt
Mo. den	
Di. den	
Mi. den	
Do. den	
Fr. den	
Sa. den Vorbereitung (Planung)	Vorbereitung (Planung)

Für jeden, der die Notwendigkeit systematischen Denkens und Arbeitens erkannt hat, ist auch die Kontrolle von entscheidender Bedeutung. Darum ist in diesem Wochenplan die Möglichkeit der Kontrolle gegeben durch Ausfüllen der Spalte »ausgeführt«. Die ständige Kontrolle der Wochenpläne vermag wertvolle Aufschlüsse zu geben über den Wirkungsgrad, über mögliche Fehler sowohl in der Planung als auch in der Ausführung, über Rüstzeiten, über ungenutzte (tote) Zeiten.

Die Wochen- und Tagespläne sind am besten immer in Verbindung mit ausgearbeiteten Jahres- und Monatsplänen zu erstellen. Ein Jahres- und Monatsplan liegt bei jeder Planung vor uns auf dem

Schreibtisch. Es muß kategorisch gefordert werden, daß sich jeder vorwärtsstrebende Mensch für seine Planungs- und Vorbereitungsarbeit mindestens einen halben Tag (Samstag vormittag oder Samstag nachmittag) freihält. Im Wochenplan ist diese Vorbereitungsspanne vorgesehen. Soll nämlich die Planungsarbeit wirklich fruchtbringend und erfolgssteigernd wirken - und das tut sie, wenn man sich streng an diese Gepflogenheiten hält -, dann muß auch eine Zeitspanne für die Planungsarbeit vorgesehen sein.

Ich bin mir darüber im klaren, daß es oft schwierig sein wird, sich an eine so strenge Forderung zu halten. Ich bin mir aber auch durch eigenes Erleben darüber klargeworden, welchen ungeahnten Auftrieb meine Arbeit und die Wirkung meines Arbeitens und Mühens durch eine strenge Planung und Denkmethodik erhalten hat.

Ein Mensch kann nicht alles im Kopf behalten, auch wenn er noch so intelligent sein sollte. Intelligenz zeigt sich nicht in der Gedächtnisleistung. Intelligenz zeigt sich gerade darin, daß ein Mensch denken lernt, sein Denken trainiert und dabei Denkhilfen bzw. Arbeitsmittel entwickelt, die ihm helfen, Aufgaben optimal zu erfüllen.

Der denkende Mensch wird sich immer wieder Rechenschaft ablegen wollen über das, was er geplant und was er erledigt hatte. Gut war seine Planung, wenn er 80 bis 90 Prozent von dem, was geplant war, auch wirklich ausführen konnte. Schlecht war seine Planung, wenn er nur 40% des Geplanten realisieren konnte. Dann hat der einzelne wahrscheinlich zuviel in die Zeiteinheit »hineingepackt«. Wenn es sich einrichten läßt, sollte man den Wochenarbeitsplan immer zwei Wochen im voraus, also vierzehn Tage im voraus, aufstellen.

3) Tagesplanblätter

Das Tagesplanblatt nach Zeichnung 116 zeigt in einem gewissen Sinne auch den Übergang zu der Aufgabenplanung. Denn bei jedem fortschrittlichen Tagesplanblatt sollten zwei Positionen berücksichtigt sein: Plan-Aufgabe oder Teil-Aufgabe davon, an der man gerade arbeitet, und private Vorhaben. Zeichnung 116

Tagesplanblätter mit Vorder- und Rückseite können so aufgeteilt werden:

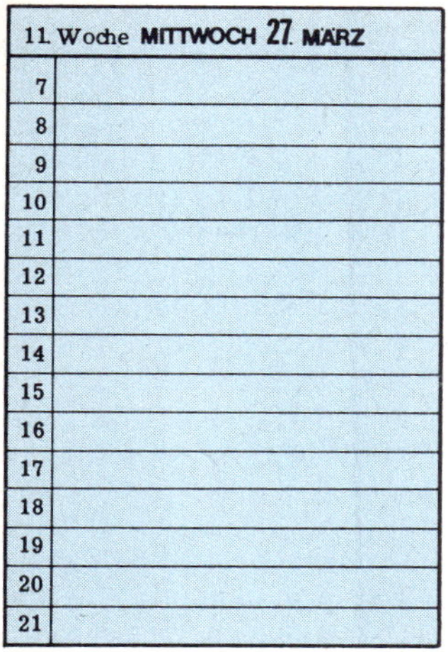

Vorderseite

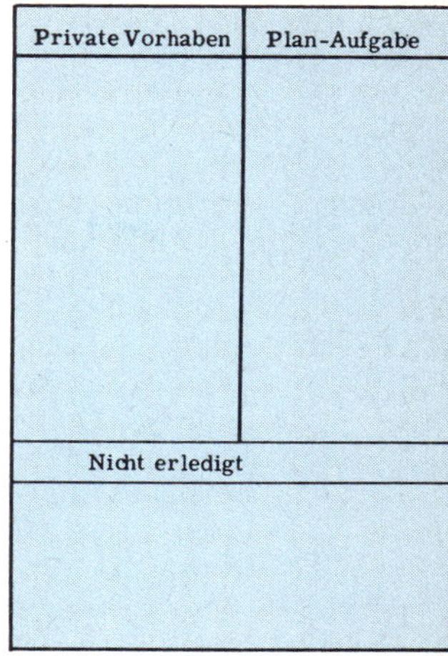

Rückseite

Zeichnung 116

zeigt die Einteilung eines Tagesplan-Kalenders mit Tagesplanblättern, die vorderseitig und rückseitig benutzbar sind. Der Kalender umfaßt also so viele Tagesplanblätter wie Tage im Jahr, also 365.

d) Das Planen von Aufgaben

Es gibt keinen Erfolg im Leben ohne planmäßige Vorarbeit. Wer das Gegenteil behauptet, ist ein Scharlatan. Es gibt wohl Eingebungen in einer glücklichen Stunde, aber sie wollen realisiert werden, wenn sie gut sind. Und hier beginnt es wieder: planmäßiges Arbeiten, planmäßiges Denken.

Viele Menschen vermuten, hochbegabten Persönlichkeiten falle der Erfolg in den Schoß oder sie verdankten alles einem Geistesblitz, einer Eingebung oder einem glücklichen Umstand; ihnen falle alles mühelos in den Schoß. Wer von den Stürmen des Lebens gerüttelt wurde, der weiß, daß solche Anschauungen allen Erfahrungen des Lebens widersprechen. Hochbegabte und erfolgreiche Persönlichkeiten hatten selbstverständlich Eingebungen und Ideen, aber sie sind es auch gewohnt, in Plänen zu denken. Sie haben während des Lebens mit planmäßiger Denkarbeit eine Unmenge Leistungen vollbracht, eine Unmenge Gedanken gehortet, gesichtet, zusammengefügt und dann durch ebenso planmäßiges Vorgehen Schritt um Schritt - Teilziel um Teilziel angehend - realisiert.

Die Tüchtigkeit des einzelnen zeigt sich auch darin, sich erstrebenswerte Aufgaben zu stellen und sie durch sinnvolles Planen zu erfüllen. Es gibt keine Übermenschen, sondern schöpferische Menschen, die durch Beobachten, planvolles Denken und planvoll ausgerichtete praktische Arbeit Schritt um Schritt vorangegangen sind auf dem Wege zu ihrem Ziel.

Goethe hat immer wieder erwähnt, wie mühselig die Kleinarbeit gewesen sei, der er sich unterzogen habe, und wie er Steinchen um Steinchen zusammentrug zu seinem Erfolg. »Nicht durch eine außerordentliche Gabe des Geistes, nicht durch eine momentane Inspiration, noch unvermutet und auf einmal, sondern durch folgerichtiges Bemühen bin ich endlich zu einem so erfreulichen Resultat gelangt.«

ÜBUNG 44:

Es soll davon ausgegangen werden, daß ein Verkäufer ein neues Gebiet als Reisender übernehmen soll, das aus vier zusammenhängenden Bezirken A, B, C und D besteht. Die vier Bezirke entsprechen vier geographisch benachbarten Kreisen: Bezirk A ist ein Stadtkreis; die Bezirke B, C und D sind Landkreise verschiedener Größe und Richtung. Siehe Zeichnung 117.

Die Firma stellt dem Verkäufer die Aufgabe mit dem Ziel, in dem seit langem verwaisten Einsatzgebiet:

a) die Potenz für den Absatz des technischen Artikels x zu erforschen; es handelt sich um einen Artikel, der immer wieder von Industrie und Gewerbe benötigt wird;

b) den Wettbewerb zum Artikel x in seiner Wirksamkeit in diesem Gebiet zu erforschen;

c) Absatzchancen für den Artikel x wahrzunehmen;

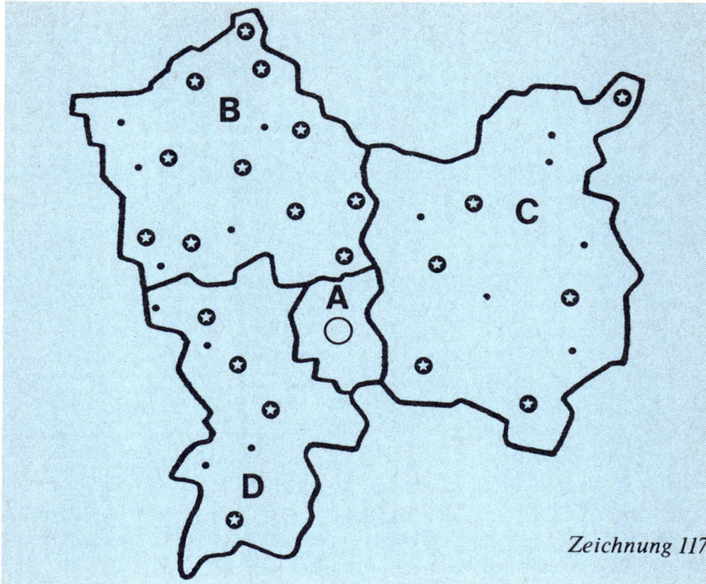

Zeichnung 117

d) Vorbereitungsarbeiten zu betreiben, um später (nach einem halben Jahr) im Gebiet mit zwei bis drei Verkäufern optimal verkaufen zu können.

Der für diese Vorbereitungsaufgabe ausgewählte Reisende ist im Außendienst erfahren und genießt das volle Vertrauen der Verkaufsdirektion des Unternehmens. Er hat sich in anderen ähnlichen Fällen bewährt; er geht mit der Vorstellung an seine neue Aufgabe, nichts zu unternehmen, ehe er nicht einen ausführlichen Plan gründlich durchdacht und ausgearbeitet hat, nach dem er dann vorgehen kann.

Ihm stehen für die Erfüllung dieser Aufgabe die folgenden Denkmittel bzw. Planmittel zur Verfügung:

1 = das Ziel-Formulierungsblatt, Zeichnung 118;
2 = das Was-Plan-Blatt, Zeichnung 119;
3 = das Teil-Was-Plan-Blatt, Zeichnung 120;
4 = das Wie- und Schritt-Plan-Blatt, Zeichnung 121;
5 = das Wann-Plan-Blatt, Zeichnung 122;
6 = das Anweisungs-Plan-Blatt, Zeichnung 123.

Diese Plan-Blätter sind ausgefüllt. Sie sollten die einzelnen Textpassagen studieren. - Sie werden finden, daß das Ziel-Formulierungs-Blatt komplett ausgefüllt worden ist. Wenn Sie die einzelnen Teilaufgaben a, b, c und d der Übung 31 untersuchen, werden Sie finden und erkennen, daß jede Teilaufgabe a, b, c und d im Sinne einer sinnvollen systematischen Planungsarbeit mit den hier vorgestellten Planblättern eine für sich anzugehende Hauptaufgabe ist. Es wären demnach vier (a bis d) Planungsarbeiten auszuarbeiten.

Um den Forderungen des Verlages nach sparsamer Verwendung des Platzes gerecht zu werden, kann ich Ihnen nur die Planarbeit für die Teilaufgabe (Hauptaufgabe) a in den Zeichnungen 119 bis 123 vorstellen. Sie werden auch finden, daß der Was-Plan für diese Teilaufgabe (Hauptaufgabe) a vollständig ist; dagegen müßten im Prinzip für die Was-Plan-Zeilen 1, 2, 3, 4, 5, 6, 7, 8, 9, 10, 11, 12, 13, 15, 16, 17, 18, 19 jeweils gesonderte Teil-Was-Plan-Blätter ausgefüllt vorliegen oder ausgefüllt werden. In Wirklichkeit habe ich nur den Teil-Was-Plan für Zeile 1, nämlich Marktkarte aufstellen, vorgestellt. Die anderen Teil-Was-Pläne müßte sich der Leser selbst erarbeiten. Zur Lösung dieser Übung 44 finden Sie am Schluß dieses Buches einige Ausführungen.

Ziel-Form-Blatt

Aufgestellt von *Karl Müller*	Datum *8-10-19–*	Ziel-Nr. *1*

WER

Karl Müller, Verkäufer im Hause XYZ

WAS

soll das Gebiet A (laut Zeichnung) gründlich für den Verkauf des technischen Artikels „F" erforschen; den Wettbewerb dieses Artikels ermitteln; Absatzchancen wahrnehmen; Vorbereitungsarbeiten für einen späteren Einsatz von 2 Reisenden betreiben,

WIE

und zwar im kommenden Halbjahr so, daß zur Hälfte Planarbeit und Ermittlungsarbeit, zur anderen Hälfte Verkaufsarbeit vorgenommen wird,

WO

sowohl im Stadtkreis als auch in den drei Landkreisen; es darf kein Kreis unerforscht und ungeprüft bleiben.

WANN

Es ist sofort, d.h. ab 12.10.19–, zu beginnen; die Untersuchungs- und Akquisitions-Aktion dauert ein halbes Jahr.

MIT WELCHEM ZIEL

Möglichst klare und eindeutige Beweise zu erbringen, was an Möglichkeiten (Potentialen) in diesem Gebiet ansprechbar ist bzw. sein wird; die Fakten sollen klären, ob später in diesem Gebiet systematisch verkauft werden soll.

Formulierung des Zieles bzw. der Hauptaufgabe:

Erforschung und Erprobung der Marktlage für den technischen Artikel „F" im Gebiet A

Zeichnung 118

Was-Plan Nr. 11

Was-Plan

ZIEL = HAUPTAUFGABE

Erforschung der Marktlage im Gebiet A

Lfd. Nr.	WAS IST NÖTIG Mittel, Menschen, Kenntnisse	WAS IST ZU TUN Maßnahmen und Wege
1	Marktkarte aufstellen	zu 1: Marktkarte im Maßst. 1:25 000
2	Einwohnerzahlen ermitteln;	mit genauer Einteilung erstellen
	ökonomischen Status ermitteln	zu 2: vom Statistischen Bundesamt
3	Anzahl und Größe der Städte	zu 3: wie zu 2
	und Gemeinden feststellen	zu 4: wie zu 2 + Branchenadreßbuch
4	Standorte der Industrie, nach	zu 5: Bundesbahnstrecken, Auto-
	Branchen unterteilt, feststellen	bahnen, Straßen (Bundesstraßen,
5	Verkehrsverhältnisse ermitteln	Landstraßen 2. Ordnung, Straßen-
6	Wer benötigt Artikel „F"?	bahn, Omnibusverbindungen)
7	Welche Konkurrenz gibt es?	zu 6: Repräsentativ-Ermittlungen
8	Welche Konkurrenz ist im	a) eigen b) Institut
	Einsatzgebiet A vertreten?	zu 7: Während der Verkaufsarbeit
9	Wie arbeitet die Konkurrenz?	feststellen, Unterlagen dann
10	Welche Werbemittel setzt man ein?	besorgen
11	Welche Großhändler sind geeignet	zu 8: wie zu 7
	für den Artikel „F"?	zu 9: wie zu 7
12	Welche Großhändler sind im	zu 10: wie zu 7
	Gebiet ansässig?	zu 11: Branchenadreßbuch + IHK
13	Mit welchem Zeitaufwand ist	zu 12: wie zu 11
	für Markterkundung zu rechnen?	zu 13: selber zusammenstellen;
14	Wie groß ist Zeit- und Arbeits-	großzügig rechnen
	aufwand für die systematische	zu 14: wie zu 13
	Marktdurchkämmung?	zu 15: wie zu 13
15	Kostenvoranschlag für die	zu 16: Wo werden voraussichtlich
	Erstermittlung?	oder sicher die meisten
16	Wo wird am besten ein	Kunden sein?
	Auslieferungslager	zu 17: Miete, Gehälter, Löhne,
	eingerichtet?	Transportmittel, Spesen.
17	Welche Kosten entstehen für	
	ein Auslieferungslager?	

Schon vorhandene Mittel, Menschen, Kenntnisse sowie getroffene Maßnahmen und Wege mit Rotstift unterstreichen!

Zeichnung 119

Was-Plan-Nr. 11

Teil-Was-Plan

Teil-Was-Plan-Nr. 111

Teilaufgabe Marktkarte 1:25000 mit genauer Gebiets- u. Bezirkseinteilung erstellen

Lfd. Nr.	Was ist nötig Mittel, Menschen, Kenntnisse	Was ist zu tun Teilmaßnahmen
1	2 Karten 1:25000	zu 1: 2 Karten 1:25000 des Gebietes A
2	Korkplatte besorgen für Wandkarte	besorgen — Wo? Wer?
3	Leinenstoff zum Aufziehen	zu 2: 1 Korkplatte 60 × 80 × 1 cm
4	Rote Glanzkordel zum Abstecken des	besorgen — Wo? Wer?
	Gebietes	zu 3: Kartenleinen 60 × 80 cm
5	Gelbe Glanzkordel für Bezirke	besorgen — Wo? Wer?
6	Stecknadeln zum Befestigen der Kordeln	zu 4 bis 14: Angegebenes Material
7	Stecknadeln mit roten Köpfen	besorgen — Liste mit Stückzahlen
8	Stecknadeln mit gelben Köpfen	aufstellen — Wo? Wer?
9	Markierungsnadeln mit schwarzen Köpfen	zu 15: Gebiet und Bezirke zuerst
	(5mm ∅ für Städte über 100000 Einwohner)	auf Leinenkarte mit Bleistift
10	Markierungsnadeln mit grünen Köpfen	dann mit Farbstiften einzeichnen;
	für Kleinstädte	dabei die Teilaufgaben 1 und 2
11	Markierungsnadeln mit gelben Köpfen	und 3 und 4 und 5 berücksich-
	für Einzelhändler	tigen
12	Markierungsnadeln mit blauen Köpfen	zu 16: Günstige Standorte persönlich
	für Großhändler	ermitteln; Bericht mit kritischer
13	Weiße Einsteckfähnchen zur Kennzeichnung	Betrachtung anfertigen
	der Konkurrenzpositionen	zu 17: Von der Zahl der zu
14	Farbstifte (rot, gelb, grün, blau, braun) Radier-	erwartenden Bezirksreisenden
	gummi, Bleistift, Tusche, Ziehfeder, Schreibfeder	ausgehen - dann zunächst
	für Tusche, genügend Papier	empirisch die Touren festlegen —
15	Gebiet und voraussichtliche Bezirke auf	Entfernungen und Wegezeiten
	Leinenkarte festlegen; dabei Teilaufgaben 2,3,4	ermitteln; Anmarschwege und
	des Was-Planes berücksichtigen	Rückwege veranschlagen
16	Wo beziehen die Bezirksvertreter ihren Standort?	zu 18: siehe linke Spalte
17	Welche günstigen Reiserouten (Touren) gibt	zu 19: siehe linke Spalte
	es von diesen Standorten aus?	
18	Wandkarte auf Kork aufziehen lassen	
19	Wandkarte einrahmen lassen und an	
	Wand anbringen lassen	

Je feiner Sie unterteilen, um so genauer gewinnen Sie klaren Überblick für die Wie-Pläne. Jede Position ist eine Teilaufgabe.

Zeichnung 120

Wie- und Schritt-Plan

Wie-Plan-Nr. 1111

Ziel Nr. 1 | Was-Plan-Nr. 11 | Teil-Was-Plan-Nr. 111

Beschreibung der Teilaufgabe: Marktkarte 1:25000 mit genauer Gebiets- und Bezirkseinteilung erstellen

Schritt Nr.	Wie ist im einzelnen vorzugehen? (Jeden, auch den kleinsten Schritt hier aufschreiben)	Aufwand Zeit	Aufwand Geld
1	Herrn Kunz beauftragen, 2 Karten 1:25000 u. Markierungs-Material		120.–
	(Teil-Was-Plan Nr. 111, 4 bis 13) bei der Geographischen Verlagsanstalt		24.–
	Ravensburg zu besorgen und	2 h	—
2	Farbstifte nebst anderem Material lt. Teil-Was-Plan 111, Pos. 14		—
	bei Fachgeschäft zu besorgen	1 h	12.–
3	Schreiner Berger telefonisch beauftragen, eine Korkplatte		
	60×80×1 cm zu besorgen und an	0,2 h	24.–
4	Buchbinder Wagner & Schröder zu liefern	—	
5	Herr Kunz bringt beide Karten (1) zu Wagner & Schröder	0,25 h	20.–
6	Buchbinder Wagner & Schröder zieht eine Karte auf Leinen auf		
	(zum ständigen Dabeihaben); die 2. zieht er auf Korkplatte auf (vom Schreiner geh.)	4 h	32.–
7	Buchbinder Wagner & Schröder liefert auf Korkplatte aufgezogene Karte an		
	Schreiner Berger zum Einrahmen, die andere an Verkäufer Karl Müller		
8	Schreiner Berger Auftrag geben, Karte auf Korkplatte einzurahmen und mit		
	1 Öse zum Aufhängen an der Wand zu versehen und	4 h	32.–
9	Rahmen zu lasieren		
10	Malermeister Wilhelm beauftragen, 1 Haken zum Aufhängen der Karte im		
11	Arbeitszimmer anzubringen und an dieser Stelle Tapete auszubessern	1 h	18.–
12	Buchbinder Wagner hat auf Leinen aufgezogene Karte abzuliefern	—	—
13	Schreiner Berger hat Wandkarte abzuliefern		
14	und in meinem Arbeitszimmer aufzuhängen	0,25	—
15/16	Gebiet u. Bezirke auf Leinenkarte eintragen u. mit Farbstiften nachziehen		
17/18	Anzahl u. Größe der Städte feststellen u. markieren, Einwohnerzahlen aufzeichnen		
19	Standorte der Industrie notieren		
20	Verkehrsverhältnisse studieren und aufzeichnen	20.0 h	200.–
21	Standorte der Bezirksvertreter eintragen		
22	Günstige Reiserouten (Touren) notieren		
23	Eintragungen von Leinenkarte auf Wandkarte Gebiet A und	6 h	60.–
24	Bezirke mit farbiger Kordel einteilen (selbst machen!!)		
25	Richtige Übertragung der Marktkarte kontrollieren	0,5 h	5.–
	Summe		

Zeichnung 121

Wann-Plan

Ziel-Nr. 1

Ich lege zum Abschluß der Planungsarbeit folgenden Zeitplan fest:

Wie-Plan Nr.	Schritt Nr.	Was? Kurze Angabe des Schrittes	Wer? ausführend	Wer? überwacht:	Zu erledigen bis Datum	Zu erledigen bis Stunde	Kontr.
1111	1+2	Karten und Material besorgen	Kunz	Mü	13.11.	11.30 h	
	3	H. Berger Korkplatte besorgen	Berger	Mü	12.11.	9.00 h	
	4	(3) an Buchbinder Wagner	Berger	Mü	13.11.	12.00 h	
	5	2 Karten zu Wagner bringen	Kunz	Mü	13.11.	9.00 h	
	6	1 Karte auf Leinen	Wagner	Mü	15.11.	15.00 h	
		1 Karte auf Kork	Wagner	Mü	15.11.		
	7	Wandkarte einrahmen	Berger	Mü	19.11.	12.00 h	
	8	1 Öse anbringen	"	"			
	9	Rahmen lasieren	"	"			
	10	Karte auf Kork an Berger	Wagner	Mü	15.11.	16.00 h	
	11	1 Haken in Wand	Wilhelm	Mü	15.11.	16.00 h	
	12	Tapete ausstessen	"	"			
	13	Leinenkarte abliefern	Wagner	—	15.11.	10.00 h	
	14	Wandkarte abliefern	Berger	—	19.11.	14.00 h	
	15	" aufhängen	"	—	19.11.	14.30 h	
	16	Gebiet A und Bezirke auf Lei-	Müller	—	21.11	10.00 h	
	17	nenkarte Blei- u. Farbstifte	"	—			
	18	Anzahl und Größe der Städte	Müller	—	21.11.	16.00 h	
	19	Einwohnerzahlen	Müller	—	21.11.	18.00 h	
	20	Standorte der Industrie	Müller	—	22.11.	12.00 h	
	21	Verkehrsverhältnisse	Müller	—	22.11.	18.00 h	
	22	Standorte der Bezirks-Vertreter	Müller	—	23.11.	12.00 h	
	23	Günstige Touren	Müller	—	26.11.	18.00 h	
	24+25	Übertrag von Leinenkarte auf Wandkarte	Müller	—	29.11.	18.00 h	
	26	Übertragung kontrollieren	Müller	—	30.11.	12.00 h	

Datum der Aufstellung 10. 11. 19— Unterschrift Müller

Zeichnung 122

Anweisungs-Plan

Ziel-Nr. 1 — Wie- und Schritt-Plan Nr. 1111

Beschreibung der Teilaufgabe
Marktkarte 1:25000 mit genauer Gebiets- u. Bezirkseinteilung erstellen

Es ist zu unternehmen

Nr.	Wer	Was	Aufwand Zeit	Aufwand Geld
1	Herr Kunz	besorgt bei Ravenstein 2 Karten 1:25000 vom Gebiet A und erforderliches Markierungsmaterial; Material + Karten zu Wagner bringen	2,25 h	80.– 17.–
2	Buchbinder Wagner	1 Karte auf Leinen ziehen; 1 Karte auf Kork (von Berger); Leinenkarte an mich; Korkplatte an Berger zum Einrahmen	3,25 h	24.–
3	Schreiner Berger	Korkplatte 60 x 80 x 1; an Wagner; Karte auf Kork einrahmen; Rahmen lasieren; Wandkarte aufhängen in Zimmer	4.25 h	40.–
4	Maler Wilhelm	in meinem Zimmer 1 Haken eindübeln; für Wandkarte; Tapete ausbessern	1,0 h	8.–
5	selbst	auf Leinenkarte Gebiet und Bezirke einzeichnen dann farbig nachziehen; Anzahl und Größe der Städte feststellen		
	"	Einwohnerzahlen aufzeichnen Standorte der Industrie notieren	20.0 h	160.–
	"	Verkehrsverhältnisse im Gebiet A studieren (gründlich) und aufzeichnen		
	"	Standorte der Bezirksvertreter eintragen; Touren – günstige – eintragen		
6	selbst	Leinenkarten – Eintragungen auf Wandkarte übertragen; Gebiet A + Bezirke mit farbiger Kordel		
	"	abgrenzen – Stadtgrößen mit farbigen Markierungsnadeln kennzeichnen	4.0 h	35.–
	"	Konkurrenzpositionen durch weiße Fähnchen markieren		

Zeichnung 123

Kritik des Was-Planes

Kritische Betrachtungen nach Erledigung des Planes

Negativ	Positiv
1) zu große Schritte gewählt	1) im Zeitverlauf günstiger
2) zu viele Teilaufgaben selber angegangen; mehr delegieren;	2) allerdings selbst Schwierigkeiten des schreibdenkerischen Planens erfahren und erlebt
3) bei der Umsetzung des WAS-Planes 11 in Teil-Was-Pläne mehr Unterteilungen vornehmen; je mehr Unterteilungen, um so genauer ist Problem oder Aufgabe bzw. Teil-Aufgabe anzusehen.	3) ähnlich wie bei 2); auch hier gilt: je mehr Unterteilung, um so leichter die Lösung.
4) Mehr Zeit aufwenden für einen Plan	4) Positiv zu bewerten ist dabei, daß man eine Plan-Aufgabe noch tiefer durchdenkt als bisher

Konsequenz für zukünftige Planarbeiten

1. Kleinere Schritte wählen; d.h. mehr Wie- und Schritt-Plan-Blätter ausfüllen
2. Ggf. – wenn man eigene Plan-Erfahrungen hat – Teilaufgaben delegieren
3. Was zu Position 3) zu sagen wäre ist schon bei (1) gesagt worden
4. Über längere Zeiträume planen; mehr Zeit für eine Plan-Aufgabe vorsehen

Datum 20.1.19– Müller

Unterschrift

Zeichnung 124

Der erfolgreiche Mensch ist nicht deswegen erfolgreich, weil er mehr weiß und kann als andere oder weil ihm das Glück entgegenkam, sondern weil er anders handelt als der Durchschnittsmensch.

Auch der Durchschnittsmensch hat heute Aufgaben. Er vermutet aber, sie ohne jede Vorarbeit oder Planung in die Tat umsetzen zu können, unbeschadet dessen, ob sie schon ausgereift sind oder nicht, ob er sie schon beherrscht oder nicht. Meistens erleidet er dabei Schiffbruch. Und dann ist er mit seinem Urteil schnell bei der Hand: Entweder taugte die Aufgabe für ihn nichts oder – die »Umstände« trugen die Schuld an seinem Scheitern.

Der erfolgreiche Mensch dagegen plant seine Aufgabe und schafft damit systematisch die Voraussetzungen, seine Aufgabe zu erfüllen und das gesteckte Ziel zu erreichen. Darin unterscheidet er sich eben von den anderen. Wie er vorgeht, läßt sich leicht darin erklären, daß er systematisch denkt. Er geht systematisch nach dieser Planungsformel vor:

Denkstufen als Planungs-Formel

STUFE I	1. Formulierung des Zieles
	2. Aufstellung des Was-Planes
	3. Aufstellung der Teil-Was-Pläne
	4. Aufstellung der Wie- und Schritt-Pläne
	5. Aufstellung des Wann-Planes
STUFE II	6. Aufstellung des Anweisungs-Planes
	7. Durchführung an Hand der Anweisungs-Blätter
STUFE III	8. Ausarbeitung des Kritik-Blattes

Wie man vorgehen muß, wissen Sie nun: Mit Hilfe der Planblätter wird zunächst einmal das Ziel genau bestimmt. Je genauer die Vorstellung von dem zu erreichenden Ziel ist, um so schärfer ist das Ziel erfaßt und um so genauer ist die Aufgabe bestimmt. Vom Ziel geht die plandenkerische Vorarbeit aus. Das Ziel oder die Aufgabe soll möglichst genaue Vorstellungen dessen umfassen, was man haben oder erreichen möchte. Aus »frommen Wünschen« werden Ziele, und aus Zielen können klargegliederte Aufgaben, Maßnahmen, Teilaufgaben, Teilmaßnahmen und Schritte werden[16]).

Mit Bleistift, Papier und Planblättern wird hier gearbeitet. Kann man das Arbeiten mit Papier, Bleistift und Planblätter nicht durch das bloße stille Denken ersetzen?

Ja, schon, aber nicht zweckmäßig genug, weil vieles beim Denken ohne Bleistift und ohne Papier oder ohne Planblatt verlorengeht. Wer vor einer Aufgabe steht, die er lösen will, steht ja vor dem Anfang. Er muß sich noch in die Aufgabe hineindenken. Er muß nachlesen und sich immer wieder vergewissern können, wie weit er denkerisch vorangeschritten ist. Er muß sich immer wieder hineinlesen und damit hineindenken können, um Stufe um Stufe und Schritt um Schritt das Ersehnte zu gestalten; das gilt erst recht dann, wenn an der Aufgabe über längere Zeiträume und mit Pausen gearbeitet wird.

Durch konsequentes Ausfüllen der Planblätter wird von der Zielvorstellung aus der Weg beschritten zum Ziel. Das Ziel steht als lebendiges Bild der Möglichkeit vor Ihnen. Ihre Denkkraft hilft Ihnen voranschreiten, die Wege erspähen, die Schritte unterscheiden, die getan werden müssen.

Sie brauchen nur niederzuschreiben, aber gerade dazu brauchen Sie die Niederschrift und das Planblatt: damit alles festgehalten bleibt, damit nichts verlorengeht, was Ihnen der schöpferische Augenblick schenkt.

Planmäßiges, schrittweises Vorgehen lenkt sowohl Ihre Schöpferkraft und Phantasie als auch Ihre Wahrnehmungsgabe und Intuition und Ihr Fühlen und Denken auf die richtigen Bahnen und hilft Ihnen, Ihr Vorhaben zu erfüllen.

Fußnoten

1) Nigel Calder, *Das Phänomen der kleinen grauen Zellen.* Düsseldorf 1972.

2) Theodor Bartmann, *Denkerziehung im programmierten Unterricht.* München 1966.

3) Menninger/Gülicher, *Wechseljahre im Beruf - Chancen ohne Altersgrenzen?* - Düsseldorf 1972.

4) Nach einer Zeichnung und Legende auf Seite 209 des Buches *Weltall - Weltbild - Weltanschauung* vom Echter-Verlag, Würzburg; Abschnitt von Walter Kern über *Der Mensch und die Philosophie.*

5) L. S. Wygotski, *Denken und Sprechen* - Herausgegeben von Johannes Helm; übersetzt von Gerhard Sewekow. Berlin 1969.

6) Charlotte Bühler, *Psychologie im Leben unserer Zeit.* München 1962.

7) Friedrich Kainz, *Psychologie der Sprache.* Vierter Band: Spezielle Sprachpsychologie. Stuttgart 1956.

8) Paul Feldmann, *Erfahrungen von morgen - Karriere durch geformte Intelligenz.* Düsseldorf 1971.

9) Paul Feldmann, *Technisches Zeichnen - Semester I und II.* Frankfurt/Main 1962.

10) Die technische Ausführung der hier beschriebenen Kundenkartei ist durch Patente geschützt. Die hier beschriebene besondere Einteilung A bis E sowie die Auswertung der in diesem Buch erläuterten Anwendungsmöglichkeiten sind geistiges Eigentum des Autors.

11) Die in diesem Kapitel beschriebenen Formblätter stammen aus dem Lehrwerk *Arbeitsvereinfachung in Betrieb und Verwaltung.* Frankfurt/Main 1959.

12) Paul Feldmann, *Verkaufs-Training.* München 1973. (Heyne Verlag)

13) Frank Bettger, *Lebe begeistert und gewinne.* Zürich 1967.

14) Paul Feldmann, *Verkaufen - Die Kunst des Jahrhunderts.* Düsseldorf 1973.

15) Paul Feldmann, *Durch sinnvolles Planen Ziele erreichen.* Frankfurt/Main 1959.

16) Oskar Kutzner, *Allgemeine Methodik des Studiums.* Heidelberg 1950.

Erklärungen von Wörtern

A

abstrahieren: zum Begriff erheben; verallgemeinern
abstrakt: nur gedacht; von der Wirklichkeit abgehoben
Abstraktes: Verallgemeinertes
Abstraktion: Verallgemeinerung, Begriffsbildung
Abstraktum: allgemeiner, ungegenständlicher Begriff
Adaption: Anpassung, Lernen
Affekt: heftige Gemütsbewegung, Wallung, Erregungszustand
Affekthandlung: unbesonnene Handlung
affektive Distanz: durch heftige Gemütsbewegung bewirkte und dadurch gewollte Zurückhaltung von Menschen oder Kenntnissen oder Einsichten oder Motivationen
Agens: Wirksamkeit; handelndes Prinzip
Aggression: Angriff
aggressiv: angriffslustig, angreiferisch
agieren: wirken, handeln
agil: flink, lebendig
Agilität: Gewandtheit, Beweglichkeit, Lebendigkeit
Aha-Erlebnis: nach Karl Bühler ein plötzliches, einfallartiges Erlebnis, durch das Gestalten oder Zusammenhänge erkannt werden
akquirieren: werbend verkaufen; werben; anschaffen
Akquisition: Verkauf; Kundenwerbung durch Vertreter
akquisitorisch: verkäuferisch; die Kundenwerbung betreffend
Akt: Tätigkeit; Bewegung, Handlung
Aktion: Handlung; Tat
aktiv: handelnd; tätig
aktiver Wortschatz: (siehe hierzu auch passiver Wortschatz.) – Aktiver Wortschatz ist jener Wortschatz, den das denkende Individuum zur formulierenden Darstellung seiner Gedanken und Vorstellungen benutzt; es ist jener Wortschatz, mit dem das Individuum seine Gedanken formulieren, sich mitteilen, auf andere einwirken und Sachverhalte sachlich und objektiv sprachlich deuten kann.
Akzept: durch Unterschrift angenommener Wechsel
Allergie: Empfindlichkeit; meist der Haut und des Magens
Ambulanz: leicht bewegliches Feldlazarett; Einrichtung für nicht stationäre Behandlung, z. B. Fahrzeug
Analogie: Ähnlichkeit; Entsprechung; sinngemäße Anwendung
Analphabet: ein Mensch, der weder schreiben noch lesen bzw. weder lesen noch schreiben kann
Analphabetentum: Schreib- und Lese-Unkundigkeit
Analyse: Zergliederung eines Ganzen in seine Teile; Einteilung; Unterteilung; genaue Untersuchung der Einzelheiten; Auflösung (chem.)
analysieren: unterteilen; erklärend unterteilen; zergliedern
analytisch: zergliedernd; durch log. Zergliederung entwickelnd
analytisches Denken: zergliederndes Denken
Animosität: Abneigung; Gereiztheit; Feindseligkeit
annullieren: für ungültig erklären
Anpassung: Sichanpassen; Sichangleichen
Anspruchsniveau: Darunter versteht der Psychologe den Grad der vom einzelnen von sich selbst geforderten Leistung.
antichambrieren: im Vorzimmer warten
Apperzeption: Auffassungsvorgang, häufig soviel bedeutend wie Aufmerksamkeit; die willentlich geleistete Aufmerksamkeit, die neue Erlebnisinhalte und Erfahrungen hinzunimmt und in persönlicher Weise verarbeitet
Argument: vernünftiger Gedanke; Beweispunkt; Beweissatz
Argumentation: Beweisführung; Folge oder Aufzählung von vernünftigen Gedanken, die etwas beweisen oder für etwas sprechen
argumentieren: beweisen; Vorzüge erwähnen; Vorteile herausstellen
Aristoteles: griech. Philosoph, 384 bis 322 v. Chr., Schüler Platons; Lehrer und Erzieher Alexanders des Großen; umfassender Denker der Antike

Artikulation: Sprechweise; das Vermögen, sich auszudrücken
artikulieren: sich ausdrücken können
Aspekt: Gesichtspunkt; Standpunkt; Ansicht
Assoziation: Verknüpfung; Verbindung; Vereinigung; Vergesellschaftung
assoziieren: sich verbinden; sich vereinigen
athletisch-muskulös (visköser Typ): Ausdruck von E. Kretschmer bezüglich eines äußeren Erscheinungsbildes bei erwachsenen Menschen; in diesem Fall das Erscheinungsbild des breitschultrigen und gutgewachsenen Typs.
audio-visuelle Aufzeichnung: Magnetband-Aufzeichnung von Ton und Bild-Spuren, die über Video-Rekorder aufgenommen und in Verbindung mit Monitoren wieder vorgeführt werden können.
aufbauendes Denken: Gegensatz von zerstörendem Denken
Auffassung: der seelische Akt, durch den ein Sachverhalt wahrgenommen und verstanden wird - Perzeption - Apperzeption
Augenkontakt: über Distanz aufgenommene »Fühlungnahme« über Blicksuche und Blickbegegnung
Ausgangsmilieu: jenes Milieu, in das der Mensch hineingeboren wird; mit dem Begriff »Kinderstube« in etwa gleichzusetzen
Auslöser: Reize, die bestimmte (auch instinktmäßige) Verhaltensweisen herbeiführen
Autodidakt: jemand, der sich durch Selbst- oder Fernunterricht bildet
autonom: selbständig
Autonomie: Selbständigkeit
autoritär: auf Ansehen und Macht beruhend
Autorität: Geltung, Ansehen, maßgebender Einfluß
Autosuggestion: Selbstbeeinflussung

B

bedenken: nachdenken über etwas; sich etwas überlegen; etwas erwägen; allerdings auch: im Testament berücksichtigen; sonst: sich besinnen
Bedenken: Einwendung; Zweifel; z. B. Bedenken anmelden
bedenklich: gefährlich; Zweifel erregend; Mißtrauen erregend; ungünstig
bedeuten: einen bestimmten Sinn haben
Bedeutung: Wortsinn, z. B. in: die Bedeutung eines Begriffes, eines Wortes benennen oder verstehen; aber auch: einer Sache Bedeutung (Wert) beimessen
Bedrängnis: Konflikt; Not; Angst
Begriff: Bedeutungsinhalt eines Wortes; dann aber auch Vorstellungsvermögen; Ahnung; vage Vorstellung; das Begreifenkönnen
behandeln: einwirken, handhaben, verfahren; verkehren, umgehen mit
Behaviorismus: Verhaltensforschung
beraten: jemandem ratend beistehen; aber auch: sich besprechen, gemeinsam überlegen
Beruf: gewerblich ausgeübte Tätigkeit; Erwerb des Lebensunterhaltes
bewerben: sich bewerben: seine Arbeitskraft anbieten
Bewußtsein: Unterschieden wird allgemein zwischen: 1) dem unreflektierten »Haben« von Inhalten; 2) dem Sichhinwenden zu den Inhalten, wobei Inhalt, Subjekt und Akt auseinandertreten; 3) der besonderen Reflexion und dem Sichrechenschaftgeben, z. B. über die Stellung von Subjekt und Objekt und daraus folgernd das Bewußtsein des Selbst (Ich-Bewußtsein). Bewußtsein ermöglicht das Innewerden des Selbst: Ich-Bewußtsein, Selbstbewußtsein, Selbstgefühl, Selbstwertgefühl, geistige Klarheit, Besinnung, das Wissen um etwas.
biozentrisch: auf die biologische Grundstellung des Lebens hingeordnet
bipolar: zweipolig
bipolare Psychologie: Es handelt sich hierbei um einen Ausdruck von Ludwig von Holzschuher in dessen Buch »Praktische Psychologie«: - Danach legt die bipolare Psychologie fest, daß in jedem Menschen zwei Wesen wirken, nämlich die Ich-Person und die Primitiv-Person.
Bisexualität: Zweigeschlechtlichkeit
Bonus: Sondervergütung

C

Charakter: Gepräge; Ausdruck; Art
charakteristisch: prägetreu; typisch; einzigartig
check (engl.): Kontrolle
checken (engl.-d.): kontrollieren
Checklist (engl.): Kontroll-Liste, mit der man Apparaturen auf ihre Funktionsfähigkeit hin überprüft
Code: Schlüssel für Informationen
Codex: (lat.) Handschrift; Buch; Bibel
codieren: in einen Informations-Schlüssel umsetzen; in Wahrheit verschlüsseln; obschon es für diesen Vorgang das spezifische Wort »encodieren« gibt
Codierung: Verschlüsselung
contra: gegen (siehe auch kontra)

D

Debatte: Wortgefecht (Parlament)
decodieren: entschlüsseln; aus einem Informationsschlüssel den Inhalt der Information herausholen
definieren: mit Begriffen und Formulierungen etwas genau beschreiben; begrifflich bestimmen; abgrenzen; bestimmen
Definition: die genaue Beschreibung eines Begriffes oder eines Sachverhaltes; Begriffsbestimmung
Defizit: Fehlbetrag; Mangel; Einbuße; Verlust
defizitär: mit Verlust abschließend; ein Defizit ergebend
degradieren: im Rang herabsetzen
Dekadenz: Verfall; Kraftlosigkeit; Entartung
Delcredere: Haftung für eine Forderung
Delirium: Zustand der Verwirrung
Demenz: Schwachsinn; Blödsinn; erworbene Geistesschwäche
Demonstration: (lat.) – demonstrare = zeigen; aufzeigen. – Unter Demonstration verstehen wir in der Verkaufslehre die Ansprache der fünf Sinne des Menschen (Sehen – Hören – Riechen – Schmecken – Tasten). Die Demonstration dient zur Stützung einer aufbauenden Argumentation (siehe dort).
demonstrieren: etwas herausstellen; etwas zeigen oder aufzeigen
Denken: Erkenntnisakte des Begreifens, Meinens, Schlußfolgerns, Urteilens (siehe hierzu auch formuliertes Denken). Das Denken baut auf anschaulichen Elementen (Wahrnehmung, Vorstellung) auf und bleibt weitgehend an Zeichen gebunden (Sprache, Schrift, Zeichen).
Denkstrategie: ein großer Plan, wie man denkerisch bei größeren Aufgaben vorgehen soll; Planen
Depersonalisation: Entpersönlichung
Depression: Bedrücktheit; Schwermut; melancholische Verstimmung
depressiv: bedrückt
Descartes, René: (latinisiert: Renatus Cartesius) geb. 31. 3. 1596, gest. 11. 2. 1650 – franz. Philosoph und Mathematiker; von nachhaltigem Einfluß auf die Entwicklung europäischen Denkens. Führte den allgemeinen Zweifel als methodisches Prinzip in die Philosophie ein.
Desintegration: Auseinanderfallen; Auflösung
Desorientierung: Verwirrtheitszustände; Halluzinationen
Diagnose: Unterscheidung; Entscheidung; Bestimmung
diagnostizieren: eine Krankheitsursache entscheiden, bestimmen
Dialog: Gespräch; Wechselrede
dialogisch: in Dialogform abgefaßt
Differentiation: Aussonderung
differenzieren: unterscheiden
Diskrepanz: Gegensatz; Unterschied
diskursiv: gedanklich fortschreitend; (Philos.) schlußfolgernd
Diskussion: Erörterung; Meinungsaustausch; Aussprache
diskutieren: erörtern; besprechen
disponieren: festlegen; bestimmen; ordnen; einteilen
Disposition: Einteilung
Disput: Streitgespräch
Disqualifikation: Untauglichkeitserklärung
Dissonanz: Mißklang
Dissoziation: Trennung; Zerteilung
Distanz: Abstand
distanzieren: sich zurückhalten; von jemandem abrücken
Distribution: Verteilung; Austeilung
Domestikation: ans Haus gewöhnen (bei Tieren)
Dozent: (lat.) Lehrer; eigentlich »Der Erklärer«

dozieren: lehren; erklären
Drama: Gestaltung einer Handlung; Schauspiel
dramatisch: spannend; mitreißend; bewegt; lebendig
dramatisieren: übertreiben; im Geschehensverlauf darstellen
dressieren: abrichten (bei Tieren)
Dressur: Abrichtung (bei Tieren)
dynamisches Sprechen: bewegtes Sprechen, das gleichzeitig auf die Zuhörer innerlich bewegend wirkt

E

Effekt: Wirkung
effektiv: wirksam
Effektivität: Wirksamkeit
Egoismus: Ich-Bezogenheit
eigenständiges Milieu: Darunter versteht man jenes Milieu, das der reife Mensch sich selber als Umwelt schafft; dazu gehören seine Berufsziele, seine Freundschaften, seine Partnerwahl.
Emballage: Verpackung
Embryo: Lebewesen vor der Geburt; Keimling
Emotion: Gemütsbewegung
emotional: gemütsmäßig
encodieren: in einen Informationsschlüssel (Code) umsetzen; hineinversetzen; verschlüsseln
endogen: von innen kommend
Energie: Kraft; Schwung; Nachdruck
Engramm: bleibende Spur eines geistigen Eindruckes in der Großhirnrinde; Erinnerungsbild
Enkulturation: Einpassung des einzelnen in die Kultur
Erotik: Liebeskunst; Liebeslehre
Erwartungsniveau: ein gerichtetes Gefühl, das in der unbestimmten Vorwegnahme eines Zukunftserlebnisses seinen Kern hat; es umfaßt: Geduld - Ungeduld - Hoffnung - Zuversicht - Zweifel - Sorge - Furcht
Etat: Voranschlag; Haushaltsplan
Etatposten: eine bestimmte Position eines Haushaltsplanes
Ethik: Lehre vom sittlichen Verhalten des Menschen
evident: einsichtig; einleuchtend
exakt: genau
Exaktheit: Genauigkeit
Exerzitien: Übungen; geistige Übungen (in der katholischen Kirche)
Existenz: Dasein als Wirklichkeit; Auskommen, Unterhalt
existieren: leben; sein; auskommen
Experiment: Versuch
Expedient: Angestellter im Versand
Exposé: Denkschrift; Bericht; ausgearbeiteter Plan
extravertiert: nach außen gewandt; nach außen gerichtet
extrem: maßlos; äußerst; übertrieben

F

Fachkompetenz: die Zuständigkeit, die sich auf ein Fachgebiet bezieht und die sich aus fachlichem Fundus nährt (siehe auch Sachkompetenz)
Fachsprache: eine mit den Fachausdrücken eines Berufszweiges durchsetzte Sprache
Fähigkeiten: anlagemäßig begründete und lernmäßig auszubauende Leistungsbereitschaften; durch Übung (learning by doing) und in der Praxis (training on the job) stark auszubauen
Faktor: maßgebender Umstand; bestimmendes Element
Faktorenanalyse (engl. factorial analysis oder factor theory): Es ist ein Verfahren, mit statistischen Methoden zu bestimmen, ob verschiedene (Test-)Leistungen auf einen oder mehrere gemeinsame Faktoren zurückgeführt werden können. - Es wird angenommen, daß an der Testleistung mehrere Faktoren beteiligt sind. - Die inhaltliche Bestimmung der Faktoren ist mit statistischen Verfahren nicht möglich.
Fakturierung: Rechnung für eine Ware ausstellen
Faszination: Bezauberung
Fiktion: Erdichtung; Vorstellung; Wahn (in Ausnahmefällen)
Finalität: Zweckgerichtetheit; Zielgerichtetheit
Finanzen: Geldmittel; Vermögenslage
finanziell: die Geldmittel betreffend
Fixierung: Härtung; Festigung; schriftliches Festhalten
flächen-optimiert: eine auf empirisch ermittelten Zahlen beruhende, wis-

senschaftlich begründete Bemessung, geographische, bewohnte Flächen ihrer Marktbedeutung nach zu bewerten (zu wichten)

formal: an eine Form gebunden; die Form betreffend

formell: förmlich; die äußeren Formen, die Umgangsformen beachtend

formulieren: sich ausdrücken; sprechen; Gedanken aussprechen; in eine endgültige sprachliche Form bringen

formuliertes Denken: Darunter versteht man das eigentliche Denken, das sich der Sprache (Lautsprache und Schriftsprache) bedient.

Frigidität: geschlechtliche Empfindungslosigkeit; geschlechtliche Kälte

Fundament: die Grundmauern; Grundmauern eines Hauses; der Unterbau eines theoretischen oder wissenschaftlichen Gedankengebildes oder einer Theorie

fundamental: vom Grunde ausgehend; auf einem Grund aufbauend

fundieren: gründen; die Voraussetzung für ein Fundament schaffen; unten im Grunde anfangen

Funktion: Tätigkeit; Wirksamkeit; Amt; Aufgabe

funktionell: eine Funktion betreffend

funktionieren: ordnungsgemäß oder richtig arbeiten

G

Gebiets-Optimierung: siehe flächenoptimiert

Gedächtnis: Fähigkeit, Bewußtseinsinhalte über lange Zeiträume zu behalten und wieder zu vergegenwärtigen

Gedanken: Unanschauliche Gegebenheiten des Denkens, die nicht auf andere Erlebnisse zurückgeführt werden können. Sie sind letzte Erlebniseinheiten. Ihre Beziehungen zueinander werden durch den Sinn des Gedachten hergestellt.

Geist: im volkstümlichen und im philosophischen Sinne zunächst Verstand, Denken, Intelligenz, Bewußtsein; im erweiterten Sinne die in allen schöpferischen Leistungen wirksame psychische Dynamik

Geltungsbedürfnis: Streben nach Anerkennung, Achtung, Lob, Beifall, Verehrung, Ruhm (Lersch); im allgemeinen Sprachgebrauch das Streben, mehr scheinen zu wollen als man ist; der normale Geltungstrieb entspricht primär dem aus gesundem Selbstwertgefühl erwachsenden Selbstdurchsetzungswillen (sehr wichtig!); viele Äußerungen von Geltungsbedürfnis sind jedoch als Überkompensation von Mangelerlebnissen zu betrachten.

Gene: Erbfaktor, Erbanlage, der eigentliche Träger der Vererbung

Generalisierung: Verallgemeinerung

Genie: höchste Begabung; Mensch von höchster schöpferischer Begabung

genital: zur Zeugung gehörend

Genotypus: Gesamtheit der Erbfaktoren

Gestik: Handbewegung; das Spiel der Hände, mit denen artikulierte Gedanken unterstrichen oder Worte herausgestellt werden

gestisch: mit den Händen unterstreichend

Gewerbedichte: Darunter verstehe ich die Zahl von Gewerbebetrieben auf einem Quadratkilometer.

Graphologie: die Lehre, aus der Handschrift den Charakter zu deuten

H

Habitus: äußere Erscheinungsform eines Menschen

Handelsdichte: Darunter verstehe ich die Zahl der Handelsunternehmen (Einzelhandel und Großhandel zusammen) je Quadratkilometer.

Handlungsintelligenz: Darunter verstehe ich jene Form der Intelligenz, die sich vor allem in der Anwendung von Kenntnissen beweist und die primär aber auf diese Anwendung von Kenntnissen ausgerichtet ist.

haptisch: den Tastsinn betreffend

Hegel, Georg, Fr. W.: von 1770 bis 1831; größter philos. Systematiker des 19. Jahrhunderts; »Schule« Hegels spaltete sich: eine theolog. konservative Rechte und eine diesseitsgläubige Linke (hier: Feuerbach, Marx u. a.)

Hobby: Liebhaberei; Steckenpferd; Lieblingsbeschäftigung

Horizont: Gesichtskreis; Umfang der geistigen Interessen
horizontal: waagerecht
horizontaler Wettbewerb: jener Wettbewerb unter Herstellern oder Anbietern, die die gleichen Produkte mit den gleichen Eigenschaften herstellen und im Markt anbieten
Hormone: Antriebsstoffe; Inkrete
Horoskop: Schicksalsdeutung
Hospitalismus: Ansammlung von Krankheitserregern
Human Relations: Pflege zwischenmenschlicher Beziehungen
Husserl: vom 8. 4. 1859 bis 27. 4. 1948; Philosoph; begründete die phänomenologische Forschungsrichtung.
Hypothese: Annahme
Hypotenuse: Darunter verstehen wir in einem rechtwinkligen Dreieck die dem rechten Winkel gegenüberliegende längste Seite.
Hysterie: abnorme seelische Verhaltensweise

I

Ich-Person: ein Begriff der bipolaren Psychologie (s. dort). Die Ich-Person benennt den Verstand bzw. die Ratio eines Menschen.
Ideal: Wunschbild
Idealzustand: ein Zustand, der der Wunschvorstellung entspricht
identifizieren: ermitteln; erkennen; vergleichen; prüfen; feststellen
Identifikation: Darunter verstehen wir die innere Gleichsetzung mit einem Menschen oder mit einer Idee oder mit einer Sache; Wiedererkennen; seelische Bindung an einen anderen Menschen.
identisch: gleich
Illustration: Bebilderung; Ergänzung durch Skizzen oder Bilder
illustrieren: bebildern
imperativ: befehlend; zwingend
Imponderabilien: Unwägbarkeiten
Impression: Sinneseindruck
Indikativ: Wirklichkeitsform des Zeitwortes
Individuum: Einzelwesen
individuell: auf den einzelnen bezogen
Industriedichte: Darunter verstehe ich die Zahl der Industriebetriebe je Quadratkilometer.
Infantilismus: körperliches und geistiges Stehenbleiben auf kindlicher Entwicklungsstufe
Infektion: Ansteckung
Information: Aufklärung; Erklärung; Nachricht
informative Distanz: Ein Begriff aus der Gesellschafts-Wissenschaft: Er benennt den Zustand, daß sich untere Sozialschichten der Bevölkerung nur geringe Informationen über Kenntnisse des Weltgeschehens und der menschlichen Entwicklung beschaffen oder aneignen.
informieren: erklären; aufklären; benachrichtigen
Infra-Struktur: Gesamtheit der staatlichen Investitionen, die der Schaffung und Verbesserung der allgemeinen Produktionsbedingungen dienen; insbesondere Grundlagen-Investitionen in Verkehrswesen, Energieversorgung, Bildungswesen
Inhalation: Einatmen von Heilmitteln
initiativ: unternehmerisch; unternehmend; anpackend
Initiative: Unternehmensgeist; erster Anstoß in einer Handlung; Beginn einer Handlung
Initiativwille: Selbstbeauftragung; Anstoßwille
Inkasso: Betreibung; Einziehung von Geldbeträgen
Instinkt: Naturtrieb; sicheres Gefühl für etwas
instinktiv: triebmäßig; gefühlsmäßig
Institut: Einrichtung
Institution: Einrichtung
institutionalisieren: wörtlich: zu einer Einrichtung machen; sich als Einrichtung innerhalb der Gesellschaft verstehen; in eine gesellschaftlich anerkannte Form bringen
Instrument: Werkzeug; Gerät
Insulin: Hormon der Bauchspeicheldrüse
Integral: Rechensymbol der Integralrechnung (höhere Mathematik)
Integration: Wiederherstellung eines Ganzen
integrieren: wiederherstellen; zusammenschließen; einbeziehen
Intellekt: Geist; Erkenntnisvermögen
Intellektualität: Geistigkeit; Verstandesmäßigkeit
intellektuell: geistig
Intellektueller: Verstandesmensch

intelligent: Begriff ist heute nicht mehr ganz festlegbar und bestimmbar; man legt ihn heute so aus: Ein intelligenter Mensch ist ein einsichtiger Mensch.

Intelligenz: Wir verstehen darunter die Fähigkeit des einzelnen, Kenntnisse und Informations-Gehalte in der Praxis des Lebens oder des Berufes zu verwerten oder anzuwenden. Zur Intelligenzbestimmung gehören eine ganze Reihe von Faktoren (Faktoren-Analyse).

Intension: erhöhte innere Wirksamkeit

Intensität: Heftigkeit; Stärke; Kraft; Wirksamkeit

intensiv: eindringlich; gründlich; kräftig

intensivieren: verstärken; steigern

Intention: Absicht; Bestreben; Vorhaben; Richtung des denkenden und erkennenden Bewußtseins auf einen Gegenstand hin

intentional: absichtlich; zielgerichtet; zweckbestimmt

Interaktion: Wechselbeziehung zwischen aufeinander ansprechenden Parteien

Interesse: Neigung; Anteilnahme; Beachtung

interessieren: mit Neigung etwas verfolgen; sich etwas ansehen; sich auf etwas richten

interjektiv: ausrufend

interrogativ: fragend

Interpretation: Deutung; Erklärung; Auslegung

interpretieren: erläutern; erklären; deuten

Interview: Befragung

introvertiert: nach innen gekehrt

Isolation: Es handelt sich hierbei um einen gesellschaftswissenschaftlichen Begriff (technisch ist hier nicht gemeint): Er benennt den Zustand völligen Geschiedenseins von anderen Menschen auf Grund eigenen Wollens oder auf Grund fremder Einwirkung.

isolieren: von anderen Menschen trennen; von anderen Menschen getrennt leben

Isolierung: siehe Isolation

Isolierung (sprachl.): Sie besagt, daß Menschen, die in einem defizitären Sprachhaushalt leben, die sich nicht exakt in der Muttersprache ausdrükken können, sich dadurch von anderen Menschen zurückhalten können, um nicht immer wieder zu anderen Menschen sprechen zu müssen und dadurch mit dem eigenen Konflikt konfrontiert zu werden. Die Menschen leben dann in einer selbst gewählten (weil sprachlichen) Isolation.

J

Jubilar: jemand, zu dessen Ehren ein Fest (ein Jubiläum) gefeiert wird

Jubiläum: Gedenkfeier; Jahrestag, besonders nach einer runden Zahl von Jahren: 10, 25, 50 usw.

K

Kalkulation: Berechnung; Ausrechnung; Zusammenstellung der Kosten und des Gewinnes zur Preisbestimmung

Kanalisation: Begriff der Informations-Theorie. Er besagt, daß bestimmte Bündel von (verschlüsselten) Informationen in eine bestimmte Richtung - über Kanal - geleitet werden können - auch hier ist nicht die technische »Kanalisation« gemeint.

Kant, Immanuel: von 22. 4. 1724 bis 12. 2. 1804 in Königsberg lebend - deutscher Philosoph. Besonders westlichem Geist zugetan (Rousseau, D. Hume). Seit 1755 in Königsberg Dozent. Durch die 3 »Kritiken« begründete Kant eine neue Epoche der Philosophie. Als kritische Philosophie richtet sie sich gegen Dogmatismus und Skeptizismus, besonders gegen die Voraussetzungen der Aufklärung. - »Die reine Vernunft ist Form, die zu Erkenntnissen nur kommt, wenn sinnliche Inhalte gegeben sind.«

Kapazität: Fassungskraft

Kapital: Vermögen

Kapitel: Abschnitt

Kastration: Entmannung

Katalog: Verzeichnis

Kategorie: Grundbegriff

Katheten: Es sind im rechtwinkligen Dreieck die beiden Schenkel des rechten Winkels. Die Katheten bilden mit der Hypotenuse zusammen das rechtwinklige Dreieck.

Kausalität: Ursächlichkeit

Kleptomanie: krankhafter Trieb zum Stehlen

Klima: Ablauf der Witterung

Klimakterium: Wechseljahre

Kodex: Gesetzbuch

Kombination: Verknüpfung; Zusammenfügung

kommandieren: befehlen

Kommanditist: Teilhaber einer Kommanditgesellschaft (KG), der nur mit seiner Vermögenseinlage haftet

Kommission: Auftrag zur Besorgung eines Geschäftes; eine Ware in Auftrag (in Kommission) nehmen

Kommissionslager: Warenlager, das im Vertrauen auf Verkauf übergeben bzw. eingerichtet wird

Kommunikation: Vereinigung; Verbindung

kommunikativ: vereinigend; verbindend

kommunikative Kompetenz: Zuständigkeit für motivierende Einwirkungen auf Menschen

Kompensation: Ausgleich von Schwächen durch Stärken

kompensieren: angleichen

kompetent: zuständig

Kompetenz: Zuständigkeit

Komplementär: Teilhaber einer Kommanditgesellschaft, der unbeschränkt haftet

Komplex: Gesamtheit; Gesamtumfang

Komplexität: Zusammenfassung

kompliziert: schwierig

Komponente: Teilkraft

Konditions-Training: Jedes Training ist ein Konditions-Training - wenn es das nicht wäre, wäre es kein Training; dann wäre es keine geregelte Übung.

Konfiguration: Gestaltung; Bildung; Zusammenfügung

Konflikt: inneres Problem; Zwiespalt; Widerstreit

Konfliktsituation: Mit diesem Begriff bezeichnet man eine Situation, die Menschen in Schwierigkeiten versetzen kann, z. B. wenn ein Nichtredner vor einem Publikum eine Rede halten soll, so kann für diesen Mann eine Konfliktsituation eintreten.

Konfliktverhalten: Hierunter versteht man die Art und Weise oder die innere Einstellung und Haltung, wie ein Mensch seine Konflikte löst oder deren Lösung angeht.

konform: übereinstimmend

Konjunktur: Wirtschaftslage

Konjunkturaufschwung: Aufschwung der Wirtschaft ; Florieren der Wirtschaft

konkret: wirklich; gegenständlich

konkretisieren: konkret machen, vergegenständlichen, verwirklichen

Konkretum: Substantiv, das etwas sinnlich Wahrnehmbares bezeichnet ; Gegensatz Abstraktum

Konkurrenz: Wettbewerb

Konsenz: Einwilligung; Genehmigung; Vereinbarung; Übereinstimmung

konsequent: eindeutig

Konsonanz: Zusammenklang

konstant: gleichbleibend

Konstanz: das Gleichbleibende

Konstellation: Zusammentreffen bestimmter Umstände

konstituierend: grundlegend

Konstitution: Verfassung; Grundlegung

Konsument: Verbraucher

Kontakt: Berührung; Fühlungnahme; Verbindung

Kontex: Zusammenhang

kontexabhängiges Lernen: ein Lernen von neuen Wörtern (siehe passiver Wortschatz), deren Bedeutungen sich im einzelnen oder in der Mehrzahl auch aus dem Zusammenhang des Satzganzen und dessen Bedeutung erfassen läßt

kontra: (s. contra) gegen

Kontraktion: Zusammenziehung

Kontraselektion: Gegenauslese

Kontrast: Gegensatz

Kontrolle: Prüfung

Konzentration: Zusammenfassung; geistige Sammlung; geistige Anspannung; höchste Aufmerksamkeit

Koordination: Zuordnung; Beiordnung

Korrelation: wechselseitige Beziehung

korrespondieren: mit jemandem oder mit einer Sache übereinstimmen

Korruption: Bestechung; Bestechlichkeit

Kosmos: Weltall; Weltordnung

kreativ: schöpferisch

Kreativität: Schöpferkraft

Krise: Schwierigkeit; schwierige Zeit; Zuspitzung

Kriterium: Kennzeichen; unterscheidendes Merkmal

Kritik: wertende Besprechung; Urteilsfähigkeit

kritisch: gewissenhaft prüfend; streng urteilend

Kurier: Bote; Informationsträger

Kybernetik: Steuerungstechnik

L

Labilität: schwankendes, leicht störbares Wesen

Langzeit-Training: Hierunter verstehen wir ein Training, das in jedem Fall ein Konditions-Training ist, d. h.: Bedingungen müssen nach und nach erfüllt werden. Ein Langzeit-Training ist also immer ein Konditions-Training. Ein Langzeit-Training umfaßt immer eine größere Zeitspanne; meist von einigen Jahren.

Leistungsmotivation: Darunter verstehen wir die Summe der Beweggründe, die den einzelnen bewegen können, besondere Leistungen zu erbringen bzw. aus sich herauszuholen.

leptosom-schizothym: ein Begriff von E. Kretschmer. Bei dem leptosomschizothymen Typ haben wir es mit dem schlankwüchsigen und verstandesbetonten Typ zu tun.

Lernen: Kenntnisse, Fertigkeiten, Fähigkeiten erwerben; sich geistig oder körperlich etwas aneignen (geistig-körperlicher oder rein geistiger Entfaltungsvorgang); Lernen ist nicht auf das menschliche Geistesleben beschränkt; auch Tiere, bis hinab zu den Regenwürmern, lernen.

Lernprozeß: geistiger und geistig-körperlicher Entfaltungsvorgang

Lethargie: Schlafsucht; Teilnahmslosigkeit; Abgestumpftheit

Libido: Begierde; Geschlechtstrieb

Logik: Lehre von den Formen und Gesetzen richtigen Denkens, Folgerichtigkeit (zu griech. logos »Wort«, Rede, »Vernunft«)

logisch: die Logik betreffend; zur Logik gehörend; auf der Logik beruhend; der Logik entsprechend; den Denkgesetzen gemäß; denkrichtig; folgerichtig

logisch evident: den Denkgesetzen gemäß einleuchtend; der Folgerichtigkeit nach einsichtig oder einleuchtend

Logistik: 1) mathematische oder philosophische Logik
2) beim Militär Bereitstellung und Einsatz von Hilfskräften, die für militärische Zwecke zur Verfügung gestellt wurden

Luxus: Prunk, hoher Aufwand

M

Majorität: Mehrheit

Makrokosmos: Weltall

Mandat: Auftrag zur Ausführung einer Angelegenheit

Manie: krankhafte Veränderung des Gemüts

Manipulation: Handhabung; geschickter Gebrauch

manipulieren: handhaben

Marihuana: Rauschgift

Marketing: Verbesserung der Absatzmöglichkeiten

Masochismus: geschlechtliche Erregung durch Erleiden von Mißhandlungen

Masturbation: geschlechtliche Selbstbefriedigung

Maximum: größter Wert; Höchstwert

Mediation: Vermittlung

Meditation: tiefes Nachdenken

meditieren: geistig versenkt denken

Melancholie: Schwermut

mental: geistig; gedanklich

Metasprache: Darunter versteht man in der Philosophie jene Sprache (meist die natürliche Hochsprache), in der eine Objektsprache erklärt werden kann (siehe auch Objektsprache).

metasprachlich: die Metasprache betreffend

Mikrokosmos: Die Welt der Kleinlebewesen

Mikrophon: Gerät zur Umwandlung von Schallschwingungen in elektrische Schwingungen

Milieu: Umwelt

Mimik: Mienen- und Gebärdenspiel; Wechsel des Gesichtsausdruckes

mimisch: ein Gefühl ausdrückend; schauspielerisch

Minorität: Minderheit

Misanthropie: Menschenfeindlichkeit

Mneme: Erinnerung; Gedächtnis

mobil: beweglich

mobilisieren: bewegen; in Bewegung versetzen
Mobilität: Bewegtheit
modern: neuzeitlich
Modifikation: Abwandlung
Monitor: Lehrer; Prüfeinrichtung bei Fernsehsendungen
Monotonie: Eintönigkeit
Montage: Zusammenbau
Motivation: Hierunter verstehen wir in der Verkaufs-Psychologie die Bemühung des Verkäufers, den Kunden auf den Abschluß, auf das Bereitsein zum Kauf hinzuführen.
motivieren: begründen; bewegen
Mutation: plötzliche erbliche Veränderung

N

nachdenken: über etwas denken; ein Urteil oder einen Entschluß überdenken; über ein Vorhaben, einen Plan vor Beginn der Ausführung kritisch denken
Narziß: eitler Selbstbewunderer
Narzißmus: krankhafte Verliebtheit in sich selbst
narzistisch: selbstverliebt
Negation: Verneinung
negativ: verneinend
nicht-verbale Kommunikation: Darunter versteht man alle Bemühungen um Verbindung, Mitteilung oder Vereinigung, die nicht durch Worte oder Formulierungen bewirkt werden, sondern durch andere Mittel wie Lächeln, Gestik, Distanzhaltung usw.
Neuralgie: anfallweise auftretender Nervenschmerz
Neurose: anlagebedingte und umweltbedingte Neigung, seelische Erlebnisse abnorm und krankhaft zu verarbeiten

O

Objekt: Sache; Gegenstand; Verhandlungsgegenstand
objektiv: tatsächlich; gegenständlich; sachlich; vorurteilsfrei; unparteiisch
objektivieren: vergegenständlichen; objektiv darstellen, sehen, werten
Objektivität: Allgemeingültigkeit; Sachlichkeit; Vorurteilslosigkeit
Objektsprache: Darunter versteht man in der Philosophie jene Sprache, die sich auf einen bestimmten Fachinhalt bezieht und sich bestimmter Zeichen und Symbole bedient, die von der Allgemeinheit, die die (Metasprache als) natürliche Sprache beherrscht, nicht verstanden wird. Meist auch Fachsprache.
objektsprachlich: die Objektsprache betreffend
Ödipuskomplex: übersteigerte Bindung an den andersgeschlechtlichen Elternteil
Operation: Arbeitsvorgang; Werkvorgang; Eingriff
operativ: weitschauend und planvoll tätig; strategisch
operative Konditionierung: Hierunter versteht man das allgemeine Vorankommen in der geistigen oder körperlichen Entwicklung durch schrittweises Vorgehen und Einhalten bestimmter, sich steigernder Bedingungen.
operieren: eingreifen; handeln; wirken; verfahren
optimal: bestens
optimale Lösung: beste Lösung
optimieren: verbessern
Optimierung: Einen Sachverhalt so untersuchen und behandeln, daß die günstigste Lösung erreicht wird.
Optimum: das Beste; das günstigste Verhältnis
Organ: Glied eines Ganzen; funktionelle Einheit von bestimmter Gestalt
Organisation: planmäßiger Aufbau
organisch: gegliedert; gesetzmäßig; geordnet; planmäßig; gewachsen
organisieren: einrichten; aufbauen; gestalten; planen; beschaffen
Organisationsvermögen: Fähigkeit, planmäßigen Aufbau zu betreiben
Orgasmus: Höhepunkt des Wollustgefühls beim Geschlechtsakt
Ovation: Huldigung, Beifall, Zustimmung

P

parallel: gleichlaufend; mathematischer Begriff für zwei Linien, die überall den gleichen Abstand voneinander haben

Parallelprojektion: Abbildung räumlicher Gebilde auf einer oder auf verschiedenen Ebenen, wobei weder eine über Optik zu bewirkende Verkleinerung noch Vergrößerung gestattet ist

Paralyse: Gliederlähmung

Parameter: Vergleichsmaß

Partner: jemand, der mit an etwas teilnimmt, der an derselben Sache beteiligt ist

passiv: duldsam, duldend

pastorales Sprechen: Hierunter versteht man eine Sprechweise, die in immer gleichen zeitlichen Abständen die gleichen Höhen und Tiefen der Betonung aufweist. Diese Sprechweise wird vornehmlich in der Liturgie benutzt. Sie ist in ihrer Wirkung mit der monotonen Sprechweise zu vergleichen.

Pathos: erhabene Leidenschaft

Pedanterie: übertriebene Genauigkeit

Penetranz: durchdringende Beschaffenheit

permanent: dauerhaft

Person: der Mensch als lebendes Wesen, im Unterschied zur Sache; Person stellt eine geschlossene leiblich-seelisch-geistige Einheit dar

Personalisation: die Entfaltung des menschlichen Wesens zur Person

Perzeption: das Wahrnehmen als Akt; Auffassungsvorgang; im Anschluß auf engl. Sprachgebrauch häufig »Wahrnehmung« überhaupt

Phänomen: Erscheinung

Phase: Abschnitt; Stufe einer Entwicklung

Platon: von 426 bis 346 v. Chr. – Lebte in Athen. Schüler des Sokrates; Gründer der Akademie. Lehrer von Aristoteles. Entwickelte im Zusammenhang mit seiner Ideenlehre eine charakteristische Auffassung von der Seele: Das seelische (psychische) Leben vollziehe sich in drei Bereichen, die den drei Hauptregionen des Leibes zugeordnet seien: der begehrende Seelenteil dem Unterleib, der mutartige Teil der Brust und der vernünftige Teil dem Kopf.

Plus-Äußerung: Äußerung in der Verhandlungs-Lehre oder Verkaufsgesprächs-Führung, die die Argumentation für die Ware bzw. für das Angebot stützt und ergänzt

Podiumsgespräch: Gespräch auf trittartiger Erhöhung

Pornographie: unzüchtige, die geschlechtlichen Begierden anreizende Schriftwerke, Bilder und Filme

Portion: Anteil; Teil; abgemessene Menge

Position: Haltung; Stellung; berufliche Stellung

potent: zeugungsfähig; fähig zum Geschlechtsverkehr

Potential: Leistungsfähigkeit; Vermögen; Fähigkeit allgemein

potentiell: möglich; denkbar

potentieller Kunde: möglicher Kunde; denkbarer Kunde

Potenz: Zeugungsfähigkeit

Prädikatoren: in der Logik der Teil des Prädikats, der einem Gegenstand zu- oder abgesprochen wird

prähistorische Phase: vorgeschichtlicher Zeitabschnitt

Prämie: Preis; Belohnung;

Prämiierung: Auszeichnung; Belohnung

Praxis: Ausübung; praktische Anwendung

präzis: genau; bestimmt

Präzisierung: genaue Formulierung; genaue sprachliche oder bedingungsmäßige Festlegung und Fixierung

primär: erstrangig; erstmals

primäre Dissonanz: erstrangiger Abstand zu einem Kaufwunsch; Widerstreit der Gefühle des Kunden oder potentiellen Kunden, Empfindungen und Einsichten für und gegen Kaufabsicht, nämlich: ob überhaupt gekauft werden soll

Primäres: Erstrangiges

primitiv: ursprünglich

Primitiv-Person: Ursprungs-Person: Es handelt sich hierbei um einen Begriff der bipolaren Psychologie (siehe auch Ich-Person). Die Primitiv-Person umfaßt den Bereich der Sinne und den Bereich des Gemütes. – Bei Kaufabsichten wird die Primitiv-Person die primäre Dissonanz überwinden und zuerst die Entscheidung für das »Ja« finden, während die Ich-Person »gut aussehende« rationale Gründe für die Vorentscheidung der Primitiv-Person sucht.

Primitivreaktion: nach E. Kretschmer eine Verhaltensform, in der die Primitiv-Person zum Ausdruck kommt

Prinzip: Grundsatz
prinzipiell: grundsätzlich
Pro-Argumentation: Argumentation, die dem vertretenen oder dargestellten Angebot zugute kommen soll – Begriff der Verkaufspsychologie (siehe auch Plus-Äußerung und allgemein Argumentation)
Problem: Aufgabe; meist schwierige Aufgabe; ungelöste Aufgabe oder ungelöste, schwierige Frage
problematisch: schwierig; schwer zu lösen
Problemkinder: Kinder, die beim normalen Sozialisierungsprozeß Schwierigkeiten bereiten
Produkt: Erzeugnis
produktives Denken: »erzeugendes« Denken. – Es bringt völlig neue Ergebnisse hervor. – Dieses Denken kann sowohl diskursiv (Erfahrungen, Zusammenhänge erspürend) planmäßig vorgehen als auch intuitiv entstehen: aus Einfällen, Eingebungen, Ideen. – Es ist ein zielgerichtetes Denken. – Es ist teleologisch.
produzieren: erzeugen; herstellen
Prognose: Voraussage; Vorhersage
Progression: Steigerung
Projektion: Abbildung räumlicher Gebilde auf einer oder auf verschiedenen Ebenen, wobei immer nur Ansichten von räumlichen oder körperlichen Gebilden entstehen
Prophylaxe: Vorbeugung
Prosatexte: nicht durch Verse gebundene Sprachform
Protokoll: Niederschrift einer Verhandlung, die zur gleichen Zeit wie eine Verhandlung erfolgt
Provision: anteilmäßige Vergütung; prozentuale Vergütung
Provokation: Herausforderung; Aufreizung
Prozeß: Vorgang; Verlauf; Gerichtsverfahren; Rechtsstreit
Pseudolösung: vorgetäuschte Lösung; unechte Lösung
Psyche: seelisch-geistiges Leben; Seele
Psychodrama: ein Hilfsmittel der Psychiatrie, besonders der heute dort geübten Gruppentherapie, die Patienten ihre Konflikte schauspielerisch darstellen zu lassen, um sie dadurch die Konflikte neu zu bewerten, anders zu bewerten oder gar sich von ihnen zu lösen
Psychologie: Wissenschaft vom Seelenleben
psychologisch: auf die Seelenkunde bezogen
Psychose: Geisteskrankheit
Pubertät: Reifezeit
Publikum: Allgemeinheit; Zuhörerschaft in einem Raum
pyknisch-zyklothym: ein Begriff nach E. Kretschmer; bezeichnet das Erscheinungsbild eines rundwüchsigen und gemütsbetonten Menschen
Pyramide: geometrischer Körper mit einem Vieleck als Grundfläche und einem Punkt als Spitze

Q

qualifizieren: befähigen; bewerten
qualifiziert: befähigt; bewertet
qualitativ: wertvoll
Qualität: Wert
quasi: gewissermaßen; gleichsam

R

Rabatt: Nachlaß
radikal: bis zum Äußersten gehend; gründlich; rücksichtslos; scharf
Ratio: Vernunft
rational: vernünftig
rationaler Überbau: in der bipolaren Psychologie die Ich-Person, die die Primitiv-Person steuernde Vernunft; unter anderer Sicht das Gewissen
Rationalisierung: Arbeitsverbesserung im Sinne von Arbeitsvereinfachung
Rationierung: Einteilen von Mengen in gleichen kleineren Mengen
reagieren: rückwirken; Gegenwirkung zeigen; auf etwas ansprechen
Reaktion: Gegenwirkung; Rückwirkung
recodieren: wieder in einen Schlüssel zurückversetzen
Reflex: Ansprechen auf einen Reiz; zwangsläufig auf einen bestimmten äußeren Reiz für diesen typisches Ansprechen (Kniescheibenschlag)
Registratur: geordnete, systematisierte Aufbewahrung von Akten, die immer wieder gebraucht werden
Regreß: Entschädigung; Ersatzanspruch

Rehabilitation: Wiedereinsetzung in frühere Rechte; Wiederherstellung der Leistungsfähigkeit oder Gesundheit; Wiederherstellung des Rufes (Leumundes)

Reklamation: Beschwerde; Beanstandung von Mängeln; das »Nein rufen«

reklamieren: beschweren, beanstanden; ablehnen

relevant: wichtig; bedeutsam

Reminiszenz: Erinnerung (allgemein)

reparieren: wieder instand setzen

Reproduktion: Wiederherstellung; Wiedervergegenwärtigung; wieder herbeirufbare Erinnerung

reproduktives Denken: ein Denken, das auf einem Schatz von bewährten Erkenntnissen zurückgreifen kann. Reproduktives Denken setzt ein gutes Gedächtnis voraus.

Reserve: für den Notfall zurückgehaltener Vorrat; Rücklage

Reservehaltung: eine Haltung, die sich bei Verhandlungen oder Verkaufsgesprächen darin äußert, mit seinen Pro-Argumenten nicht zu früh herauszukommen, sie in »Reserve« zu halten, bis der geeignete Zeitpunkt gekommen ist

Reservierung: Vorbestellung; Vormerkung

Resignation: Verzicht; Entsagung

Resonanz: Mitschwingen; Widerhall

Resultat: Ergebnis

resultieren: es ergibt sich; sich ergeben

Retardierung: Verzögerung

Rezeption: Aufnahme; Übernahme

Rezeptivität: Aufnahmebereitschaft; Empfindungsfähigkeit

Rezitation: gekonnter, eingeübter, guter Vortrag

rezitieren: vortragen; gekonnt vortragen

Ritualisierung: Bezeichnung für Handlungen, z. B. Verlegenheitsgesten, die sich verselbständigt haben und quasi rituell geworden sind

Ritus: Brauch; religiöser Brauch; Kulthandlung; Vorgehen nach festgelegter Ordnung; Zeremoniell

Routine: handwerksmäßige Gewandtheit; Fertigkeit; Ergebnis von Fertigkeitsübungen ohne geistige Durchdringung und Erhöhung

S

Sach-Kompetenz: Zuständigkeit für einen Sach-Vorgang. Der Verkäufer ist sachkompetent vornehmlich für die Führung von Verhandlungen und Verkaufsgesprächen.

Sach-Struktur: Sachgefüge; innere Gliederung der Sache

saturiert: gesättigt; neutralisiert; befriedigt

Schreibdenken: Es ist ein Denken im Zusammenhang mit schriftlichen Formulierungsbemühungen - ein Denken mit sprachlichen Mitteln, mit schriftsprachlichen Mitteln

Sekretion: Absonderung

sekundär: zweitrangig

Selektion: Auslese; Auswahl

selektive Dissonanz: auswählender Abstand bei einer Kaufhandlung. Hier bestimmt der Widerstreit der Gefühle, Empfindungen und Einsichten beim Kunden die Unsicherheit, was er vom Angebotenen kaufen soll; es ist die Auswahl-Unsicherheit.

Sektor: Sachgebiet; Abschnitt; Gebietsteil; Bezirk

Sentenz: Ausspruch; allgemeingültiger Sinngehalt; Denkspruch

Service: Dienst; Dienstleistung

Signal: Zeichen mit festgelegter Bedeutung

simulieren: vortäuschen; sich verstellen; so tun, als ob ...

Situation: augenblickliche Lage; augenblicklicher Zustand

Skala: Maßeinteilung bei Meßinstrumenten; Reihe, Folge zusammengehörender Dinge

Skonto: Abzug vom Rechnungsbetrag bei sofortiger Zahlung

Sokrates: von 470 bis 399 v. Chr. Athen – griechischer Philosoph. War eine der größten Persönlichkeiten der Antike. Lebte zur Zeit der Sophisten, durchschaute ihren moralisch verderblichen Einfluß und suchte seine athenischen Mitbürger durch Selbstprüfung zur ethischen Selbstbesinnung und damit zum richtigen Handeln zu bewegen. Er glaubte, daß keiner gegen seine bessere Einsicht leben könne. Seine induktive Prüfungsmethode (durch Fragen) wurde von Platon als »geistige Hebammenkunst« bezeichnet. Platon war der bedeutsamste Schüler Sokrates'.

Sortiment: Gesamtheit des vorhandenen Warenangebotes

souverän: unumschränkt herrschend; überlegen

Sozialisation: die Summe der Angebote, die die Gesellschaft dem Individuum vorstellt und im Rahmen derer das Individuum sich innerhalb der Gesellschaft entwickeln kann

Soziologie: Gesellschaftswissenschaft

spezifisch: eigentümlich; eigen

sprachliche Aktivität: Hierunter versteht man nicht ein »Vielsprechen«, sondern die bewußte und gezielte Anstrengung, sich sprachlich immer besser und immer genauer auszudrücken.

Sprech-Denken: Das ist ein Denken im Zusammenhang mit gesprochenen Formulierungsbemühungen - ein Denken mit sprachlichen Mitteln, mit lautsprachlichen Mitteln.

Standardartikel: Normalartikel

stereotype Bilder: unveränderliche Bilder

Stimulation: Anregung; Anreizung

Stimulus: Reiz; Stachel; Sporn; Unruhe

Strategie: Kunst, planmäßig einen großen Kampf zu führen; Plan für den großen Kampf aufstellen oder haben

Struktur: Bau; Aufbau; Gliederung

strukturell: die Gliederung betreffend

Subtilität: Feinheit; Zartheit; Schwierigkeit; Spitzfindigkeit

Suggestion: Beeinflussung über das Gemüt

Symbol: Sinnbild; anschauliches Zeichen

Sympathie: Neigung; Zuneigung; gefühlsmäßige Übereinstimmung

Synthese: Aufbau eines Ganzen aus seinen Teilen; Verbindung zweier gegensätzlicher Begriffe; Aufbau

synthetisch: das Zusammenfügen betreffend

Synthetisieren: Zusammenfügen; sinnvolles Zusammenfügen

System: ein in sich geschlossenes gegliedertes Ganzes

systematisch: nach einem System vorgehen; gegliedert vorgehen

T

Tabu: Unantastbares; Unverletzliches; Verbotenes

Taktik: Kunst der Anordnung und Aufstellung; planmäßiges Vorgehen; Vorgehen im Rahmen kleinerer Gefechte. Taktiken sind fast immer Operationsbestandteile einer Strategie.

Talent: hohe Begabung; hohe Geistesanlage; hohe Fähigkeit

Teleologie: Lehre vom Zieldenken; zukunftsorientiertes Denken

teleologisch: auf Ziele, auf Zukünftiges ausgerichtet

Tendenz: Zweckstreben; Absicht; allgemeine Grundstimmung

Terminologie: Gesamtheit der in einem Fach üblichen Fachwörter

tertiär: drittrangig

Tertiäres: Drittrangiges

Thema: Aufgabe; Leitgedanke; Leitmotiv; Gesprächsstoff

thematisch: zum Leitgedanken gehörend

Therapeutikum: Heilmittel (allgemein)

Therapie: Heilbehandlung; Krankenbehandlung

Thomas von Aquin: von 1225 bis 1274 Theologe - Schüler Alberts des Großen in Paris und Köln. Professor in Paris (1252 bis 1259 und von 1269 bis 1272) und dann am päpstl. Hofe in Orvieto und Viterbo und am römischen Dominikanergeneralstudium. Später wirkte er auch noch an der Universität Neapel. - 1557 zum Kirchenlehrer erklärt. Seine geistesgeschichtliche Bedeutung besteht in der von ihm konsequent und umfassend durchgeführten Aristotelisierung der scholastischen Philosophie und der Theologie. Er verselbständigte die Philosophie.

Träger: Träger von Informationen

trainieren: üben; nach Plan üben; geregelt üben

Training: Übung; Übung nach Plan; Übung nach Regel

Transfer: Übertragung

Transformation: Umformung

Training on the Job: Es handelt sich hierbei um eine englische Bezeichnung. Man versteht darunter das »Üben in der Aufgabe«, das »Üben im Beruf«, das »Üben am Arbeitsplatz«. Dieser Ausdruck benennt im Prinzip genau das, was wir unter praktischer Bildung verstehen.

trial and error: Versuch und Irrtum

U

Uterus: Gebärmutter

Uterus, sozialer: die Zeit vom ersten Lebensjahr bis zur Großjährigkeit

V

vage: unbestimmt

Valuta: Termin, an dem eine Verzinsung oder Zahlungsfrist beginnt

verbale Kommunikation: alle Vereinigungsmöglichkeiten, die über Sprache und Sprechen möglich sind oder ausgelöst werden

verbalisieren: sprechen; sprechend darstellen

Verbalisierungs-Training: Es handelt sich hierbei um ein Training in sprachlichen Ausdrucksfindungen bzw. Formulierungen, sowohl sprechend (vornehmlich) als auch schreibend. Ziel ist das Auslösen, das Freimachen von Denkkapazität durch sprachliche Aktivierung.

Verbum: das Wort (verba = die Worte)

verkäuferische Intelligenz: (Handlungsintelligenz) Wir verstehen darunter nicht die primitive Bemühung, einem Kunden einen Informations-Vortrag über ein Produkt zu halten, sondern die praktikable Fähigkeit, einen Kunden zu seinem eigenen Besten zum Kauf zu veranlassen.

Verkäufer: Es handelt sich hierbei um einen Berufsträger, der in der Wirtschaft ausschließlich die Aufgabe des Verkaufens erfüllt. Theoretisch bewertet: Verkäufer ist Träger und Überbringer von Informationen, Übersetzer dieser Informationen für den potentiellen Kunden und Auslöser oder Bewirker von Handlungen, von Kaufabschlüssen.

Verkaufsorganisation: der Außendienst; die Gesamtheit der Damen und Herren, die im Markt für ein Unternehmen verkaufen

Verkaufspotential: Es ist das, was in einem Marktgebiet verkauft werden könnte oder kann.

Verkaufspsychologie: Summe der psychologischen Erkenntnisse, die sich mit dem Verkaufen beschäftigen

verkaufspsychologisch: die Verkaufspsychologie betreffend

Verkaufstraining: das besondere Üben, das mit Verkäufern zum Zwecke besseren und erfolgreicheren Verkaufens vorgenommen wird

Version: Fassung; Leseart; Darstellung

Verstand: Auffassen; Urteilen; Denken; Fähigkeit zu gedanklicher Verarbeitung des Erlebten und zu einsichtigem, zweckmäßigem Verhalten (Begabung, Intelligenz). – Geringe Fähigkeit des Verstandes bezeichnet man als Geistesschwäche, abnorm geringe als Schwachsinn.

Verstehen: Bedeutungen, Sinngehalte, Zusammenhänge, fremdes Seelenleben erfassen; insbesondere Ausdruck, Verhalten, Sprache, Leistungen eines Menschen oder einer Gruppe auf ihren seelischen Gehalt hin abfragen; das Wesen eines Gegenstandes aus ihm selber begreifen.

vertikal: senkrecht

vertikale Erhöhung: Darunter verstehen wir in der Verkaufspsychologie die primäre Bemühung, sich dem Teufelskreis des horizontalen Wettbewerbs zu entziehen und sich von einer Ebene oberhalb dieses horizontalen Wettbewerbs mit Pro-Argumenten und Demonstrationen für das Produkt einzusetzen.

vertikaler Wettbewerb: In der Verkaufspsychologie versteht man darunter jenen Wettbewerbszustand, wonach verschiedene Produktarten zu anderen Produktarten in einer ökonomischen Konkurrenz stehen. So wird z. B. der Möbelhandel im Sommer mit dem Wettbewerb der Reiselust des Publikums zu rechnen haben; oder Kaffee und Tee stehen immer in einem vertikalen Wettbewerb zu den Genußmitteln Bier, Wein und Fruchtsaft.

vokalisieren: aussprechen; sprechen

Vorstellung: das im Bewußtsein erzeugte Bild (Repräsentation) von Gegenständen und Vorgängen. Es gibt Vorstellungen aller Sinnesgebiete. Von der Wahrnehmung unterscheidet sich die Vorstellung durch ihren nicht-sinnlichen (unsinnlichen) irrealen Charakter

vital: lebendig

Vitalität: Lebenskraft und Lebensfreude

W

Wahrscheinlichkeit: Vermutete Richtigkeit; annähernde Gewißheit; Formel W = g : m; darin bedeuten: w = Wahrscheinlichkeit; g = die Zahl der günstigen Fälle; m = die Zahl aller möglichen Fälle - Wenn g = Zahl der günstigen Fälle ansteigt, steigt auch der Grad der Wahrscheinlichkeit an.

Werbepsychologie: die Psychologie, die sich vor allem mit den Fragen der Werbung und der Gestaltung der Werbemittel beschäftigt

Wichtung: Auf Grund von empirisch gefundenen Zahlen (Werten) Sachverhalte oder Marktgebiete miteinander vergleichend bewerten bzw. beurteilen.

Wirkungsgrad: Grad der Ausbeute; Grad des Nutzeffektes; bei der Energieumwandlung des Verhältnis der gewonnenen Energie zur aufgewendeten Energie

Wohndichte: Diese Zahl gibt die Zahl der Einwohner auf einem Quadratkilometer an.

Wortschatz: die Summe aller passiven und aktiven Worte (siehe dort), über die ein Individuum verfügt, um sich mitteilen, um einwirken und sich behaupten und einen Sachvorgang objektiv darstellen zu können.

Lösungen zu den Übungen

ÜBUNG 1:
(1) Der Mensch kann nicht alles im Leben haben, was er sich wünscht. (2) Oft würden erfüllte Wünsche solcherart wie Pflastersteine an seinen Beinen hängen und seine Schritte hemmen. (3) Aber das erkennt der Mensch in seiner Verbohrtheit und Verschrobenheit nicht. (4) Er verknüpft solche irrealen Wünsche mit seinen realen Zielen. (5) Und erreicht er seine überspannten Ziele nicht, verfällt er klaftertief in Resignation.

ÜBUNG 2:
(1) Bei allem, was der Mensch erfolgreich unternimmt, ist sein Wille die bewegende Kraft des Handelns. (2) Die Diagnose jedes erfolgreichen Geschäftes oder jeder erfolgreichen Tätigkeit zeigt immer wieder die Wirkung von Konsequenz, Verstand und Wille. (3) Dieses Dreigespann befähigt den Menschen zu höchsten Leistungen. (4) Der Durchschnittsmensch veralbert diesen Tatbestand gern, indem er auf die Beschränktheit und Sinnlosigkeit menschlichen Vermögens verweist. (5) In jedem Menschen aber gibt es diesen Motor.

ÜBUNG 3:
(1) Es ist verfehlt, von der Annahme auszugehen, die Gruppe habe keinen Einfluß auf menschliche Entfaltung. (2) Auch das Talent oder das Genie kann sich diesen Einwirkungen nicht entziehen. (3) Wir sprechen hier nicht von der Anpassung oder vom Lernen. (4) Wir sprechen von den ungelösten Konflikten, die in einem Menschen glühen und ihn verbrennen können. (5) Das Psychodrama ist ein gruppenspezifisches Therapeutikum, das dem Menschen die Möglichkeit bietet, in der Darstellung von Konflikten innerhalb der Gruppe von diesen Konflikten freizukommen.

ÜBUNG 4:
(1) Es ist des selbständigen Kaufmanns freie Entscheidung, die Gesellschaftsform seines Unternehmens zu wählen. (2) Als Komplementär innerhalb einer Kommanditgesellschaft ist er mit seinem Vermögen unbeschränkt haftbar. (3) Die Kommanditisten sind nur in der Höhe ihrer Einlage haftbar. (4) Wenn allerdings auch die Funktion des Komplementärs innerhalb einer Kommanditgesellschaft in der Haftung festgelegt bzw. beschränkt werden soll, gründet man eine GmbH & Co. KG. (5) Die Entscheidung ist vom Gewissen abhängig.

ÜBUNG 5:
(1) Menschliche Handlungen sind fast immer motiviert und kontrollierbar. (2) Bei vorliegender Demenz allerdings sind solche Handlungen nicht gesteuert. (3) Demenz bedeutet Verworrenheit der Vorstellungen und der Ziele. (4) Geistig kranke Menschen lassen sich schnell und leicht aufwiegeln und in Angst versetzen. (5) Es bedarf hier oft nur eines unbedeutenden Auslösers, um ungezielte und sinnlose Handlungen zu bewirken.

ÜBUNG 6:
(1) Jeder Mensch sehnt sich nach Anerkennung. (2) Animosität erfüllt ihn gegen Kritik, vor allem gegen unberechtigte Kritik bzw. übertriebene Kritik. (3) Diesen Umstand muß man im Umgang mit Menschen mehr beachten. (4) Man mäht sonst das »Korn der Einsicht« mit dem Unkraut der negativen Kritik ab. (5) Man kann jeden Tag erfahren und erkennen, wie groß die Begierde auch des einfachen Menschen nach Huldigung und Ovation sein kann.

ÜBUNG 7:
(1) Es kommt sehr darauf an, wie man Menschen anspricht, um Erfolg im Umgang mit Menschen zu haben. (2) Die richtige Motivierung bietet den Antrieb zu Handlungen. (3) Im Verkauf zeigt sich dies am deutlichsten, wenn der Kunde in dieser Weise richtig angesprochen wird. (4) Dann fallen die Aufträge in den »Sammelkorb«. (5) Hierbei vermag Provokation mehr zu erreichen als Bitten.

ÜBUNG 8:
(1) Wirtschaftlicher Verlust hat seine Ursache oft in fehlender Organisation. (2) In solchen Fällen muß die gesamte Intelligenz aufgeboten werden, um die wirksamen Mängel zu erkennen und zu beseitigen. (3) Die eigentlichen Ursachen zu suchen ist wichtiger als Sündenböcke zu finden und ihnen alles in die Schuhe zu schieben. (4) Es spottet aber jeder Beschreibung, wenn man in der Praxis beobachtet, was in solchen Fällen heute noch wirklich geschieht. (5) Man entdeckt dann, daß der eigentliche Krebsschaden nicht in der mangelhaften Organisation, sondern in der falschen Einstellung der Menschen zu Menschen und zu den Aufgaben zu suchen ist.

ÜBUNG 9:
(1) Der erfolgreiche Mensch geht bei der Erfüllung seiner beruflichen und allgemeinen Vorhaben von Zielvorstellungen aus. (2) Auch die Selektion der Ziele ist dabei bedeutsam. (3) Nicht jeder begreift den Wert eines solchen konsequenten Vorgehens.

(4) Die meisten »kastrieren« gewissermaßen ihr Tun dadurch, daß sie etliche Schritte oder Stufen überspringen wollen. (5) Die Lehre vom Zieldenken, die Teleologie, ist das reife Ergebnis Jahrtausende alter Erfahrungen.

ÜBUNG 10:

Wortschatztest a: 1 = D + E/2 = E/3 = A/4 = C/5 = A/6 = E/7 = C/8 = A/9 = C/10 = A/11 = E/12 = C/13 = B/14 = A + D/15 = E/16 = A/17 = C/18 = C/19 = B/20 = A/21 = C/22 = C/23 = A/24 = D/25 = A + E/26 = D/27 = C/28 = D/29 = D/30 = B/31 = B/32 = B/33 = A/34 = C/35 = C/36 = C/37 = A/38 = C/39 = C/40 = C/41 = B + C/42 = A/43 = A/44 = B/45 = B/46 = D/47 = A/48 = C/49 = D/50 = C/51 = C/52 = D/53 = C/54 = D/55 = B/56 = A/57 = A/58 = C + E/59 = B/60 = D/61 = C/62 = C/63 = C.

ÜBUNG 11:

Wortschatztest b: 1 = E/2 = B + D + E/3 = C/4 = A/5 = B/6 = C/7 = A + E/8 = E/9 = B/10 = B/11 = D/12 = B/13 = C/14 = E/15 = C/16 = B/17 = C/18 = C/19 = B/20 = A/21 = E/22 = C/23 = B+C/24 = D/25 = A/26 = C/27 = D/28 = D/29 = B/30 = A/31 = D/32 = A/33 = B/34 = B/35 = B + E/36 = D/37 = B/38 = B/39 = D/40 = C/41 = C/42 = C/43 = A/44 = B/45 = C/46 = B/47 = A + B + E/48 = D/49 = C/50 = C/51 = C/52 = C/53 = C/54 = C/55 = D/56 = B/57 = D/58 = A/59 = C/60 = D/61 = D/62 = D/63 = C.

ÜBUNG 12:

Wortschatztest c: 1 = A/2 = A/3 = A/4 = A/5 = A/6 = C/7 = D/8 = C/9 = B/10 = C/11 = E/12 = B/13 = B/14 = C/15 = A/16 = E/17 = C/18 = B/19 = E/20 = A/21 = B/22 = C/23 = D/24 = C/25 = C/26 = C/27 = E/28 = C/29 = D/30 = E/31 = A/32 = B/33 = B + D/34 = D/35 = D + E/36 = B + C/37 = D/38 = B/39 = D/40 = C/41 = C/42 = A/43 = C/44 = D/45 = A/46 = B/47 = B/48 = A + C/49 = B/50 = A/51 = C/52 = C/53 = A + D/54 = A/55 = D/56 = C/57 = D/58 = C/59 = A + E/60 = A/61 = D/62 = D/63 = B.

ÜBUNG 13:

Eine »einfache Linie« ist eine ungleichmäßig gekrümmte Linie. – Die »Kreislinie« ist eine gleichmäßig gekrümmte Linie. – Die Gerade ist die kürzeste Verbindung zweier Punkte. – Die Strecke ist ein begrenztes Stück einer Geraden.

ÜBUNG 14:

(1) Es gibt unendlich viele Linien. (2) Es gibt ebenfalls unendlich

viele Parallelen. (3) Eine Linie hat nur eine Ausdehnung, nämlich die Länge. (4) Man zieht einen Strich, der uns eine Linie versinnbildlicht. (5) Gerade und Strecke unterscheiden sich dadurch, daß eine Gerade theoretisch unendlich lang ist, während eine Strecke das begrenzte Stück einer Geraden darstellt. (6) Eine Kreislinie hat nur eine Ausdehnung, nämlich die Länge. (7) Eine Linie ist eine ungleichmäßig gekrümmte, eine Kreislinie eine gleichmäßig gekrümmte Linie. (8) Nein, es können auch Linie und Kreislinien einander parallel sein. (9) Ein Strahl ist eine Gerade, die von einem Punkt ausgeht.

ÜBUNG 15:
Hierzu wird keine Lösung gegeben, weil eine solche völlig identisch wäre mit der Lösung, die in Zeichnung 8 vorgegeben ist. Daran möge man sich halten.

ÜBUNG 16:
Auf der Geraden y – y im Punkt B eine Senkrechte errichten

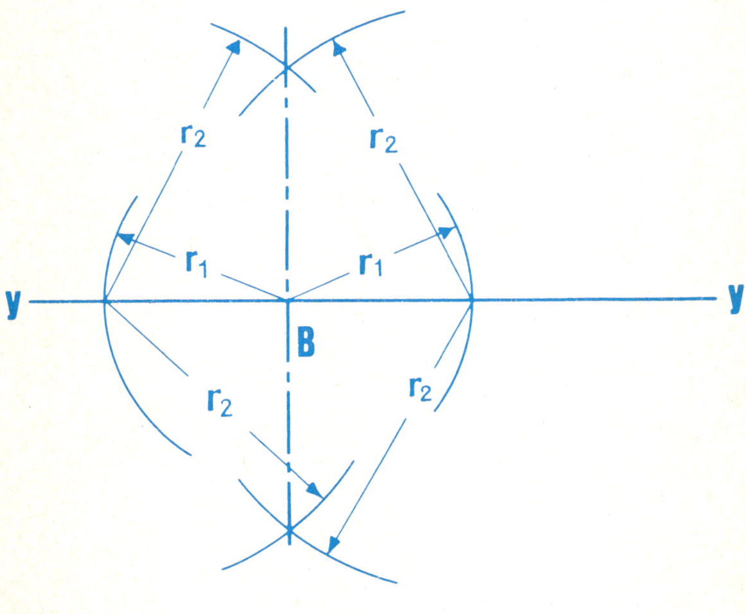

ÜBUNG 17:
Auf die Gerade y – y von B aus das Lot fällen

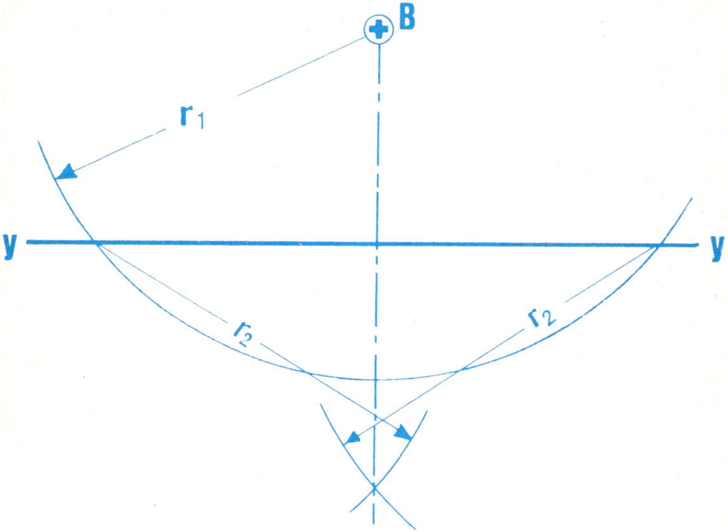

ÜBUNG 18:
Auf alle 3 Strecken A–B, B–C und C–D von F aus die Lote fällen

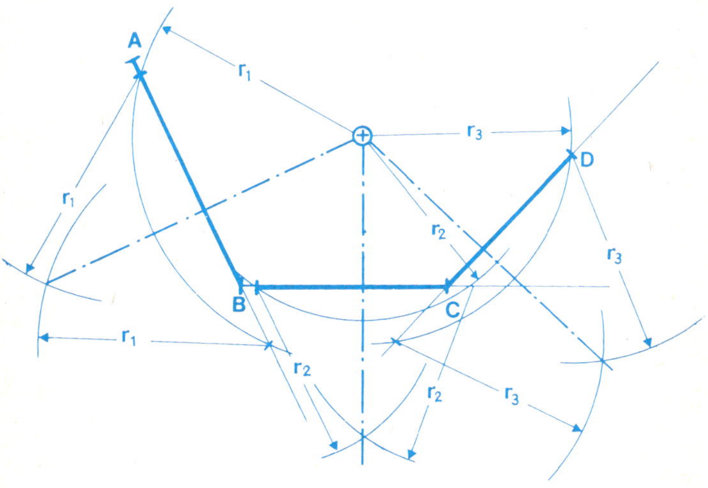

ÜBUNG 19:

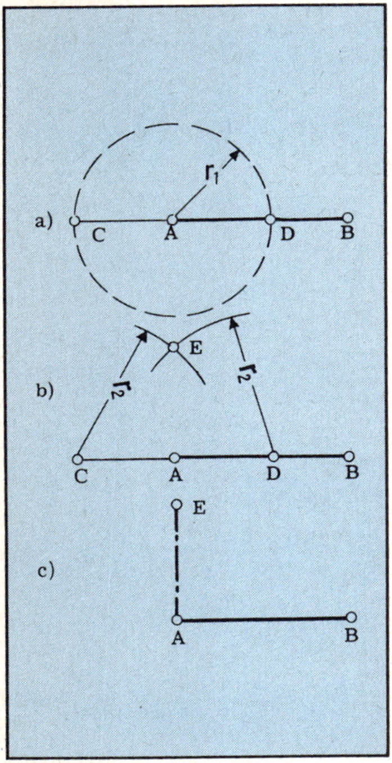

ÜBUNG 20:

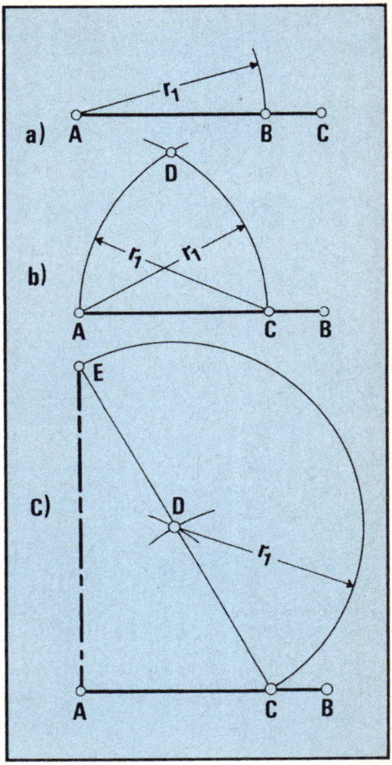

ÜBUNG 21:

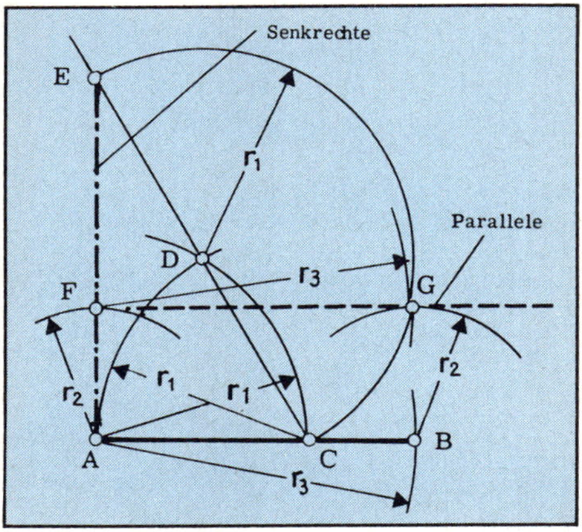

ÜBUNG 22:

Zeichnung 46

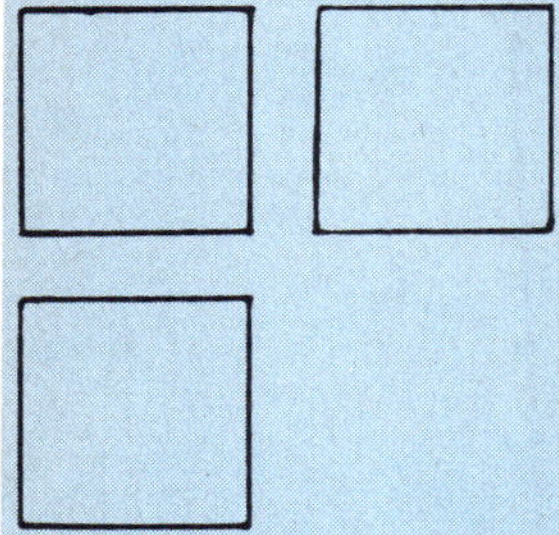

KLÖTZCHEN A

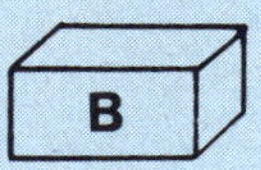

Zeichnung 47

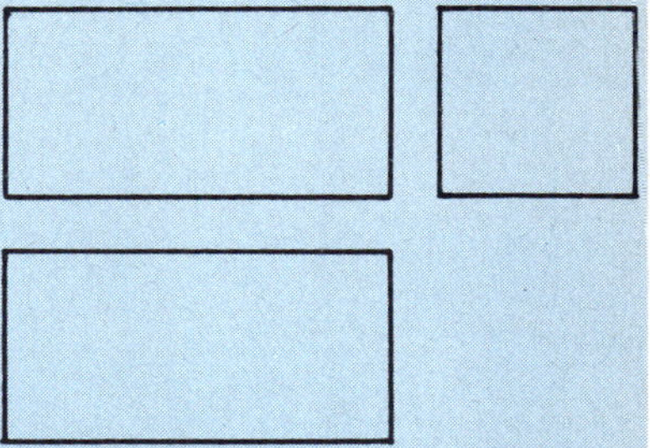

KLÖTZCHEN B

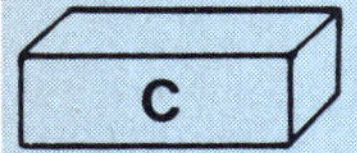

Zeichnung 48

KLÖTZCHEN C

Zeichnung 49

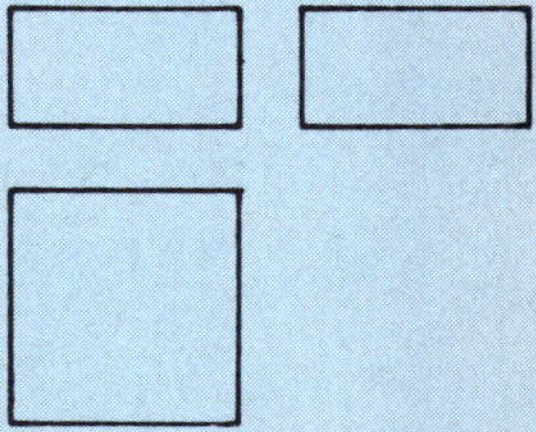

KLÖTZCHEN D

Zeichnung 50

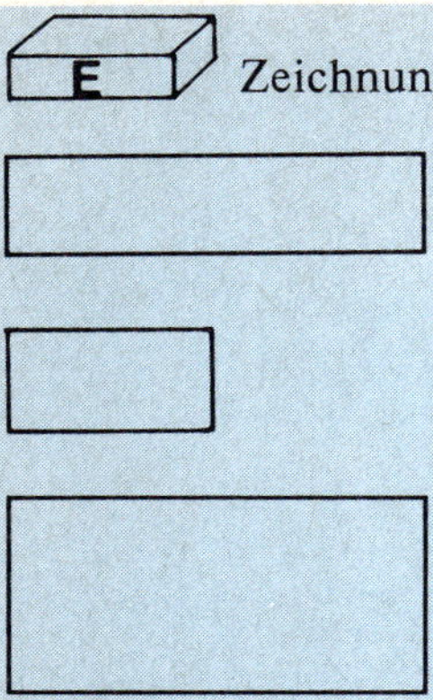

KLÖTZCHEN E

Zeichnung 51

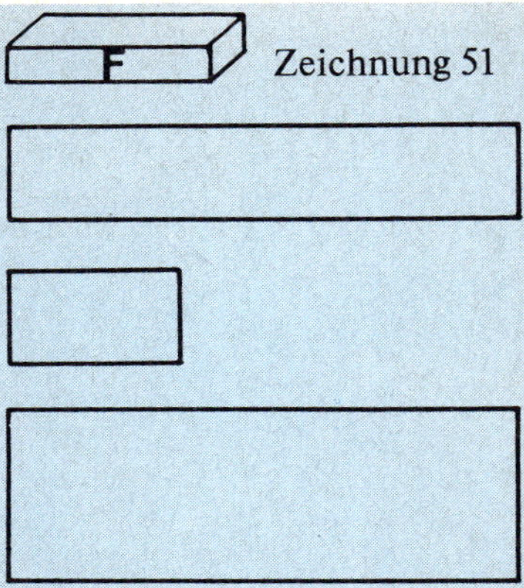

KLÖTZCHEN F

Zeichnung 52

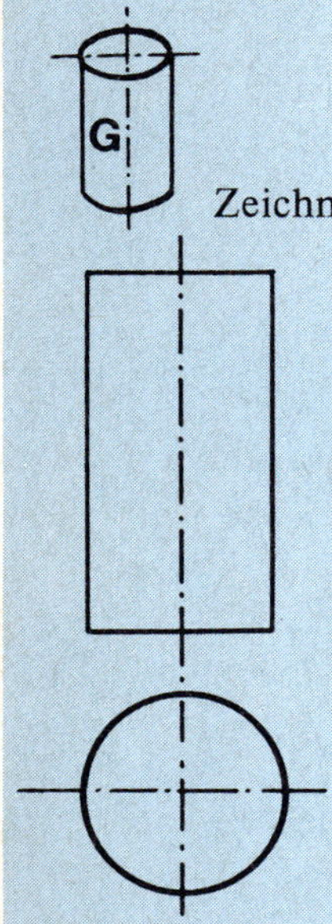

KLÖTZCHEN G

Zeichnung 53

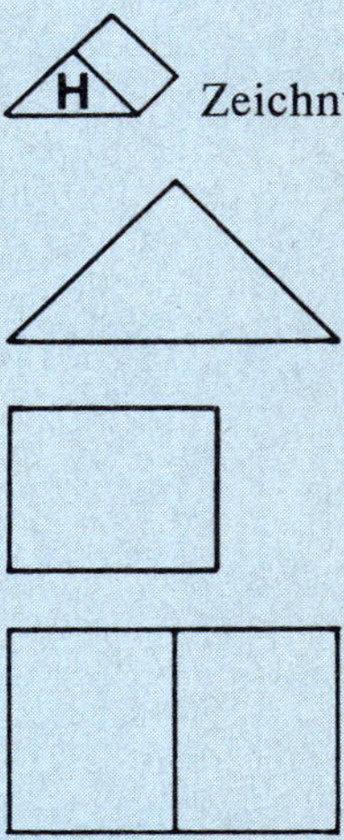

KLÖTZCHEN H

ÜBUNG 23:

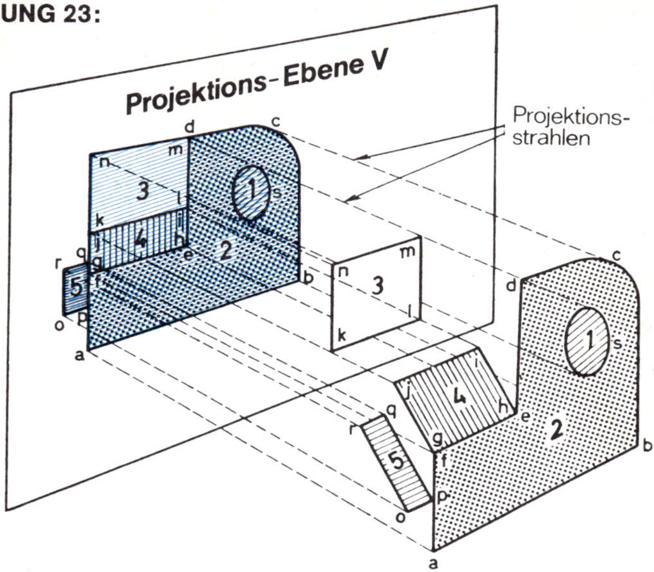

Projektions-Ebene V
Projektions-
strahlen

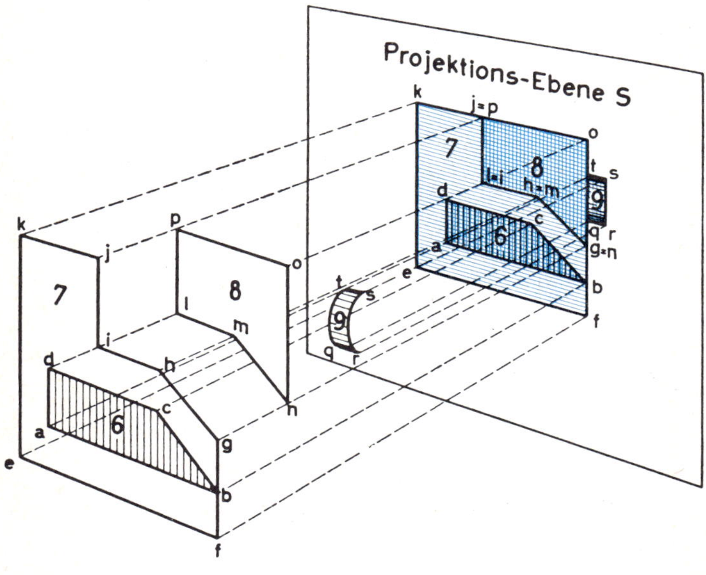

Projektions-Ebene S

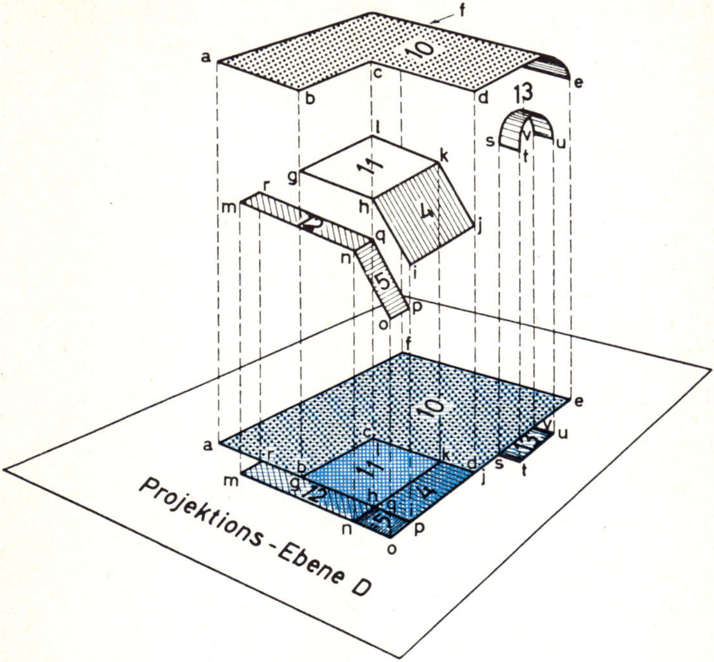

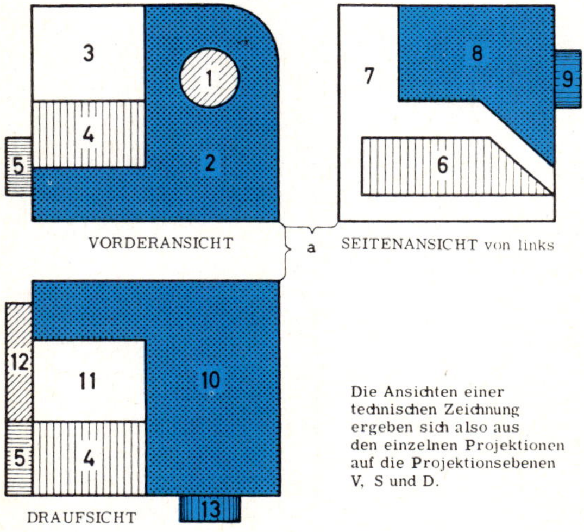

Die Ansichten einer technischen Zeichnung ergeben sich also aus den einzelnen Projektionen auf die Projektionsebenen V, S und D.

ÜBUNG 24:

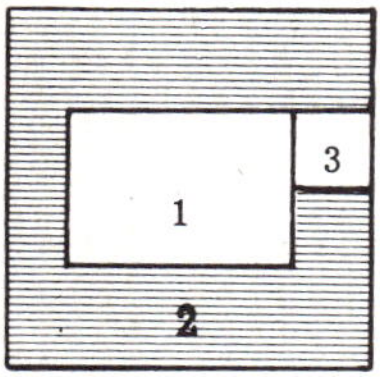

Ansicht in Richtung a
VORDERANSICHT

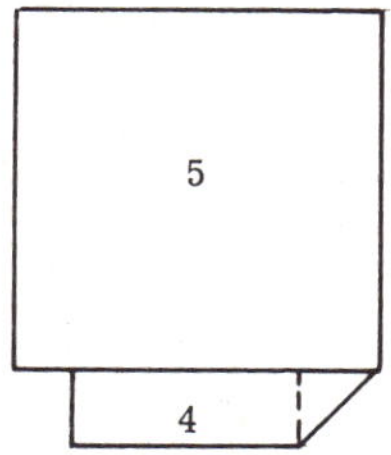

Ansicht in Richtung b
DRAUFSICHT

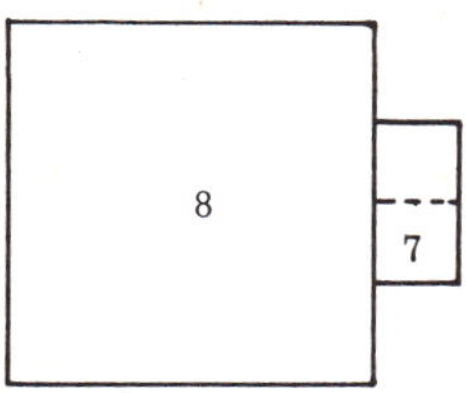

Ansicht in Richtung c
SEITENANSICHT
von links

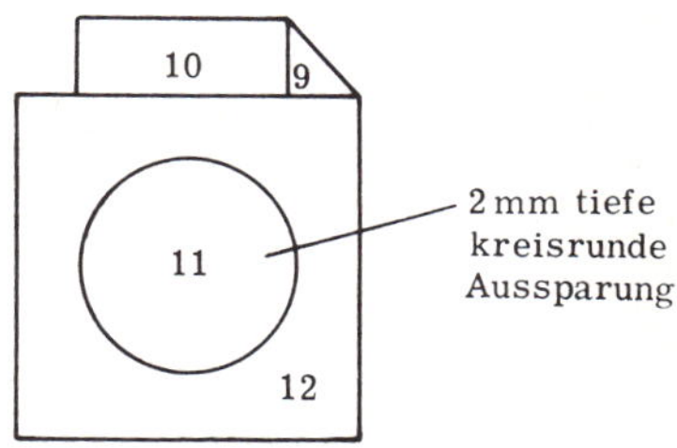

Ansicht in Richtung d
UNTERSICHT

ÜBUNG 25:

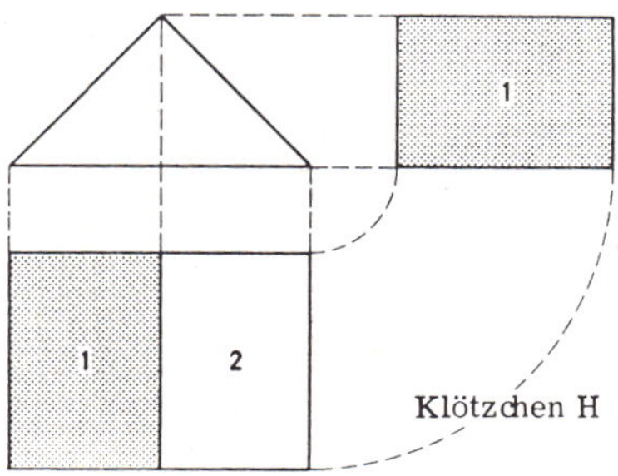

ÜBUNG 26:

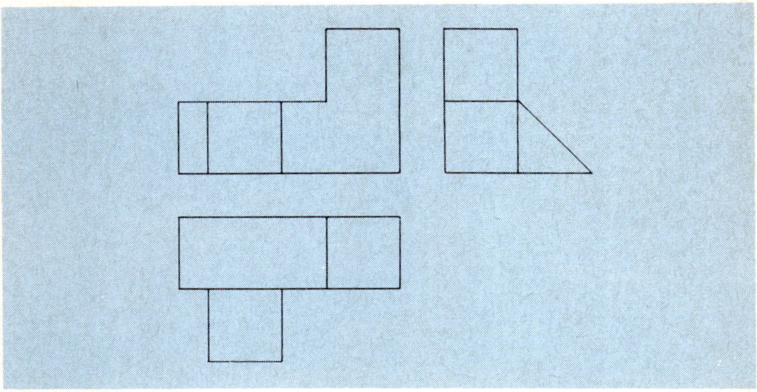

ÜBUNG 27:
Der Körper nach Zeichnung 62 hat 13 Flächen.

ÜBUNG 28:
Der Körper besteht aus den Klötzchen: A, D, F und H. – Und so sehen die drei Ansichten aus.

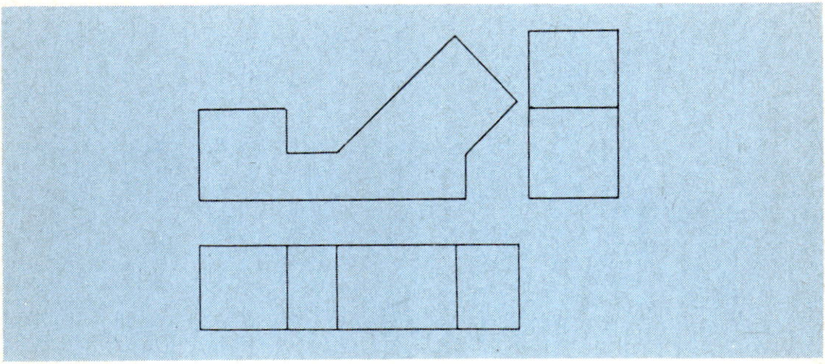

ÜBUNG 29:
Die Körper nach Zeichnungen I und II bestehen aus:
Zeichnung I = F, A, H
Zeichnung II = F, A, H
Bitte beachten Sie, daß das Klötzchen H in beiden Zeichnungen verschieden angeordnet ist.

ÜBUNG 30: ERGÄNZUNGSZEICHEN

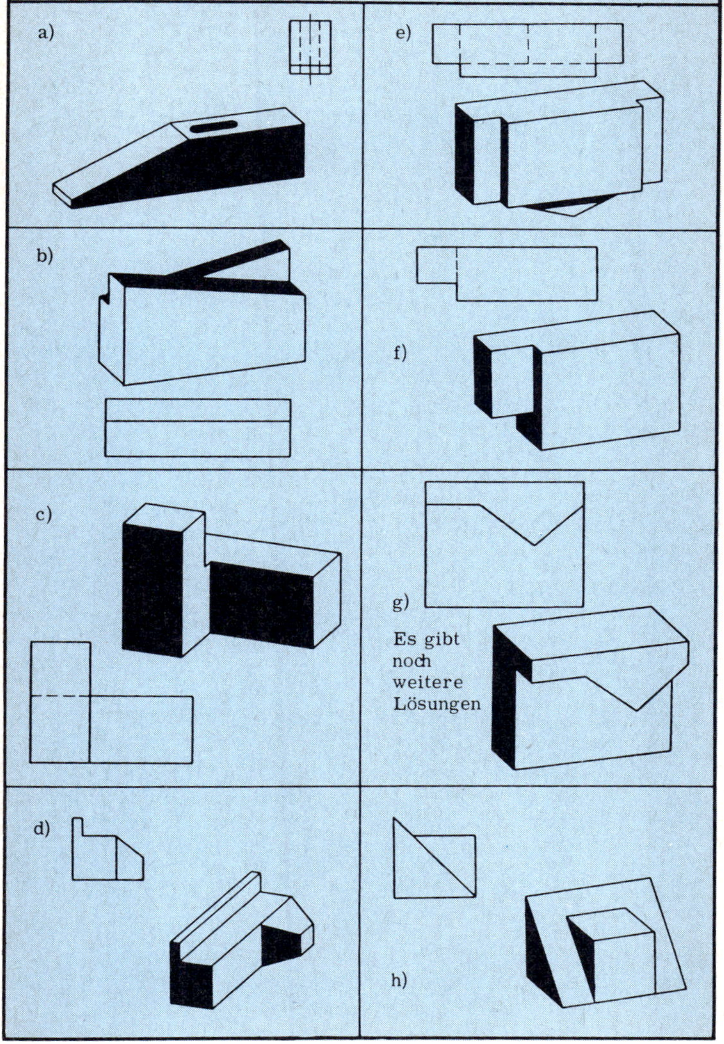

ÜBUNG 31:

Rede nach dem Acht-Punkte-System für einen Jubilar:
Sehr geehrte Damen und Herren! Liebe Mitarbeiter! Liebe Freunde!

1 Ich danke Ihnen von Herzen, daß Sie diese festliche Feier durch Ihre Anwesenheit verschönern. Daß Sie sich selber festlich für diesen Fall angezogen haben und somit dem Jubilar unseres heutigen Tages eine besondere Freude bieten.

2 Sie wissen, daß wir unseren Herrn Rollinger ehren wollen. Herr Rollinger gehört seit nunmehr 25 Jahren zu unserer Firma. Er ist allseits geehrt und verehrt. Er ist bei allen Mitarbeitern dieser Niederlassung beliebt. Er ist auch bei uns in der Hauptverwaltung als tüchtiger Mitarbeiter bekannt.

3 Bitte erlauben Sie mir daher, hochverehrter Herr Jubilar, liebe Mitarbeiter und Freunde, daß ich heute zu diesem Ehrentag einige Worte an Sie richte.

4 In einer Zeit, in der das Feiern die Tage prägt, erscheint es vielen Menschen fraglich, ob es noch sinnvoll ist, einen Jubilar zu ehren und ein Jubiläum zu feiern. - Was sind schon 25 Jahre? - Sind sie bedeutsam? - Welchen Wert haben sie? - Ist ein Mensch, der 25 Jahre bei einer Firma gearbeitet hat, dadurch besonders gekennzeichnet, dadurch besonders herausgehoben? - Hat er dadurch eine besondere Leistung vollbracht? - Ist diese Leistung dergestalt, daß man einen solchen feierlichen Aufwand leisten sollte?

DEMONSTRATION: Man sollte sich einmal darüber klarwerden, daß ein Mann von 55 Jahren, der mit 30 Jahren in unsere Firma eintrat und nunmehr 25 Jahre zu uns gehört - ich habe in den Personalakten nachgelesen -, nur zweimal kurzfristig krank gewesen ist. Er gibt uns ein Beispiel für die Verantwortlichkeit des einzelnen, die Gesundheit zu erhalten, um sie auch der Gemeinschaft zur Verfügung zu stellen.

Und immer war Herr Rollinger für uns ein Bild strotzender Gesundheit, spürbarer Leistungsfähigkeit und erfreulich anschaubarer Vitalität. - Das jedenfalls danken wir ihm. Das hat er von seiner geistig-körperlichen und seelischen Existenz her geboten. Dafür, Herr Rollinger, danken wir Ihnen von Herzen. Und das ist ein wesentlicher Teil des Sinnes der vielen Jahre, die Sie zu uns gehören: daß Sie uns ein gutes Beispiel gegeben haben.

5 Aber nicht nur das. In Ihrer zurückhaltenden, aber Freundlichkeit ausstrahlenden Art haben Sie die Aufgaben, die Ihnen in der Verwaltung des Lagers übertragen wurden, gründlich, gewissenhaft erfüllt. Auch die Pünktlichkeit Ihres Arbeitens, Ihr Pflichtbewußtsein und Ihre Zuverlässigkeit haben uns allen ein Denken gezeigt, das zu allen Zeiten seinen Wert für die Menschheit behält. Das schließt nicht aus, daß auch Ihre Berufsfähigkeiten zu beloben sind. Daß Ihre Durchführungszähigkeit ungewöhnliche Formen hatte.

6 Wenn ich zusammenfassen darf, sehr geehrter Herr Rollinger und meine Damen und Herren, dann kann ich es nur in einer Form tun: Sie, Herr Rollinger, haben uns ein Beispiel als Mensch gegeben. Wir möchten die 25 Jahre Ihrer Bekanntschaft und Ihrer Zugehörigkeit zu uns allen in unserem Leben nicht mehr missen.

7 Und so darf ich Ihnen, sehr geehrter Herr Rollinger, heute und hier im Auftrage der Geschäftsleitung für Ihre fünfundzwanzigjährigen treuen Dienste herzlich danken. Als Ausdruck des Dankens der Firma darf ich Ihnen im Auftrage der Geschäftsleitung im Anschluß an diese Rede eine goldene Uhr mit goldener Kette sowie einen Scheck über ...... DM überreichen.

8 Meine lieben Freunde, meine Damen und Herren, liebe Mitarbeiter, ich bitte Sie herzlich darum, Herrn Rollinger recht herzlich die Hand zu drücken!

(Sie werden Verständnis dafür haben, daß diese Text-Rede keine 30 Minuten dauern kann. Denn dann müßte ich mit diesem Text der 30minütigen Rede ein Viertel des Buches füllen. Sie werden einsehen, daß das nicht geht.)

ÜBUNG 32:
Die beiden folgenden Zeichnungen geben die Lösung an. Dabei mußten die Zeilen 7, 8, 10, 11, 12, 13, 14, 15, 16, 17, 18, 19, 20, 22, 23, 24 und 25 und die Zeitangabe im rechten Feld der Kopfleiste mit »18 Uhr« geändert werden. Es handelt sich um 18 Änderungen bei acht Fehlern. – Wenn Sie nun eine andere Lösung im Bild schriftlich festgehalten haben, so heißt das nicht, daß Sie eine falsche Lösung entwickelt haben. Diese Übung läßt nämlich mehrere richtige Lösungen zu. Es kommt nur darauf an, ob Sie bei Ihrem Lösungsvorschlag denkerisch richtig vorgegangen sind. Das wollen wir erhellen:

ARBEITSABLAUF-KARTE Nr.

Zusammenstellung

	Jetzt Zahl	Jetzt Zeit	Vorschlag Zahl	Vorschlag Zeit	Unterschied Zahl	Unterschied Zeit
○ Arbeitsgang						
⇨ Transporte						
□ Prüfungen						
D Aufenthalte						
▽ Lagerung						
Transport-Weg	m		m		m	

Abteilung: Verkauf Bearbeiter: Meier

Arbeit: Marktarbeit

Istzustand ☒ Sollzustand ☐

Person ☒ Material ☐

Studie beginnt bei: 8⁰⁰ in Wohnung Müller

Studie endet bei: 18²⁵ in Wohnung Müller ← Falsch ⑧

Aufgenommen: Müller am 19.3.19–

Nr.	Stufen des Arbeitsablaufes	Arbeitsgang	Transporte	Prüfungen	Aufenthalte	Lagerung	Weg in km	Menge	Zeit	Was?	Wo?	Wann?	Wer?	Wie?	Bemerkungen	Ausscheiden	Zusammenfassen	Reihenfolge	Platz	Person	Verbesserung
1	Fahrt zum 1. Kunden		●				10	/	40			8	4	0	Berufsverkehr						
2	Aufenthalt; Warten				●		/	/	15			8	5	5	mehrere Verkäufer anwesend						
3	Verkaufsgespräch	●					/	/	45			9	4	0	2.100.– DM Umsatz						
4	Fahrt zum 2. Kunden		●				2	/	20		1	0	0	0	Durchfahrt durch verstopfte Stadt						
5	Verkaufsgespräch	●					/	/	30		1	0	3	0	1.800.– DM schwerer Durchbruch						
6	Fahrt zum 3. Kunden		●				3	/	10		1	0	4	0	Durchfahrt durch verstopfte Stadt						
7	Reklamation				●		/	/	20		1	1	0	0	Falsch					①	
8	Verkaufsgespräch			●			/	/	30		1	1	3	0	4.500.– DM Falsch					②	
9	Fahrt zum 4. Kunden		●				12	/	30		1	2	0	0	zur nächsten Stadt						
10	Mittagspause	●					/	/	60		1	3	0	0	Falsch					③	
11	Abgabe von Ware					●	/	/	10		1	3	1	0							
12	Fahrt zum 5. Kunden		●				1	/	10		1	3	2	0							
13	Verkaufsgespräch	●					/	/	40		1	4	0	0	3.800.– DM						
14	Fahrt zum 6. Kunden		●				2	/	10		1	4	1	0	Durchfahrt durch Stadt						
15	Verkaufsgespräch				●		/	/	30		1	4	4	0	1.900.– DM Falsch					④	
16	Fahrt zum 7. Kunden		●				12	/	30		1	5	1	0	Landgebiet						
17	Reklamation			●			/	/	15		1	5	2	5							
18	Fahrt zum 8. Kunden		●				4	/	15		1	5	4	0							
19	Verkaufsgespräch	●					/	/	30		1	6	1	0	kein Auftrag						
20	Fahrt zum 9. Kunden		●				4	/	10		1	6	2	0							
21	Verkaufsgespräch	●					/	/	35		1	6	5	5	4.000.– DM						
22	Behandlung einer Reklamation				●		/	/	15		1	7	1	0	Falsch					⑤	
23	Fahrt nach Hause		●				10	/	40		1	8	0	0							
24	Verkaufsgespräch	●					4	/	10		1	8	1	0	Falsch					⑥	
25	Ablieferung von Ware in Firma					●	/	/	15		1	8	2	5	Falsch					⑦	

ARBEITSABLAUF-KARTE Nr.

Zusammenstellung

	Jetzt Zahl	Jetzt Zeit	Vorschlag Zahl	Vorschlag Zeit	Unterschied Zahl	Unterschied Zeit
○ Arbeitsgang						
⇨ Transporte						
□ Prüfungen						
D Aufenthalte						
▽ Lagerung						
Transport-Weg		m		m		m

Abteilung: Verkauf **Bearbeiter:** Meier

Arbeit: Marktarbeit

Istzustand ☒ Sollzustand ☐

Person ☒ Material ☐

Studie beginnt bei: 8^{00} in Wohnung Müller

Studie endet bei: 18^{00} in Wohnung Müller

Aufgenommen: Müller am 19.3.19–

NEU

Nr.	Stufen des Arbeitsablaufes	Arbeitsgang	Transporte	Prüfungen	Aufenthalte	Lagerung	Weg in m	Menge	Zeit	Analyse – Warum? Was?	Wo?	Wann?	Wer?	Wie?	Bemerkungen	Vorschlag: Weglassen	Zusammenfassen	Ändern: Reihenfolge	Platz	Person	Verbesserung
1	Fahrt zum 1. Kunden		●				16	/	40			8	4	0	Berufsverkehr						
2	Aufenthalt, Warten				●		/	/	15			8	5	5	mehrere Verkäufer anwesend						
3	Verkaufsgespräch	●					/	/	45			9	4	0	2.100 DM Umsatz						
4	Fahrt zum 2. Kunden		●				2	/	20		1	0	0	0	Durchfahrt durch verstopfte Stadt						
5	Verkaufsgespräch	●					/	/	30		1	0	3	0	1.800.– DM Umsatz schwerer Durchbruch						
6	Fahrt zum 3. Kunden		●				3	/	10		1	0	4	0	Durchfahrt durch verstopfte Stadt						
7	Reklamation			●			/	/	20		1	1	0	0				NEU			
8	Verkaufsgespräch	●					/	/	30		1	1	3	0	4.500.– DM Umsatz			NEU			
9	Fahrt zum 4. Kunden		●				12	/	30		1	2	0	0	zur nächsten Stadt						
10	Mittagspause				●		/	/	60		1	3	0	0	in der anderen Stadt			NEU			
11	Fahrt zum 4. Kunden		●				1	/	5		1	3	0	5				NEU			
12	Abgabe von Ware					●	/	/	10		1	3	1	5				NEU			
13	Fahrt zum 5. Kunden		●				2	/	10		1	3	2	5				NEU			
14	Verkaufsgespräch	●					/	/	40		1	4	0	5	3.800.– DM Umsatz			NEU			
15	Fahrt zum 6. Kunden		●				2	/	10		1	4	1	5	Durchfahrt durch Stadt			NEU			
16	Verkaufsgespräch	●					/	/	30		1	4	4	5	1.900.– DM Umsatz			NEU			
17	Fahrt zum 7. Kunden		●				12	/	30		1	5	1	5	Landgebiet			NEU			
18	Reklamation			●			/	/	15		1	5	3	0				NEU			
19	Fahrt zum 8. Kunden		●				4	/	15		1	5	4	5				NEU			
20	Reklamation			●			/	/	15		1	6	0	0				NEU			
21	Verkaufsgespräch	●					/	/	35		1	6	3	5	4.000.– DM Umsatz						
22	Rückfahrt zur Firma		●				16	/	40		1	7	2	0				NEU			
23	Ablieferung von Emballage					●	/	/	10		1	7	3	6				NEU			
24	Gespräch mit Verkaufsleiter	●					/	/	20		1	7	5	6	Abrechnung und Laden			NEU			
25	Rückfahrt nach Hause		●				3	/	10		1	8	0	0				NEU			

In Zeile 7 muß ein anderes Symbol gewählt werden; ebenso Zeile 8; ebenso Zeile 10. – Von Zeile 11 an sind jetzt nicht nur die Symbole zu ändern, sondern auch die Benennungen in den Zeilen (ausgewiesen im Formblatt als »Stufen des Arbeitsablaufes«). Das geht so durch in den Änderungsnotwendigkeiten bis zur Zeile 20 einschließlich. – Die Zeile 21 braucht dann nicht mehr geändert zu werden. Aber von Zeile 22 bis zur Zeile 25 ist wieder alles zu ändern, weil hier gar nichts mehr stimmt in der Folgerichtigkeit. Hier sind die schwersten Fehler enthalten: Zeile 22 weist aus, daß die Reklamation nach dem Verkaufsgespräch behandelt wurde, was nicht sein soll. Zeile 24 sagt, daß nach der Heimfahrt noch ein Verkaufsgespräch stattgefunden habe; mit wem (10. Kunde?) wird nicht benannt. Es ist weitgehend unwahrscheinlich, daß der Reisende, nachdem er in seiner Wohnung eingetroffen ist, einen Kunden besuchen und mit diesem ein Verkaufsgespräch führen wird. Außerdem ist auch die Tageszeit, nämlich 18 Uhr, nicht dazu angetan, ein Verkaufsgespräch zu führen. – Also: Ihre Lösung hat große Chance, auch richtig zu sein.

ÜBUNG 33:

Ist Ihnen aufgefallen, daß ein Punkt, der den gesamten Ablauf zwar nicht verändert, doch wesentlich beeinflussen würde, bisher gar nicht erwähnt wurde?

Er betrifft die Transporte. Wer führt sie durch? Anscheinend ist in dem Betrieb niemand eingesetzt, der diese Dinge transportiert, so daß die Bearbeiter derartige Nebenarbeiten selbst ausführen.

Dies bedeutet natürlich ebenfalls Zeitverlust, eventuell sogar Stockungen. Es wäre also in unserem Falle noch nötig, durch eine Arbeitszählung die Häufigkeit der Transporte festzustellen und sich über die Einführung eines Botendienstes oder Bürodieners Gedanken zu machen.

Sie sehen, neben der Analyse der einzelnen Stufen ergeben sich noch andere Feststellungen, die sich aus dem Gesamtablauf ergeben.

Zum Schluß noch dies: Anhand einer sorgfältig aufgestellten und analysierten Arbeitsablaufkarte lassen sich fast immer Verbesserungen erzielen.

Und jetzt finden Sie im Bild den vereinfachten Vorschlag eines Arbeitsablaufes. Sie sehen: Aus einem Arbeitsablauf in 42 Stufen oder Schritten und mit einem Transportweg von 820 m und mit 190 Minuten Aufenthalt ist ein Arbeitsablauf in 24 Stufen oder Schritten und mit einem Transportweg von nur 290 m und mit nur 90 Minuten Aufenthalt geworden.

ARBEITSABLAUF-KARTE Nr.

Zusammenstellung

	Jetzt Zahl	Jetzt Zeit	Vorschlag Zahl	Vorschlag Zeit	Unterschied Zahl	Unterschied Zeit
○ Arbeitsgang	12		10		2	
⇨ Transporte	9		4		5	
□ Prüfungen	2		1		1	
D Aufenthalte	17	190	7	90	10	100
▽ Lagerung	2		2		–	
Transport-Weg	820 m		390 m		430 m	

Abteilung: Einkauf Bearbeiter:

Arbeit: Zubehör-Anforderung

Istzustand ☐ Sollzustand ☒

Person ☐ Material ☒

Studie beginnt bei: Anforderung in Eingang Registratur

Studie endet bei: Erledigte Akte in Ablage

Aufgenommen: XYZ am 17.7.19–

	Stufen des Arbeitsablaufes	Arbeitsgang	Transporte	Prüfungen	Aufenthalte	Lagerung	Weg in m	Menge	Zeit	Analyse – Warum? Was?	Wo?	Wann?	Wer?	Wie?	Bemerkungen	Vorschlag: Auslassen	Zusammenf.	Ändern: Reihenfolge	Platz	Person	Verbesserung
1	Zubehör-Anforderung in Eingang Registratur					●															
2	in Hauptregister eintragen	●																			
3	Akte ziehen	●																			
4	auf ausstehende Anforderungen durchsehen	●																			
5	ausstehende Anforderungen entnehmen	●																			
6	Entnahmevermerk für Akte schreiben	●													Formular						
7	Anforderung mit Bestätigungsstempel versehen und abzeichnen	●																			
8	in Ausgang				●				10												
9	zum Bestellungsbearbeiter		●				90														
10	in Eingang				●				10												
11	Anforderung rechnerisch prüfen			●																	
12	in Ausgang				●				10												
13	zum Einkäufer		●				90														
14	in Eingang				●				10												
15	Bestellung fertigmachen	●																			
16	in Ausgang				●				10												
17	zum Abteilungsleiter		●				110														
18	in Eingang				●				20												
19	Bestellung unterschreiben	●																			
20	Bestellungsoriginal in Postausgang Akte in Registratur-Ausgang				●				20												
21	zur Registratur		●				110														
22	Bestellungskopie und übrige Papiere in Akte ablegen	●																			
23	Akte ablegen	●																			
24	Akte in Ablage					●															

ÜBUNG 34:
Der Abteilungschef läßt sich mit unwichtigen Dingen aufhalten. Hier drängen sich zwangsläufg die Fragen auf: »Was soll ein Chef sehen?« – »Wann soll er etwas sehen?« – Der Chef soll soviel Verantwortung wie nur möglich delegieren (abgeben oder übertragen). Er soll sich nur mit wichtigen Dingen beschäftigen. Hierzu gehören Planung und Organisation, also Operationen des Denkens.

ÜBUNG 35:
Zu dieser Übung wird keine Lösung gegeben, weil sie im Prinzip schon in der Lösung zur Übung 34 zu finden ist.

ÜBUNG 36:
Die richtige Lösung ist in der nachfolgenden Zeichnung zu sehen.

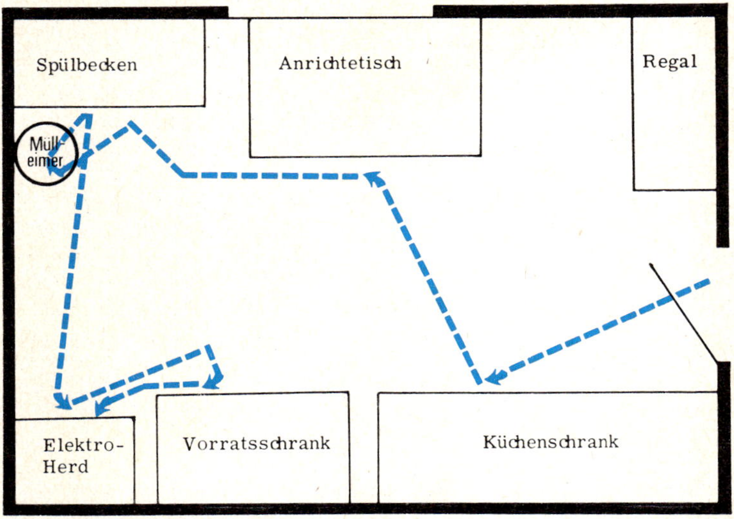

LAGEPLAN-STUDIE Situation: Zubereitung eines Gemüsegerichts
Weg = 10 m

ÜBUNG 37:
Zu dieser Übung kann keine Lösung geboten werden.

ÜBUNG 38:
Wir benennen die Sprünge von 1800 Besuchsversuchen auf 800 Verkaufsgespräche mit x und den Sprung von 800 Verkaufsge-

sprächen auf 75 Aufträge mit y und fragen uns, im Sinne rechnerischen und damit logischen Denkens, was x und y für den Vertreter, dessen Leistung hier zur Sprache steht, eigentlich aussagen. Hier können wir aufgrund des rechnerischen Denkens zu sehr interessanten Feststellungen kommen.

Der Sprung x besagt, daß es zwischen dem Aufwand an Besuchsversuchen und der Zahl der wirklichen Verkaufsgespräche einen Zusammenhang gibt, der situationsgebunden und marktabhängig sein kann. Zumindest ist dieser Wert bzw. dieser Sprung - wir können ihn auch als Verhältnis bezeichnen - nicht ohne weiteres durch den Verkäufer beeinflußbar; der Wert x benennt gewissermaßen die Unwägbarkeiten (Imponderabilien) des Marktes. Hier rennt der Verkäufer gewissermaßen mit seinem Kopf gegen eine Wand, wenn er mit allzu großer Anstrengung die gegebenen Verhältnisse ändern wollte.

Er kann sie natürlich ändern, indem er die Zahl der Besuchsversuche über 1800 hinaus anhebt. Das bedeutet mit anderen Worten, daß der Verkäufer noch fleißiger arbeitet. Aber ob dies sinnvoll ist, ergibt sich aus dieser allgemeinen Betrachtung dieses Verhältnisses und zum anderen auch aus dem Wissen um die eigentliche Marktsituation, wonach er ja die Zahl der Verkaufsgespräche nicht ohne weiteres von sich aus erzwingen kann.

Was besagt nun die Zahl y? Sie ist der interessanteste Wert in der Gesamtbetrachtung hier. Denn sie gibt ganz eindeutig das Vermögen oder auch Unvermögen des Verkäufers an, aus einer gegebenen Zahl von Verkaufsgesprächen, in diesem Fall aus der Zahl 800 Verkaufsgespräche, eine genügende Zahl von Aufträgen herauszuholen. Ob die Ziffer 75 Aufträge das Verhältnis zu dem Aufwand von 800 Verkaufsgesprächen eine optimale Größe ist, soll im einzelnen hier nicht behandelt werden. Es muß aber darauf hingewiesen werden, daß dies nicht sein muß.

Bei der Zahl y wird ganz eindeutig offenbar, daß es sich hierbei um das persönliche Vermögen des Verkäufers handelt, richtig oder gezielt zu argumentieren, entsprechend der Argumentation die richtigen Demonstrationsmittel einzusetzen und auch die Kunden für den Abschluß bzw. für den Auftrag zu motivieren. Und der Verkäufer, der sich selbst nichts vormacht, der weitgehend frei ist von Voreingenommenheiten und Vorurteilen, wird erkennen, wird als Ergebnis des rechnerischen Denkens - wenn er selbst diese Gedanken anstellt - erkennen, daß er durchaus Möglichkeiten hat, die Zahl der Aufträge wesentlich anzuheben. Das hängt von seiner Verhandlungstechnik ab. Das hängt von seiner Haltung ab. Das hängt im wesentlichen von seiner inneren Überzeugung ab. Das hängt von seiner Souveränität und inneren Gelassenheit ab.

Das Ergebnis des rechnerischen Denkens ist gerade mit Bezug auf den Wert y darin zu sehen, daß der Verkäufer diesen Wert anheben bzw. vergrößern kann, daß der Verkäufer in der Lage sein kann, mit Bezug auf diesen Wert sein persönliches Einkommen und den Gewinn des von ihm vertretenen Unternehmens wesentlich anzuheben.

ÜBUNG 39:

Kritisch sind die Fehlzeiten. Der Abteilungsdurchschnitt an Fehlzeit liegt bei 14%. Fehlzeit in der Größenordnung von 14% in einer Schreibzentrale ist zu hoch. Die Fehlzeit sollte 10% der Gesamtzeit je Person nicht überschreiten. Am besten wäre es, Fehlzeiten in der Größenordnung von 6% zu halten. Die Gründe für die Fehlzeit können darin liegen, daß entweder Arbeiten verrichtet werden, die nicht in die Schreibzentrale gehören, oder daß nicht genügend Arbeit vorhanden ist und gewissermaßen Beschäftigungstherapie betrieben wird. Beide Gründe sollten Anlaß zu einer gründlichen Untersuchung dieser Abteilung bieten. Es geht nämlich nicht an, daß eine Abteilung mit einer Fehlzeit mit einer Größenordnung von 14% belassen bleiben darf.

Hinzu kommt, daß die Fehlzeiten bei den einzelnen Personen sehr unterschiedlich sind. Der kleinste Wert liegt bei 3,2%, während der größte Wert 38,1% umfaßt. Eine Schreibkraft, die 38,1% ihrer Arbeitszeit anderen Arbeiten als Schreiben und Diktataufnahme widmen muß, ist entweder keine Schreibkraft und man hat sie vielleicht als Ordnungskraft eingestellt oder sie kann nichts oder aber sie wird falsch eingesetzt.

Als nächstes muß man sich mit der Diktatzeit beschäftigen. Sie schwankt bei den einzelnen Mitarbeiterinnen zwischen 1,8% und 28,5%. – In jedem Falle müßte hier beobachtet werden, ob z. B. der Einsatz von Diktiergeräten lohnend wäre. Bei einer Diktierzeit von 24 bis 28% lohnt sich der Einsatz von Diktiergeräten in jedem Falle. – Im Sinne der Automation von Schreibleistungen sollte man grundsätzlich bemüht bleiben, die Diktierzeit auf ein Minimum zu reduzieren.

Zum Schluß ist noch auf das Verhältnis von Diktatzeit und Formularschreibzeit einzugehen. Daraus kann gefolgert werden, ob es lohnenswert ist, einigen Kräften nur Diktatschreibpost und anderen nur Formularschreibpost zu geben. Das allerdings richtet sich ganz den Besonderheiten des Unternehmens nach.

ÜBUNG 40:

Es handelt sich, wie schon gesagt, um die Bestimmung der relativen Rentabilität eines Kundenkreises. Die herausgestellten Relationen sind überraschend. Daß noch 480 Firmen von 4350 möglichen Firmen, also nur 11%, einen prozentualen Gewinn von 70% erbringen und 3000 Kunden, also 69% der Kundschaft, nur einen prozentualen Anteil von 2% erbringt, ist nicht gesund. Hier muß vor allem im Sinne einer Rationalisierung bzw. im Sinne einer Optimierung und gleichzeitig Gewinnmaximierung die relative Rentabilität eines Kundenkreises verbessert werden. Dieser Zustand muß den verantwortlichen Führungskräften auf einen Blick zeigen, daß es unter den Aspekten der Wirtschaftlichkeit nicht mehr länger opportun ist, wenn wir von diesem Zustandsbild als gegeben ausgehen, Klein- und Kleinstaufträge zu akzeptieren und damit unproduktive Kundenkontakte zu pflegen. Denn in den 3000 Kundenbegegnungen, die nur 2% Gewinnbeitrag erbringen, stecken Klein- und Kleinstaufträge und damit unproduktive Kundenkontakte. Es sollte nun nicht die Aufgabe darin gesehen werden, diese Kunden von den Besuchslisten zu streichen. Es wäre besser, die untere Grenze für akzeptierbare Auftragsgrößen anzuheben. – Das gilt für das Gebiet der Kunden C innerhalb unseres Schaubildes im Bild.

Was geschieht nun mit der Kundengruppe B? Hier sind sicherlich durch Schulungen – und das wäre das erste, was sofort einzuleiten wäre – Möglichkeiten gegeben, durch eine gezielte Schulung und durch Anheben der unteren Auftragsgröße mehr herauszuholen. Immerhin vertreten 20% der Kunden 28% Gewinnbeitrag. Auch dies ist schon eine beachtliche Konstellation. Allerdings kann sie angehoben werden, so scheint uns. Und das wiederum durch Intensivierung der Kundenbegegnungen.

Das Gebiet der Gruppe A der Kundschaft wird mit einem Kundenanteil von 11% gesondert zu analysieren sein. Hier bietet sich die Möglichkeit einer gründlichen Durchleuchtung aller einzelnen Kundenbeziehungen an. Hier wird man feststellen müssen, wo noch Verbesserungen der Kundenkontakte möglich sind. Ferner sind auch hier die letzten denkbaren Schwierigkeiten auszuloten. Vor allem aber ist für die Imagebildung des Unternehmens die Erkundigung darüber wichtig, warum diese 480 Kunden die Produkte der hier zur Sprache stehenden Kunden kaufen. Denn die Argumente, die hier geliefert werden, sollten in jedem Falle dem gesamten Außendienst zur Kenntnis gebracht werden. Die könnten und sollten auch für die Werbung verwendet werden.

ÜBUNG 41:
Hier wird keine Lösung gebracht.

ÜBUNG 42:
Lösungsversuch, der keinen Anspruch auf Allgemeingültigkeit erheben will:
»Wunschdenken setzt zwar irgendwo an, hat also einen Anfang. Wunschdenken hat aber kein Ziel. Es ist demnach ziellos und somit planlos. Es verleitet zum Träumen. – Das Denken in Zielen verlangt Aktionen. Seinen Anfang hat es im zeitlichen Raum vor dem Geschehen. Dann löst es den Anfang aus und schreitet von Teilziel zu Teilziel zur Erreichung des Hauptzieles. Der Unterschied beider Denkarten ist ganz klar gegeben.«

ÜBUNG 43:
Zunächst verweise ich hier auf die Zeitplanmittel im Kapitel »Planen als Denken«. – Ferner sei Ihnen gestattet, mir – dem Autor – diese Lösung der Übung zur Begutachtung zuzusenden. Meine Anschrift erfahren Sie beim Verlag. Bitte erkundigen Sie sich dort mit einer Postkarte.

ÜBUNG 44:
Eine komplette Lösung ist wegen des Umfanges nicht zu geben. Planblätter in den Zeichnungen 118 bis 124 sind ausgefüllt dargestellt worden. Jeder Leser kann daraus das Verfahren des hier empfohlenen Plandenkens entnehmen.